청평조
清平調詞

구름 닮은 옷차림 꽃과 같은 생김새
봄바람 난간을 스쳐 가고 이슬 맺힌 꽃 짙어만 가네
만약 군옥산 머리에서 만나지 않았다면
정녕 요대의 달빛 아래서 만날 수 있으리

雲想衣裳花想容
春風拂檻露華濃
若非群玉山頭見
會向瑤臺月下逢

Fantastic Oriental Heroes

요담 新무협 판타지 소설

귀령마안

귀령마안 4

요담 新무협 판타지 소설

초판 1쇄 찍은 날 § 2005년 12월 10일
초판 1쇄 펴낸 날 § 2005년 12월 20일

지은이 § 요담
펴낸이 § 서경석

편집장 § 문혜영
편집책임 § 김민정
편집 § 장상수 · 서지현 · 최하나

펴낸곳 § 도서출판 청어람
등록번호 § 제1081-1-89호
등록일자 § 1999. 5. 31
어람번호 § 제2-0779호

주소 § 경기도 부천시 원미구 심곡1동 350-1 남성B/D 3F (우) 420-011
전화 § 032-656-4452 팩스 § 032-656-4453
http://www.chungeoram.com
E-mail § eoram99@chollian.net

ⓒ 요담, 2005

ISBN 89-5831-877-5 04810
ISBN 89-5831-590-3 (SET)

목차

◈ 第一章 ◈
곽예주의 포옹

동무군(董武君)은 말없이 앞을 바라보았다.

떠들썩한 웃음이 호탕하게 휘몰아치는 한가운데서도 동무군은 그저 재미있다는 듯 잔잔한 미소를 띠고 있었다.

여유였다. 강자만이 가질 수 있는 여유.

그래서 동무군은 제일 먼저 눈에 띄는 괴상한 승려를 쳐다보았다.

이마엔 간(姦) 자를 문신한 듯 박아놓은 오동통한 승려였다.

동무군은 그 승려가 굉요(宏瑤)라는 것까진 몰랐지만, 소림에서 나온 사람임은 한눈에 알아보았다.

자기 딴에는 매우 조심스럽게 발걸음을 옮겼지만, 숨 쉬고 뛰어 놀았던 산문의 색을 완전히 지우지는 못했기 때문이다.

동무군의 시선을 느낀 굉요의 얼굴이 괴상한 표정과 함께 굳어버렸다.

그런 굉요의 얼굴을 보며 동무군은 생각했다.

'소림이 장난을 친단 말이군.'

이미 예측한 사실을 눈앞에서 확인한 동무군이 고개를 돌려 다른 사람을 쳐다보았다.

하얀 머리카락, 날렵한 콧대, 얇은 입술, 카랑카랑한 목소리.

서 있는 자세만큼이나 꼿꼿한 사내, 바로 강요맹(康窈孟)이었다.

강요맹은 굉요처럼 얼굴을 굳히지 않았다.

도리어 얼굴에는 차갑긴 해도 웃음이 어려 있었다.

어울리지 않아서 더욱 낯선 미소였지만, 동무군은 언젠가는 이런 날이 올 줄 알고 있었다.

다른 사람도 아닌 강요맹이었다.

필기삼괴(必忌三怪), 그중에서도 상대의 목숨을 전낭에 넣는다는 강요맹의 욕심은 끝이 없었다.

승부를 즐겼고, 곧잘 목숨을 걸었다.

그리고 이젠 요선보를 넘어 예영당을, 그중에서도 감히 동무군 자신을 상대로 한판 크게 벌이려고 하는 것이다.

'이번 판이 마지막이 되겠지.'

동무군은 그렇게 생각하며 고개를 돌려 이활(李闊)을 보았다.

가장 의외의 사내였다.

요선보의 혈랑대가 감히 자신에게 칼끝을 돌리는 거야 이해할 수도 있었다. 그러나 이활은 수상방의 어미대(魚尾隊)를 맡고 있는 사람이었다.

예상 못한 일은 아니었다.

요선보와 수상방이 친하다는 것은 이미 알고 있었기 때문이다.

특히 범우와 이활은 마도칠가 중 사내다운 사내로 추앙하는 인물들이었다.

이활은 동무군과 시선이 마주치자 한 걸음 앞으로 걸어 나와 고개를 숙여 예를 표했다.

'서로에게 반한 것인지도……. 그러나 대신 목숨을 내놓아야 하겠지.'

동무군은 그렇게 생각하며 마주 고개를 끄덕였다.

고개를 든 이활의 어깨에 두툼한 손바닥이 얹혔다.

범우(范愚)였다.

이활이 고개를 돌려 범우를 보자 조금 전 이활처럼 범우가 고개를 숙였고, 이활이 괜찮다는 듯 범우의 어깨를 툭툭 쳤다.

범우가 고개를 돌려 동무군을 보았다.

무표정한 표정과 무심한 눈빛 한가운데서 활활 끓는 용암을 동무군은 알아볼 수 있었다.

'좋은 사내들이야. 실력도 좋고. 죽이는 게 아깝군.'

동무군이 그렇게 생각하며 고개를 돌렸을 때, 처음으로 활짝 웃는 얼굴을 볼 수 있었다.

문기서(文己逝)는 무언가 할 말이 많다는 듯 복잡한 눈빛과 함께 억지로 입꼬리를 올려 웃고 있었다.

'저놈의 속은 알 수가 없군.'

다시 고개를 돌렸지만, 더 이상 동무군의 호기심을 당기는 자는 없었다.

독 오른 고양이처럼 잔뜩 긴장한 채 노려보는 예쁘장한 계집애의 시선이 조금 걸리긴 했지만, 그 계집애의 이름이 곽예주(郭霓珠)란 것도 알지 못했다.

또 그 옆에 나른한 듯 허리를 구부린 채 엉거주춤 서 있는 지반월(池伴越)이나, 나란히 어깨를 맞대고 태산처럼 버티고 선 거대한 둔비(屯臀)의 체형도 눈에 들어오지 않았다.

그런 동무군에게 둔비 뒤에 숨은 채 손톱을 물어뜯고 있는 자그마한 부홍(符弘) 따위는 아예 관심 밖이었다.

동무군의 관심은 오로지 요안(妖眼)이었다.

지금도 소이보(蘇夷甫)는 새파랗고도 잿빛인 두 눈빛을 빛내며 자신을 노려보고 있었다.

그 눈빛을 대하자 동무군은 온몸의 신경이 팽팽하게 잡아당겨지는 것을 느꼈다.

괴상한 놈이었다.

흥미가 잔뜩 당기는 놈이었다.

그래서 위험한 놈이었다.

동무군은 천천히 요안을 쏘아보다 입을 열었다.

"이제 다 준비가 되었나? 열 명이 채워졌으니."

그 말에 호탕한 웃음소리의 여운마저 꼬리를 감췄다.

모여 있던 마도칠가의 무인들은 숨소리마저 멈춘 채 동무군과 요안을 번갈아 쳐다볼 뿐이었다.

성녀의 신탁이 있었다.

요안이 동무군을 죽일 것이라는.

또한 신탁이 있었는지 확인하기 위해 열 명의 목숨이 필요하다는 환유도귀(幻釉賭鬼) 강요맹의 조건마저도 이루어졌다.

더구나 그 열 명 중에는 강요맹의 목숨까지도 들어 있었다.

저 신출귀몰한 도박의 귀신이 도박판에 자신의 목을 내놓았으니 틀릴 리가 없었다.

그렇다면 결론은 단 한 가지였다.

예영당주 동무군은 죽는다! 바로 요안의 손 아래에서!

그것은 전율이었다. 새로운 전설의 시작이었다.

하지만 과연 요안이 동무군을 죽일 수 있을까? 그것은 의문이었다.

마도칠가를 아우르는 절대자이자 소림무치와 더불어 천하제일을 다투는 사람이 바로 동무군이었기에.

꿀꺽.

누군가의 목구멍을 타고 넘는 침 소리가 크게 울릴 때 요안, 즉 소이보가 웃으며 말했다.

"대충은……."

조금 전 준비되었냐는 동무군의 질문에 대한 대답이었다.

"아니야!"

소이보의 말이 틀렸다는 듯 뾰족한 목소리가 허공에 퍼졌다.

사람들의 시선이 일제히 곽예주를 향했다.

곽예주는 흥분한 듯 발그스레한 볼을 우물거리며 말했다.

"한 가지가 빠졌어."

곽예주는 곧 콩콩 뛰듯 한쪽에 도열해 있는 마도칠가 무인들 앞으로 다가가더니 주위를 두리번거렸다.

곧 무언가 찾던 것을 발견했는지 사람들 사이를 비집고 앞으로 종종걸음을 걷자, 무인들 틈에서 길이 생겨났다.

적어도 마도칠가 무인들 중에는 요선보의 혈랑대, 그중에서도 삼팔구가 어떻다는 걸 모르는 사람은 하나도 없었다.

실력 좋은 무인이 미치게 되면 어떻게 되는지, 아니, 미친놈이 무공을 익히게 되면 어떤 존재가 되는지를 확실하게 알려주는 사람들이 바로 삼팔구였기 때문이다.

그래서 곽예주가 고개를 돌릴 때마다 사람들은 화살이라도 맞은 것처럼 펄쩍 뛰며 뒤로, 또는 옆으로 비칠거리며 물러서고 있었다.

"아! 너! 거기!"

곽예주가 무언가 찾던 것을 찾은 것처럼 손가락으로 한 사람을 가리켰다.

곽예주의 손가락이 가리킨 사람의 얼굴이 곧 핼쑥해졌다.

하지만 곽예주는 얼굴이 아닌 다른 곳을 가리키고 있었다.

"그 검! 그거 이리 내놔!"

얼굴이 하얗게 질린 무인은 고개를 숙여 자신 옆구리를 쳐다보았다.

거기 있었다, 기다란 장검이.

사내가 저도 모르게 검을 반쯤 뽑아 든 채 우물거렸다.

"이, 이거요? 이건 도사들이나 쓰는……."

굳이 사내의 말이 아니더라도 모든 사람들은 알 수 있었다.

손잡이엔 멋들어진 수술이 매어져 있고, 검신엔 운문(雲紋)이 새겨져 있으니 깊은 산속에 숨어든 도교의 도사들이나 사용하는 검이 틀림없었다.

"그래! 그거!"

곽예주는 활짝 웃으며 냉큼 사내의 허리춤에서 검을 빼앗듯 풀어 손에 쥐더니 다시 물었다.

"또 없어? 너처럼 도관(道館)에서 사고 치고 도망 온 친구 또 없냐구?"

곽예주가 연거푸 종알거리듯 묻자, 사내는 도리질을 치다 곧 고개를 푹 숙였다.

과연 삼팔구는 남다른 데가 있었다.

일단 미쳤다는 것도 그랬지만, 한눈에 출신 성분을 알아내는 데에도 귀신이었다.

마도칠가 중 저런 검을 가진 자는 없었다.

곽예주의 말처럼 사내는 도관에 기원하러 온 처자를 겁탈해 죽이고 쫓기다 태활장에 몸을 기탁한 청성파 출신의 도인이었다.

비록 마음은 떠난 지 오래였지만, 손에 익은 청성파의 검만은 버리지 못했다.

적자생존(適者生存)의 규율이 엄격히 지켜지는 마도칠가에서 목숨이라도 부지하려면 손에 익은 무공을 버릴 수 없었기 때문이다.

"없어?"

곽예주가 실망했다는 듯이 되묻자, 사내 옆에 섰던 다른 무인이 얼른 자신의 검을 꺼내주었다.

정도무림인이라면 자존심상 있을 수 없는 일이었지만, 이들은 자랑스레 마(魔) 자를 앞에 내세우는 존재들이었다.

얼른 검을 주어서 곽예주를 빨리 돌려보내는 일을, 사나운 개 앞에 뼈다귀를 던져 달래는 것과 다를 바 없다고 여길 게 틀림없었다.

곽예주가 냉큼 받아 들고는 방금 뺏은 검과 나란히 맞대어 치켜 들어보다가 실망한 듯 입을 삐죽이 내밀었다.

"이건 좀 짧네. 뭐, 바쁜데 이것저것 가릴 건 없겠지."

곽예주는 소중한 걸 얻은 듯 품 안에 검을 감싸 쥐고는 다시 종종걸음으로 뛰어와 소이보 앞에 섰다.

"이게 있어야지. 매번 검을 놓고 다니니……."

아마도 곽예주는 처음 소이보와 마주쳤을 때, 그가 검을 깜빡 잊고 왔다며 머리를 긁던 모습을 기억하고 있는 게 틀림없었다.

소이보는 자신 앞에 장검을 내밀고는, 한편으론 걱정스러운 듯, 또 다른 한편으론 기대한다는 듯한 묘한 눈빛을 하고는 혀를 반쯤 빼어 문 곽예주를 바라보며 싱긋 웃으며 검을 건네받았다.

검이 가져다주는 느낌은 좋았다.

묵직하고 무게의 균형도 제법 맞았다.

모르긴 몰라도 이 검의 주인은 자신의 원래 문파에서 꽤나 기대를 얻었던 게 틀림없었다.

아니라면 이런 검을 내어주진 않았을 것이므로.

"좋군."

검을 빼어 든 소이보가 히죽 웃으며 말하자, 곽예주 역시 다행이라는 듯 미소를 띠었다.

2

곽예주가 다시 뛰어간 곳은 사검정 앞이었다.

사검정 역시 검이 없는 건 소이보와 마찬가지였고, 검에 대한 취향조차도 소이보와 같이 항상 기다란 장검을 품고 지냈기 때문이다.

애지중지하며 원래 가지고 있던 검은 소림무치의 손 아래서 깨져 버렸고, 그나마 대신 가지고 왔던 장검 역시 가짜 소이보 흉내를 내느라

멀찌감치 놔두고 왔기 때문이다.

검을 건네주는 곽예주의 표정은 조금 전과 달리 양미간이 찌푸려져 있었다.

"미안, 조금 짧지? 좀 더 뒤져 볼까?"

곽예주가 검을 건네며 미안한 듯 물어봤지만, 사검정은 고개를 저었다.

"괜찮다. 검이 중요한 게 아니다."

사검정은 검을 건네받으며 무뚝뚝하게 대답했다.

"그럼?"

곽예주가 되묻자 사검정은 막 받아 든 검을 내려다보며 대답했다.

"사람이 중요하다."

"……?"

곽예주가 이해가 안 간다는 듯 입을 삐쭉이며 사검정을 보았지만, 사검정은 묵묵히 받아 든 검을 쓰다듬을 뿐이었다.

손에 든 검은, 원래 사검정이 사용하던 장검에 비하면 볼품없는 물건이었다.

적어도 사검정은 요선보 혈랑대의 무공 교관이었고, 자연 태활장의 보통 무인들이 지니고 있던 검보다 더욱 좋은 검을 사용해 왔었다.

그래서 사검정은 틈날 때마다 장검을 어루만졌고 기름을 먹였다. 아주 정성스런 태도로.

하지만 지금 보통의 검을 대하는 사검정의 태도 역시 그때와 마찬가지였다.

입을 삐쭉이던 곽예주가 몸을 되돌릴 때 사검정이 불쑥 말했다.

"검이 강한 게 아니다. 검법이 강한 게 아니다. 사람이 강하다. 사람이 강하기에 검이 강하고 검법이 강한 것이다."

몸을 채 다 되돌리지 못한 곽예주가 의외라는 듯 고개를 돌려 사검정을 보았다.

곽예주 눈에 비친 사검정은 더 이상 예전의 사검정이 아니었다.

무치에게 꺾인 양어깨의 상처는 갓 치료된 상태여서 예전 실력의 반이라도 낼 수 있을까 하고 걱정되는 사검정이었다.

하지만 곽예주는 어깨의 상처보다는 마음의 상처가 더 걱정이었다.

그동안 보아왔던 사검정은 흡사 인생을 포기한 사람처럼 음식도 먹지 않고 고개를 숙인 채 무언가 골똘히 생각만 거듭하던 모습이었기 때문이다.

하지만 지금은 아니었다.

도리어 예전 건강하고 자신감 넘칠 때의 사검정보다 몇 배는 더 강할 것 같은 고수의 모습이었다.

그것이 무치와의 겨룸을 되돌리다 또 다른 경지에 들었기 때문이란 걸 알아차린 곽예주가 사검정의 어깨를 두드리며 말했다.

"축하해."

사검정은 그저 곽예주를 향해 씨익 웃을 뿐이었다.

곽예주로서는 처음 보는 사검정의 미소였다.

그것도 아주 해맑은…….

동료의 새로운 진전이 뿌듯한지 손을 가슴에 얹고 몇 번의 심호흡을 번갈아 쉬던 곽예주가 무언가 잊었다는 듯 '아참!' 하는 외마디 소리를 낸 후 한쪽으로 쪼르륵 달려갔다.

둔비가 웬일이냐는 듯 자신의 앞으로 다가온 곽예주를 고리눈을 데 루룩 굴리며 바라보자, 곽예주가 빙긋 웃고는 둔비 품으로 뛰어들었다.

"으흑……."

둔비의 입에서 바람 빠지는 소리가 튀어나왔지만, 곽예주는 두 눈을 감고는 한아름에 안기에는 버거운 둔비의 허리를 꼭 껴안으며 속삭였다.

"힘 나지?"

"으응? 응!"

둔비가 힘차게 대답했다.

포근했다.

비록 곽예주의 감싸 안은 팔이 채 둔비의 등 뒤로 돌아가지 못한 채 옆구리에 머물고, 곽예주의 이마는 둔비의 명치에 맞닿아 있었지만 둔비는 곽예주의 작은 포옹이 너무나도 포근했다.

그토록 졸라대도 괴상한 눈알을 가진 요안은 너무나도 포근히 안아 주면서 자신은 마치 지나가는 부스럼 딱지가 잔뜩 앉은 개만큼도 쳐다 봐 주지 않았던 곽예주가 아닌가!

"힘 불끈?"

"불끈!"

둔비는 크게 대답했다.

벌게진 얼굴과 뜨거워진 콧김과 함께.

"좋았어."

그제야 곽예주는 둔비의 품에서 고개를 들고 둔비를 올려다보았다.

단순한 둔비였지만 왠지 곽예주의 활짝 웃는 얼굴 한가운데서 촉촉이 젖은 슬픈 눈빛을 느낄 수 있었다.

마치 마지막 죽음을 준비하는 듯한…….

그래서 둔비는 크게 외쳤다.

"나… 나도 한 건 했다구! 저 사검정만큼이나 새로운 경지를 봤다 이거야!"

물론 그 경지를 맛본 이유가 한없이 높은 동무군의 발걸음을 통해서 였다는 말은, 미련한 둔비였지만 용케도 목구멍 안으로 집어삼킬 수 있 었다.

"좋았어! 그래야 이쁜 둔비지!"

곽예주는 예전 삼팔구 숙소에서 소이보와 통성명 과정에서 있었던 일을 기억해 냈는지, 더욱더 뾰족해진 경쾌한 목소리로 말하며 둔비의 엉덩이를 몇 번 도닥거려 주다가 무언가를 끄집어냈다.

곽예주의 손에 뒷춤이 잡힌 채 끌려 나온 것은 둔비 뒤에 숨어 있던 부홍이었다.

곽예주는 말없이 부홍의 얼굴을 쳐다보았다.

부홍의 뺨은 더욱더 붉어졌지만, 이상하게도 부끄러움에 고개를 푹 숙여야 할 부홍이 도리어 고개를 들고는 곽예주와 시선을 마주치고 있 었다.

"미치면 안 돼."

곽예주가 속삭이듯 말했다.

"미치면 안 돼. 때론 미쳐 버리고 싶겠지. 아니, 미쳐야 살 수 있었 을지 몰라. 하지만 지금은 아니야. 너 자신을 잃지 마…… 절대로. 알 았지?"

부홍은 물론 알 수 있었다.

그래서 용기를 내어 당당하게 고개를 끄덕였다.

곽예주는 다행이라는 듯 부홍의 머리를 쓰다듬으며 말했다.

"그래, 미치지 마. 나 미치는 꼴 보지 않으려면. 살아서 만나려면……. 널 믿을게."

"믿어……."

부홍은 대답했다.

비록 모기만한 목소리였지만, 수천 명의 시선이 내리 꽂히는 장소에서 도망치지 않고 시선을 맞추고는 그런 목소리라도 내려면 어마어마한 용기가 필요했을 게 틀림없었다.

곽예주가 고개를 끄덕이고는 부홍을 한차례 꼬옥 껴안아준 뒤 다시 발을 돌려 한 사람 앞으로 다가갔다.

"난 껴안는 취미 따윈 없어."

지반월이 반쯤 감은 눈으로 곽예주를 쳐다보며 말했다.

"나도 없다구! 늙다리 아저씨를 껴안는 취미 따윈."

곽예주가 뾰족한 목소리로 빽 하고 소리를 질렀다.

그리고는 두 사람은 한동안 말없이 서로를 쳐다보았다.

마치 강적을 앞두고 노려보는 듯한 분위기였는데, 먼저 냉랭한 분위기를 깨뜨린 것은 지반월이었다.

지반월은 쏘아보던 눈빛을 거두고는 한숨을 푹 내쉬며 고개를 숙였다.

양팔을 옆으로 활짝 벌리며.

"어쩔 수 없군."

"나도 싫어!"

곽예주 역시 다시 빽 하고 소리를 질렀지만, 얼른 종종걸음으로 다가가 지반월의 품 안에 안기다시피 쓰러졌다.

그리고도 한동안 두 사람은 말이 없었다.

매우 계면쩍다는 듯 두 눈을 꼭 감은 지반월이 곽예주 귀에 소곤거린 건 한참 후였다.

"해보니 그리 나쁘진 않군."

"칼은 많아?"

곽예주 역시 지반월의 귓전에 소곤거렸다.

지반월의 품속에 숨겨진 비도를 가리키는 말이었다.

"자네 화살보단 많을걸?"

"그럼 됐네. 하지만 내가 죽일 사람이 더 많을 거야, 틀림없이."

"그럴지도, 난 셈에 약하니……. 그런데 자네, 생각보다 꽤 몰랑몰랑한데? 윽~!"

곽예주가 감싸 안은 팔을 풀고 지반월 명치를 주먹으로 올려치고는 샐쭉해진 눈으로 지반월을 쏘아보았다.

지반월은 손으로 명치를 쓰다듬으며 찌푸린 얼굴로 웃었다.

"좋아, 주먹은 말랑말랑하지 않군."

"내 화살도 마찬가지라구!"

곽예주가 한마디 더 쏘아붙이곤 몸을 돌려 종종걸음을 걸었다.

그 뒷모습을 보던 지반월이 예쁜 여동생을 보는 듯 활짝 웃었다.

그리고 그 웃음에는 더 이상 나른함이 묻어 있지 않았다.

이번에 곽예주가 선택한 것은 범우였다.

범우의 표정은 딱딱했다.

곽예주 역시 무표정한 얼굴로 범우를 쳐다보았다.

보통의 범우 얼굴 역시 무표정한 것으로 유명했지만, 지금은 아예 석고를 부어 굳힌 듯 딱딱해져 있었다.

아마도 틀림없이 '나도 안아주어야 하나?' 하는 갈등을 하고 있는 게 틀림없었다.

하지만 다행히도 곽예주가 바란 것은 포옹이 아니었던 모양이다.

굳어진 얼굴로 곽예주는 범우에게 조심스럽게 말했다.

"꼭 한 번 해보고 싶었어요."

"……?"

분명 '무엇을?'이란 질문을 하고 싶어하는 범우의 표정이었지만, 곽예주는 대답 대신 냉큼 한 손을 뻗었다.

그리곤 손바닥을 아래로 뒤집어 범우의 민둥민둥한 머리통 위에 올려놓고 슬슬 문질렀다.

범우의 얼굴이 황당하단 표정으로 바뀌었고, 검은 얼굴은 더욱더 시커멓게 변했다.

곽예주의 얼굴에 미소가 피어났다.

"부드럽네요."

"……."

곽예주가 머리를 쓰다듬는데도 범우는 그저 멍하니 있었다.

그런 범우를 보며 곽예주가 웃었다.

"전 까끌까끌할 줄 알았거든요."

"매일 일어나면 칼로 깎거든."

한참 말이 없던 범우가 한참을 우물거리다 퉁명스레 대답했다.

"킥~ 그랬군요."

곽예주는 괴상한 웃음을 토해놓는 중에도 범우의 머리통에서 손을 떼지 않았고, 몇 번 더 문질러 본 후에야 손을 떼며 말했다.

"미안해요. 꼭 한 번 해보고 싶었어요. 대장은 나한테 해보고 싶은 거 없어요?"

범우는 한참이나 말이 없었다.

무언가 생각에 잠긴 듯해 보이던 범우가 불쑥 입을 열었다.

"살아라."

"…예?"

"살아라. 살아남아라. 난 죽은 거 만지기 싫다. 살아라. 꼭 살아남아라."

"…예에…… 대장님도요."

곽예주의 눈가가 촉촉해졌다.

적어도 일에 관계된 것이 아니라면 범우의 말수는 짧디짧았다.

그런데 지금 범우는 한 번, 두 번도 아닌 연거푸 살아라라는 말을 내뱉고 있었다.

그것은 보통 사람의 커다란 외침보다 더 큰 소리로 곽예주 마음에 내려앉고 있었다.

3

꾕요는 신이 났다.

곽예주가 이번엔 자신이 서 있는 쪽으로 다가오고 있었기 때문이다.

자신은 품은 좀 커도 키는 작았다.

아마도 곽예주가 품에 안으면 쏘옥 들어갈 정도는 되었다.

그래서 덩치만 산처럼 큰 미련한 둔비처럼 민망한 모습으로 서 있진 않아도 될 것이다.

도리어 곽예주 품에 안겨 풍만한 가슴에 얼굴을 비비어볼 수 있을지도 몰랐다.

아니, 포옹뿐 아니라 대머리도 있었다.

굉요 자신이 소림사에서 계를 받은 승려니 당연히 범우보다 더한 민둥머리를 가지고 있었다.

조금 전 범우의 머리통을 쓰다듬던 곽예주의 손길은 부드럽고 정에 넘친 나긋나긋한 손놀림이었다.

그 부드러운 손바닥이 곧 자신의 머리통에 얹혀질지도 모른다는 황홀한 상상에 똥구멍을 움찔거리던 굉요는 곧 멍해졌다.

곽예주의 포옹 따윈 없었다.

부홍이나 범우의 머리를 쓰다듬던 손길도 없었다.

그저 냉랭한 목소리로 종알거리며 지나갈 뿐이었다.

그것도 쏘아보는 눈길과 함께.

"싸워. 죽어라 싸워. 아니, 죽어서도 싸워. 아니면 머리통에 바람구멍을 내줄 테니!"

물론 굉요도 알고 있었다.

그게 자신이 싫어 으르렁거리는 게 아니라는 것을.

어찌 보면 삼팔구의 전통일지도 모르는, 전투를 앞두고 동료에게 전의를 불태우게 해주는 외침이었지만, 듣는 입장에선 가히 좋은 기분으로 들을 수는 없었다.

나긋나긋한 손길을 기대하던 머리통이 졸지에 바람구멍이 생길까 걱정해야 하는 굉요가 그저 입맛을 다실 때였다.

곽예주는 어느새 수상방 이활 앞으로 다가가 양 바지춤을 잡고는 나긋하게 나비가 날개를 접어 내리듯 절을 하며 말했다.

"잘 부탁합니다아~"

이활이 과장된 곽예주의 인사가 웃겼는지 수염을 씰룩거렸지만, 다행히 체면을 잃지 않은 채 정중히 포권과 함께 답할 수 있었다.

"도리어 내가 부탁한다."

곽예주가 활짝 웃으며 허리를 펴고는 한쪽으로 종종종 걸어갔다.

이번엔 문기서였다.

문기서의 사람 좋아 보이는 웃음을 보며 곽예주가 마주 웃었다.

"아직도 꼬리를 말고 있어? 그럼 그 꼬리를 내가 잘라주지!"

곽예주는 잊지 않고 있었다.

문기서가 소이보를 보며 충성을 하겠지만, 단 한 번의 기회, 즉 뒷등을 찌를 단 한 번의 기회를 달라던 이야기를.

결국 뒤로 수작질을 필 생각을 아직도 하고 있다면, 지금 이 자리에서 깨끗이 해결을 보자는 말이었다.

문기서가 활짝 놀라는 척하며 과장되게 몸을 뒤로 물리고는 대답했다.

"무슨 말씀을… 지금 꼬리는커녕 목을 걱정해야 할 때라구요!"

곽예주가 웃었다.

"그래, 꼬리에 신경 쓴다면 머리통이 날라갈 거야. 명심해 둬."

그제야 문기서가 마주 웃으며 양팔을 활짝 벌렸다.

"난 안 안아쥐요?"

"예쁜 짓 한다면. 그리고 살아남는다면."

문기서가 벌린 팔을 모아 양 손바닥을 비비며 웃었다.

"예쁜 짓이란 게 내 머리통이 아닌 다른 놈들 머리통 모으는 일이겠죠?"

"물론이지."

"걱정 마세요. 이렇게 보여도 그쪽에 꽤나 솜씨가 있으니까."

"기대할게. 일단 이걸로 참아."

곽예주가 큰 선심을 쓴 듯 포옹 대신 문기서 어깨를 다정스레 토닥여 주었다.

문기서가 웃으며 고개를 숙였다.

"이렇게 황공할 데가……. 감사합니다."

곽예주는 그런 문기서를 등 뒤에 두고 몇 걸음 걸어 드디어 강요맹 앞에 섰다.

전과는 달리 곽예주는 말이 없었다.

무언가 아득한 예전 기억을 더듬듯 아련해진 눈망울로 강요맹을 쳐다보았다.

"뭐냐."

강요맹이 말했다.

말투는 역시나 감정을 전혀 찾아볼 수 없는 카랑카랑한 목소리였다.

하지만 곽예주의 목소리는 차분했다.

"기억하세요? 대주께서 저에게 처음 했던 말을……."

"안 난다."

강요맹의 대답은 짧았고, 짧은 만큼 싸늘하고 냉랭했다.

"독한 년. 그거였어요. 처음 말씀이, 독한년. 절 보고 하신 말이죠. 죽지도 않고 너부러진 저를 보고서."

곽예주의 말에 강요맹이 그랬냐는 듯 코웃음을 쳤다.

"그거 말이냐, 독한 년? 아마 저기 서 있는 마도칠가의 모든 사람이 그렇게 생각할 게다. 널 본 사람이라면 누구나!"

곽예주가 쌩긋 웃었다.

범우 역시 그때가 생각나는지 콧구멍을 벌렁거렸다.

아마 추억과 함께 지금 강요맹의 말이 우스웠기 때문일 게 틀림없었다.

곽예주는 웃음을 그치고는 말했다.

"그래서 제가 뭐라고 했는지도 기억 안 나세요? 그게 제가 대주께 처음 한 말이었는데요."

"안 난다."

곽예주는 냉랭한 대답을 예측했다는 듯 한숨을 내쉬고는 말했다.

"고마워요, 그거였어요. 고마워요. 기억나세요? 제 목숨을 살려주셔서 정말 고마웠거든요."

"그랬던 것 같기도 하군."

"그 말을 다시 해야 할 때가 온 것 같아요. 고마워요, 아니, 고마웠어요. 그동안 제게 베풀어주신 모든 것이. 그리고 행복했어요. 그래서 고마워요."

곽예주는 조금 전 이활에게와는 달리 정말 정성들여 옷매무새를 다듬고는 정중히 무릎을 꿇고 고개를 숙였다.

그걸 보고 강요맹이 고개를 돌렸다.

"아서라. 꼭 죽으러 나서는 것 같구나."

고개를 돌린 강요맹의 턱이 도드라져 나온 것이 올려다보는 곽예주의 눈에 띄었다.

조금 틈을 두고 강요맹이 한마디 더 내뱉었다.

"너희들은 안 죽는다. 만약 죽는다면, 내가 처음일 거다. 너희들 죽는 건 차마 내 눈으로 볼 수 없으니. 그러니 너희들은 나중에 죽어라, 한참 나중에. 그래서 늙어 죽어라."

역시나 강요맹의 목소리는 카랑카랑했고, 감정은 담겨 있지 않았다.

하지만 그 숨결 사이사이마다 담뿍 담겨 있는 그 무엇을 느끼지 못하는 사람은 아무도 없었다.

곽예주가 젖은 눈과 함께 키득거리며 웃었다.

"강 대주님은 염라도 안 받아줄걸요?"

강요맹이 그제야 고개를 되돌려 곽예주를 보았다.

"독한 년도 마찬가지다. 독한 년은 염라도 싫어한다."

그때 쿵 하는 굉음이 들렸다.

일제히 고개가 돌아가 소리를 만들어낸 사람을 보았다.

둔비였다.

둔비는 다시 한 번 발을 크게 굴러 쿵 하는 소리를 만들어내고는 크게 외쳤다.

"나 둔비는 모두가 고맙고 감사하다! 정말이다!"

둔비는 곧 고개를 숙여 곽예주를 보았다.

"그리고 둔비는 독한 년 좋아한다! 진짜다!"

"뭐어?"

곽예주의 눈꼬리가 위로 올라갔다.

그제야 찔끔해진 둔비가 황급히 말을 고쳤다.

"아니다. 예쁜 년이다! 곽예주는 독한 년이 아니라 예쁜 년이다!"

곽예주는 더 이상 샐쭉한 표정을 짓기 어려웠는지 푸웃 하는 웃음소리를 내고는 고개를 저었다.

미련한 곰이 오늘은 웬일로 이뻐 보였기 때문이다.

곽예주가 둔비를 쏘아보는 눈길을 거두고는 몸을 일으켜 다가갔다.

소이보는 곽예주를 쳐다보았다.

곽예주 역시 소이보를 쳐다보았다.

한참을 소이보의 눈을 보던 곽예주는 진저리를 쳤다.

확실히 요안이었다.

새파랗고 짙은 잿빛은 요요한 빛이 더해진 것 같았다.

그 파랗고 잿빛인 요안에 온몸이 푸욱 잠기는 것 같았기에 곽예주는 저도 모르게 진저리를 친 것이었다.

하지만 확실한 것은 그 요안이 곽예주는 너무나 사랑스럽다는 것이었다.

마치 죽은 제 동생의 마지막 눈길을 보는 것같이.

곽예주는 소이보 어깨에 손을 올리곤 말했다.

"동생, 동생은 살 거야. 살아야만 하니까. 그래야 하니까. 알았지? 그래서 만약…… 이런 말 정말 하기 싫지만……. 우리들 중에 누가 죽는다면…… 그 복수는 동생 책임이야."

소이보는 아무런 말이 없었다.

그저 히죽 웃을 뿐이었다.

어떤 때는 말이 필요없는 때도 있다.

아니, 말보다 눈길 하나가 더 확실할 때가 있다.

그리고 지금이 바로 그런 때였다.

곽예주는 소이보의 웃음이 마음에 든다는 듯 마치 따라 하듯 히죽 웃고는 몸을 돌렸다.

그리고는 태사의에 거만하게 앉아 있는 동무군을 쳐다보며 말했다.

눈길은 동무군을 향하고 있었지만, 말은 소이보를 향한 것이었다.

"동생, 이제 말해도 되는 거야. 준비되었다고!"

아마도 동무군의 준비되었느냐는 물음에 소이보가 준비되었다고 말했을 때, 그 말을 중간에 끊고 자신이 나서서 칼을 구해오고 인사를 일일이 건네고 다녔던 일을 말하고 있음이 틀림없었다.

그래서 이제야 진정 준비되었다고 곽예주는 말하고 있는 것이다.

소이보도 곽예주의 말이 맞다는 걸 알았다.

이제 모든 게 준비되었다.

후회없이 앞으로만 달려갈 준비가.

그래서 소이보는 장검을 뽑아 동무군을 겨누고는 말했다.

검붉은 색의 탁한 목소리로…….

"오라!"

소이보의 말이 칼끝처럼 동무군 가슴으로 짓쳐들고 있었다.

◈ 第二章 ◈
동무군의 추격

동무군은 웃었다.

마치 천 년 고목의 껍질을 보는 것처럼, 아니, 마른 논바닥이 쩌억 갈라지는 것 같은 메마른 웃음이었다.

하지만 남들이 어떻게 보든 동무군 스스로는 정말 재미있었다.

이런 짜릿함을 느껴본 적이 얼마 만인지 알 수 없었다.

굳어 있던 온몸의 선홍색 피가 힘차게 돌듯, 살아 파닥거리는 짜릿함을 가져다주고 있었다.

눈앞에 요안이!

그래서 동무군은 지금이라도 몸을 일으켜 직접 손을 맞대고 싶은 충동을 느꼈다.

하지만 지금은 아니었다.

그런 충동에 휩싸이기엔 지금 앉은 자리가 너무도 높았다.

눈앞에 둔 일이 너무도 중했다.

그래서 동무군은 나지막한 한숨을 내쉬고는 말했다.

"과연 너에게 그런 솜씨가 있을까?"

동무군은 말을 꺼내놓고서도 쉽게 끓어 넘치는 피를 진정시킬 수 없어 또다시 말을 끊고 숨을 깊숙이 들이켰다.

요안이 칼끝과 '오라!' 라는 말 한마디로 만들어낸 마술 같은 자극이었다.

동무군은 시선을 돌려 눈앞에 서 있는 열 명을 차례대로 쳐다보며 다시 말을 꺼냈다.

"혹시 너의 알량한 동료들을 믿고? 그럴 솜씨가 있을까? 성녀가 말했다는 신탁! 네놈 입이 만든 거짓된 그 신탁을 과연 이룰 수 있는 솜씨가 네놈이나 동료들에게 있을까?"

소이보는 천천히 칼끝을 내리고는 비웃듯 말했다.

"언젠가 내 손에 죽은 놈이 그러더군. 말 많은 놈은 죽는다고. 죽을 놈이 말이 많군!"

동무군의 고개가 숙여졌다.

그리고는 어깨와 등이 들썩이기 시작했다.

"키키키킥~"

괴상한 웃음소리, 마치 금속이 마찰할 때의 소리처럼 괴소가 동무군의 입술 사이에서 흘러나오기 시작했다.

처음엔 낮은 웃음소리였지만, 곧 키득거리는 웃음은 소리를 점차 높여가다 끝내 땅을 울렸다.

그 웃음소리에 마도칠가의 사람들은 일제히 웅성거리기 시작했다.

머리털 나고 처음 듣는 동무군의 웃음소리였다.

아니, 동무군이 웃는다는 말을 들어본 적도 없었다.

그나마 흐릿한 미소나마 본 것이 오늘이 처음이었다.

바로 요안을 처음 본 동무군이 미소를 지었기 때문이다.

하지만 지금 동무군은 미소를 넘어 키득거리며 크게 웃고 있었다.

그것도 놀라운 일이었는데, 곧 그 웃음소리에 내장이 흔들리고 기혈이 들끓는다는 사실에 기절할 듯 놀라야만 했다.

바로 동무군의 깊이를 알 수 없는 내공 때문이었다.

동무군의 웃음에 진탕된 사람들은 제자리에 서 있지 못하고 흔들거릴 정도였다.

내공이 약한 사람들은 아예 자리에 허물어지듯 주저앉아 속에 것을 게워낼 정도였다.

바로 앞에 있는 범우나 이활마저도 내공을 잔뜩 운기하는 것으로도 모자라, 관자놀이에 혈관을 돋우고서야 웃음소리에 대항할 수 있을 정도였다.

바로 그때, 동무군의 웃음이 멎었다.

천천히 고개를 든 동무군의 눈가엔 핏발이 서 있었다.

사람들은 그제야 알 수 있었다.

방금 전 웃음소리에 든 내공과 살기 어린 시선을 보고서야 왜 동무군이 동무군인지 알 수 있었다.

왜 천하제일인을 다투는 인물이 동무군이어야 하는지 알 수 있었다.

그리고 성녀의 신탁이 틀렸음도 알 수 있었다.

요안의 등 뒤에 날개가 돋아나고, 날카로운 이빨이 길게 자란다 해도 동무군을 꺾을 수는 없었다.

성녀의 신탁에 반신반의하며 흐트러졌던 대오가 다시 긴장으로 굳어져 가고 있었다.

하지만 소이보는 태연히 새끼손가락으로 귓구멍을 후비고는 손가락 끝을 훅 하고 불며 말했다.

"성녀가 왜 널 싫어하는지 알겠군. 웃음소리가 그따위니……. 쯧 쯧."

그런 소이보를 동무군이 말없이 쳐다보다가 입을 열었다.

"네놈 따위에 내 손을 더럽힐 이유가 없겠지. 어디 보자꾸나, 네놈 실력이 네 입심만큼 되는지를……."

동무군은 천천히 두 손을 들어올려 박수를 쳤다.

짝~

경쾌한 소리가 사라지기도 전에 한 사람이 동무군과 소이보 사이에서 연기처럼 솟아났다.

마른 체형의 사내는 검은 가죽으로 온몸을 둘러 근육이 더 도드라지게 나와 보였다.

나타난 모습과 체형으로 보아 매우 빠른 몸놀림을 장기로 삼는 사람이 틀림없었고, 그 속도는 아마도 상상을 벗어난 것일 게 틀림없었다.

"미운검(迷雲劍)이다. 쥐새끼를 가려낼 만한 실력은 되지. 원래 누군가 내게 선물로 보냈는데……."

동무군은 누군가를, 정확히는 한쪽에 선 채 미운검이란 사내가 나타났을 때부터 얼굴이 창백해진 문기서를 쳐다보며 말을 이었다.

"죽여 버릴까 하다가 솜씨가 제법 되기에 한두 수 가르쳐 곁에 두었지."

동무군은 문기서에게 시선을 거두어 소이보를 쏘아보며 말했다.

"네놈이 쥐새끼만 못하다면 죽을 것이다. 다행히 쥐새끼보다 낫다면 살기는 하겠지. 그때 쫓겠다. 나 동무군이 요안이란 쥐새끼를. 가라!"

동무군의 마지막 '가라!' 는 말은 분명 미운검이란 사내에게 한 말이 틀림없었다.

하지만 정작 미운검은 움직이지 않았다.

그 자리에서 못 박힌 것처럼 꼿꼿하게 선 채 손에 든 검도 치켜 올리지 않았다.

"……."

동무군의 얼굴에 처음으로 의아한 빛이 떠올랐다.

이런 일은 기대하지 않았던 게 틀림없었다.

미운검이 그제야 천천히 고개를 돌려 동무군을 보며 말했다.

"겨루라 하시면 겨루겠지만……."

"……."

미운검이 한참 주저하다가 말했다.

"겨루면 제가 죽습니다, 틀림없이."

미운검의 말에 동무군의 눈빛이 한없이 가라앉았다.

2

동무군은 말이 없었다.

하지만 감히 예영당주의 명령을 어긴 미운검은 아무렇지도 않다는 듯 무표정한 얼굴로 동무군을 바라볼 뿐이었다.

도리어 명령을 어겨놓고도 당당하다는 표정이었다.

"…왜지?"

동무군의 물음은 한참 후에서야 튀어나왔다.

그만큼 충격이 컸던 게 틀림없었다.

"제게 무공을 내려주시면서 물었던 걸 기억하십니까?"

미운검의 물음에 동무군이 고개를 갸우뚱거렸다.

미운검이 말했다.

"그때 가장 두려운 게 있느냐고 물으셨습니다. 그때 제가 대답했지요, 있다고."

"그래, 기억나는군. 그게 죽음이냐고 했을 때 넌 아니라고 했지. 죽음은 두렵지 않다고. 이미 죽음 한가운데를 걸어온 너였다고……."

"예, 기억하시는군요. 그때 저는 사람이 두렵다고 했습니다. 살아오면서 두 사람이 두려웠다고. 그런데 당주님을 보니 두려운 사람이 셋이 되었다고 말씀드렸습니다."

"…그랬지."

동무군이 기억을 더듬는 듯 고개를 들고 말했다.

미운검이 다시 말했다.

"하지만 그때 제가 말했습니다. 두려운 사람이 셋이 되었지만, 당주님은 두 번째라고."

"그래, 기억이 난다. 그 때문에 네가 살아남은 것이다. 널 간자(間者)로 내게 보낸 문기서, 바로 그놈이 세 번째고 내가 두 번째라고 했지. 그 덕에 넌 첩자로 내게 왔으면서도 살았고, 무공까지 배우게 된 것이다. 네놈 말에 호기심을 느꼈기 때문에… 그래서 무공을 가르쳤지. 아마 내게 두 수만 배우면 가장 두렵다던 놈도 벨 수 있을 거라고……."

미운검이 고개를 끄덕이며 대답했다.

"네, 하지만 당주님은 틀리셨습니다."

미운검은 당당히 예영당 당주인 동무군 앞에서 당신이 틀렸다고 말하고 있었다.

동무군도 의외였는지 한동안 말이 없다가 끝내 입을 열었다.

"네가 비록 첩자로 왔지만, 완전한 내 사람이 되었다고 생각하지 않았다면 지금 널 죽였을 것이다."

"압니다. 하지만 전에 말씀드렸듯이 전 죽음은 두렵지 않습니다. 그리고 당주께 무공을 몇 수 내려받은 지금도 가장 두려운 사람을 벨 자신이 없습니다."

"네게 가르친 무공이 하찮은 것이긴 해도 우습게 볼 것이 아니었을 텐데?"

동무군은 혼잣말처럼 중얼거렸다.

하지만 미운검은 곧 고개를 저었다.

"대단했습니다. 과연 이런 무공이 존재할까 싶을 정도로요. 사실 조금 전까지만 해도 벨 수 있을 거라 믿었습니다. 마음속에 새긴 가장 두려운 사람을요. 너무도 두려워 입에 올리지도 않았던 이름이었습니다. 다행히 당주께서도 가장 두렵다던 사람의 이름을 묻지 않으셨죠. 하지만 지금 깨달았습니다. 그 사람은 결코 베어질 사람이 아니라는 것을……."

"소림… 무치가 아니었단 말인가?"

동무군이 의외라는 듯 다시 중얼거렸다.

그렇게 생각했다.

미운검이 첩자라는 것을 알아차린 후에도, 가장 두렵다는 사람이 소림무치라 생각했기에 죽이지 않은 것이다.

그래서 무공도 알려준 것이다.

어쩌면 한 번은 부딪쳐야 할 가장 강한 적을 상대로 마운검을 통해 시험해 보고 싶었는지도 몰랐다.

미운검이 한 사람을 가리키며 말했다.

그 사람은 한 켠에서 조용히 검을 어르던 사검정이었다.

"당주께서 가르쳐 주신 무공은 매우 강했습니다. 하지만 저자의 말을 듣는 순간 깨달을 수 있었습니다. 검이나 검법이 강하다고 강한 게 아닙니다. 사람이 강합니다. 당주께선 틀리셨습니다. 그 사실을 제 목숨으로 증명하겠습니다."

미운검을 말을 멈추는 즉시 사라졌다.

마치 나타났을 때처럼 표홀한 몸놀림이었다.

보통의 사람이라면 그 움직임마저도 보지 못할 정도였지만, 미운검의 신형은 어느새 소이보 앞에 불쑥 나타나고 있었다.

소이보는 전혀 놀라지 않은 모양이었다.

그저 한가롭게 장검을 들어올릴 뿐이었다.

그리고 그 장검 끝이 목젖에 닿을 듯 미운검을 가리키고 있었다.

허공을 찢고 마치 그림처럼 툭 떨어져 내렸던 미운검의 신형이 다시 사라졌다.

그리고 다시 나타난 것은 소이보의 오른편 어깨 위였다.

하지만 이번에도 소이보의 장검은 한없이 느린 원을 그리며 허공 중에 머물 뿐이었다.

그 검끝의 궤적에 미운검의 허리가 잘려 나갈 듯 보였다.

다시 미운검의 신형이 연기가 꺼지듯 사라지고, 이번엔 소이보의 왼편 뒤쪽에서 새로이 모습을 드러냈다.

눈으로 보고도 못 믿을 빠르기였다.

어쩌면 번개보다 더 빠를지도 모를 정도의 속도였다.

하지만 그런 빠른 미운검의 속도를 한없이 느려 터져 위아래로 까딱이는 소이보의 장검이 막아내고 있었다.

아니, 미운검의 속도가 조금만 더 빨랐다면 허리가 갈리거나 목이 꿰뚫렸을지도 몰랐다.

다시 미운검의 신형이 사라지고 소이보 정면 몇 걸음 앞에서 나타났다.

그리고 다시 사라지지 않았다.

도리어 그 자리에 박아놓은 듯 꼿꼿하게 선 채 잡아먹을 듯 쏘아보며 물었다.

"왜지? 왜 날 안 죽이는 거지?"

소이보가 히죽 웃으며 대답했다.

"오랜만에 보는데 인사도 없이 죽일 수 있나. 그런데 언제부터 미운검이 된 거야? 예전 별호가 더 멋졌는데……."

소이보가 말을 끝내고는 다시 히죽 웃었다.

어렵지는 않았다. 비록 미운검의 몸놀림이 번개처럼 빠르다 해도 자신의 검끝을 피해 갈 수는 없었다.

미운검의 몸놀림은 그 누군가를 무척이나 닮아 있었기 때문이다.

바로 별림(別林)에서 할아버지와 겨룰 때, 강요맹의 몸놀림은 무척 빨랐다.

범우의 시선으로도 다 따라가지 못할 정도로 빨랐고, 그렇기에 범우조차 넋을 잃고 바라보았던 맹렬하게 빠른 움직임이었다.

하지만 그 모든 빠름은 한없이 느린 노인의 검끝에서 맥이 끊어진 채 별다른 성과를 올리지 못했다.

그 노인의 검과 검을 맞댄 채 오랜 세월을 지내온 소이보였다.

자연 노인의 검이 어떻게 강요맹의 빠르고 잔인한 몸놀림을 막아내었는지 알 수 있었고, 그렇기에 미운검의 공격을 당황하지 않고 손쉽게 막아낼 수 있었던 것이다.

소이보 옆에 있던 사람들은 그저 멍하니 바라보고만 있을 수 밖에 없었다.

처음 나서기엔 미운검의 갑작스런 몸놀림이 너무도 빨랐고, 그 이후엔 소이보의 칼이 막아내는 것을 보고 나설 이유가 없었기 때문이다.

미운검이 말없이 소이보를 쳐다보다가 곧 몸을 돌려 동무군 앞에 가무릎을 꿇었다.

"보여드릴 건 다 보여드렸습니다. 저자가 제가 가장 두려워하는 사람, 즉 요안(妖眼)입니다. 죽으라시면 죽겠습니다."

미운검은 조금 전까지 소이보를 향했던 검끝을 돌려 자신의 가슴에 얹고는 동무군에게 고개를 숙였다.

"흠……."

동무군이 한숨 소리처럼 숨을 토하고는 말없이 요안을 바라보았을 때였다.

카랑카랑한 강요맹의 목소리가 허공을 울렸다.

"아! 그래, 이제 기억나는군. 어디선가 봤다 했더니. 귀검(鬼劍). 그래, 귀검이었어. 어때, 틀림없지?"

강요맹의 높은 목소리에 마치 화답이라도 하듯 사람을 편안하게 만드는 윤기 나는 목소리가 뒤를 이었다.

"역시 대주님은 기억력이 좋으시군요. 예, 대주님 덕분에 시굴에서 저와 함께 살아남은 귀검이란 자입니다. 요안에게 죽다 살아남은 유일한 두 사람이죠. 제법 검을 놀리기에 제가 예영당에 몰래 집어넣었는데…….."

강요맹이 고개를 끄덕였다.

"들켰다는 얘기군. 아쉽군. 그래, 자네가 교단 아래서 허왔던 일이 어떤 것이었는지 대강 알 것 같군."

"재미있었습니다. 비록 귀검이 진짜 마음을 돌려 예영당주를 따를 줄은 몰랐습니다만."

문기서의 말에 강요맹이 말없이 고개를 끄덕였다.

마도칠가끼리의 알력은 상당히 심했다.

만약 뒤통수를 칠 기미가 보이면, 먼저 뒤통수를 쳐야 살아남을 수 있었다.

그래서 마도칠가들은 서로 보이지 않는 첩자들을 심어두느라 여념이 없었다.

이미 비중(費增)이 남긴 석상(石像)을 본 후유증에 폐인이 되어버린 요선보주 대신 요선보를 이끌어가는 사람이 셋 있었다.

그중에 하나가 전투를 주로 맡은 강요맹과 암살과 척결을 맡은 이화림 외에 교단서가 맡은 일이 바로 첩자를 심어두는 일이었다.

무척이나 비밀스런 일이어서 첩자로 자신이 시굴에서 직접 살려온 귀검이 선택되었다는 것조차 강요맹은 이제야 알 수 있었다.

강요맹은 엎드려 있는 미운검, 아니, 귀검을 보며 아쉽다는 듯 말했다.

"아깝군. 첩자 따위로 사용하기엔 좋은 재질인데…….."

문기서가 웃으며 말했다.

"어쩔 수 없었습니다. 이미 마음이 죽어버린 자는 좋은 나무로 자라지 못하죠. 저놈은 이미 죽었습니다, 요안에게. 이미 꺾여 버린 갈대는 곧게 자라지 못하죠. 그러니 저렇게 사용할 수밖에요. 사실 이 일이 고되지만 재미는 있거든요. 이런 저런 재미난 이야기를 많이 알게 되니까요."

문기서가 한쪽 편을 가리키며 강요맹에게 물었다.

"저쪽이 태활장(泰闊莊)이죠?"

문기서가 가리키는 방향엔 조금 전 곽예주에게 검을 빼앗겼던 무인이 속해 있는, 푸른색 복장의 무인들이 모여 있었다.

강요맹이 고개를 끄덕이자 문기서가 웃으며 말했다.

"만약 예영당의 동당주가 없다면, 차기 마도본가에 오를 가문은 예영당이 아니라 태활장이 될 거란 말이 돌고 있습니다. 바로 태활장의 소가주인 마검충(馬劍忠) 때문이지요."

"태활장의 마씨 형제에 대해선 나도 들었다."

강요맹이 딱딱한 대답에 문기서의 웃음이 더욱 짙어졌다.

"네, 모르긴 몰라도 아마 강 대주님보다 실력이 더 좋을 겁니다. 태활장의 장자였던 마태충만 해도 강 대주님이 채 삼십여 초 버티기가 힘드실 실력이었으니까요."

"……."

강요맹은 아무런 말이 없었다.

동무군의 가장 강력한 적수로 손꼽히는 사람이 바로 태활장의 마씨 형제였기 때문이다.

"그런 마태충이 죽었습니다. 강호상엔 주화입마로 인한 급사로 알려졌지만, 사실 친동생인 마검충의 솜씨였죠. 열여섯 살 때부터 태활장에서 벗어나 혼자 생활해 오다 갑자기 태활장에 들어와 형을 찔러 죽였죠. 채 오 초도 걸리지 않았다더군요. 왜 그랬냐 하면, 형의 솜씨가 꽤나 쓸 만하다고 들었기 때문이랍니다. 그저 비무에 환장한 미친놈이죠. 그래서 태활장의 장주 역시 감히 형을 죽인 패륜을 벌하기커녕 자라목처럼 쏙 안으로 들이밀고 숨어 벌벌 떨고 있답니다."

문기서의 말에 태활장 무인들이 웅성거렸다.

소가주였던 마태충의 죽음에 무언가 비밀스런 일이 있다는 것은 알았지만, 그게 동생 마검충 때문이란 건 알지 못했기 때문이다.

아니, 마검충이 태활장에 되돌아온 게 형의 죽음 때문에 다음 가주직을 맡기 위해서라고만 알고 있었다.

당연히 태활장 무인들의 충격은 클 수밖에 없었다.

웅성거리는 태활장의 무인들을 보고 문기서는 비웃듯 웃으며 크게 외쳤다.

"이런 살인과 무공에 미치광이는 절대 마도칠가의 본가가 될 수 없습니다!"

단정 짓듯 말하는 문기서의 말에 모여 있던 마도칠가의 사람들은 웅성거리기 시작했다.

"기현소축은?"

강요맹이 물었다.

강요맹의 물음에 마도칠가 무인들의 웅성거림이 멎었다.

문기서의 의견을 귀담아듣기 위해서였다.

모인 무인들 중 특히 기현소축에 속해 있는 무인들은 더욱더 긴장한 채 귀를 잔뜩 세우고 있었다.

하지만 정작 자신들이 감히 동무군을 앞에 두고 차기 마도본가를 논하고 생각하고 꿈꾸고 있다는 사실은 전혀 알아차리지 못하고 있었다.

물론 그게 문기서와 강요맹의 의도였다는 것 역시…….

"기현소축은 대주님도 아시다시피… 시체를 파먹고 살던 도굴꾼들입니다. 시쾌(屍儈)라고도 불리지요. 기관진식이나 음모에는 강할지 몰라도, 대세를 짚어 마도칠가를 통솔하기엔 아무래도……."

문기서의 말에 기현소축 무인들의 얼굴이 시뻘겋게 달아올랐다.

부끄러움과 분노 때문이었지만, 다른 가문 사람들의 고개는 마치 옳다는 듯 끄덕이고 있었다.

그러나 문기서의 말은 거기서 끝나지 않았다.

"더욱이 기현소축은 배운 게 땅 파는 것밖에 없으니, 묘한 땅굴도 하나 파놨더군요. 본거지가 드러나지 않은 흑수문의 발밑에다. 배짱이 좋은 건지 머리가 나쁜 건지, 자객들이 모여 만든 흑수문 발밑에 몰래 땅굴이나 파는 가문에게 어떤 큰 뜻이 깃들여 있겠습니까."

문기서의 말에 붉게 달아올랐던 기현소축 무인들 얼굴이 시커멓게 죽어가고, 다른 한쪽에 음침하게 모여 있던 흑수문의 자객들 얼굴이 불쾌하게 달아올랐다.

모르긴 몰라도, 이번 일이 끝나고 나면 기현소축과 흑수문이 한차례 맞붙을 거란 것쯤은 삼척동자도 알 수 있었다.

"수상방은? 수상방은 어때? 꽤 쓸 만하지 않아?"

곽예주가 수상방 어미대를 맡고 있었던 이활의 눈치를 살피며 조심스럽게 물었다.

"호탕하지요. 남자답지요. 하지만 그게 끝입니다. 수상방주는 이미 세상에 욕심을 버린 지 오래고, 무공에만 탐닉한 지 오래죠. 만약 수상방이 마도본가가 된다면, 정파무림인들처럼 무공만 익혀야 할걸요? 또 다른 가문 역시 마찬가지입니다. 비적질을 해 먹던 우리 요선보나 염효들이 모인 군림가가 마도본가가 된다면 다른 가문을 털어먹거나, 소금이나 팔아먹으려고 머리를 굴릴 테니까요."

문기서의 말에 마도칠가 사람들이 일제히 와 하고 웃었다.

서로 못 잡아먹어 안달인 요선보와 군림가였지만, 만약 두 가문 중에 마도본가가 나온다면 확실히 문기서의 말처럼 될 확률이 높았다.

당장 요선보만 해도, 만약 마도본가가 된다면 무슨 트집이든 잡아 다른 가문의 담을 말을 탄 채 뛰어넘어 들어올 것이고, 그 선봉은 분명 미친 삼팔구 집단일 게 틀림없었기 때문이다.

강요맹 역시 잔잔한 미소를 지으며 말했다.

"그렇군. 죄다 비적에, 염효에, 산적에, 수적에, 자객에, 도굴꾼들이 모여 만든 게 마도칠가이니……. 하지만 예영당이 있지 않은가. 또 이때까지 잘해왔고."

문기서가 콧방귀를 뀌듯 대답했다.

"당주밖에 볼 사람이 더 있습니까?"

"……."

그 말엔 감히 강요맹도 대답하지 못했다.

확실히 그랬다.

사람을 부려 집이나 만들고 담벼락이나 지어 올리던 무리가 바로 예영당이었다.

그래서인지 제법 사람 다루는 솜씨가 뛰어났지만, 그래 봐야 쓸 만한 건 집을 짓는 사람들의 우두머리인 도편수에 지나지 않았다.

단지 동무군, 그 이름 석 자가 가지는 위력이 너무도 큰 것이었다.

그리고 그 위력은 바로 힘에서 나왔다.

소림무치와 어깨를 나란히 하는 가공할 무공에 모두가 숨죽인 채 고개 숙여 명령을 받아들이고 있는 것이다.

그제야 사람들 역시 지금 논하고 있는 일이 동무군의 심기를 어지럽힐 수도 있는 차기 마도본가에 대한 일임을 깨닫고 찬물을 부은 듯 조용해졌다.

문기서의 말 역시 조금 전과 달리 나지막이 내려 깔았지만, 숨죽인 고요함을 흔들며 넓게 퍼지고 있었다.

"그래서 요안입니다, 사람 마음을 훔칠 수 있는. 성녀의 마음을 훔쳤고, 나 문기서의 마음을 훔쳤고, 요선보의 괴물들인 삼팔구 마음을 넘어 필기삼괴 중 강 대주님의 마음까지 훔친 요안입니다. 누가 충심으로 마음을 훔칠 수 있겠습니까. 요안, 요안만이 해낼 수 있지요. 힘이 아닌 마음으로. 하지만 힘도 강한, 그래서 귀검의 마음을 죽게 만들고 소림무치와도 대등하게 겨루었던 요안만이!"

문기서의 목소리는 높지 않았다.

하지만 사람들의 마음을 헤집어놓기엔 충분했다.

그러자 자연히 언젠가부터 강호를 떠돌던 노랫가락이 사람들의 뇌리에 떠올랐다.

어두운 달밤, 붉은 달이 지면 파란 잿빛 달이 뜬다. 세상이 그 빛으로 물들면 사람들의 영혼은 요안의 것이 된다.

몇몇 사람은 정말 홀리기라도 한 듯 노랫가락까지 흥얼거릴 정도였다.

그때였다.

짝짝짝~

홀린 사람들을 일깨우는 듯한 박수 소리가 들렸다.

동무군이 태사의에서 일어나 정말 대단하다는 듯 박수를 치고 있었다.

"대단하군."

동무군이 문기서를 보며 의미심장한 메마른 웃음을 웃었다.

"부끄럽습니다."

문기서가 웃으며 고개를 숙였지만, 이미 그 웃음은 긴장으로 굳어져 있었다.

동무군이 고개를 좌우로 저으며 말했다.

"아니야. 대단해. 널 어릴 때부터 봐온 나이지만 항상 탄복을 금치 못하겠군. 세상에 그 누가 있어 날 탄복하게 만들 수 있겠는가."

동무군의 말에 문기서의 어깨가 가늘게 떨렸다.

"요안! 요안이 그렇게 대단했던가! 네 말을 듣다 보니 과연 굉장한 놈이군. 정말 대단해……. 하지만 네 말에서 한 가지 아쉬운 것은……."

동무군의 시선이 그제야 소이보를 향했다.

히죽 웃는 소이보의 얼굴을 보며 동무군이 말했다.

"그런 요안이 곧 죽을 거라는 거지. 바로 내 손 아래에서……."

동무군의 말은 강요맹처럼 카랑카랑하지도 않았고, 문기서처럼 사람 마음을 파고드는 힘도 없었다.

하지만 모든 사람들의 마음과 몸을 억누르게 만드는 힘이 있었다.

동무군이 마치 감상하듯 소이보를 보면서 말했다.

"네놈이 쥐새끼보다 낫다는 건 인정하마. 그래서 널 지금부터 쫓기로 했다. 우습게 봤던 비적과 수적, 그리고 자객 같은 하류배들이 뭉치면 어떤 힘을 낼 수 있는지 철저히 보여주겠다. 가라! 그 뒤를 쫓으마. 네놈들이 어느 정도 도망갔다 생각해 숨을 돌리고 있을 때, 그때가 추적 시작이다. 철저히 느끼게 해주마. 마도칠가의 힘을, 마도본가의 힘을, 예영당의 힘을, 그리고 나 동무군의 힘을. 가라!"

동무군의 말엔 힘이 있었다.

굳이 힘을 불어넣어 말하지 않아도 뼛속까지 느끼게 만드는 힘이 있었다.

무언가 말을 뱉으면 그 말대로 모든 걸 만들 수 있는 힘이 동무군에겐 있었기 때문이다.

동무군의 말에 이천여 무인이 허리를 세웠고 가슴을 폈다.

어찌 됐든 지금 마도칠가의 가주는 동무군이었다.

진짜 요안이 동무군을 죽일 수 있을지는 내일 일이었지만, 오늘은 동무군이 마도본가의 가주였다.

문기서가 힘들여 지핀 불씨가 채 불붙기도 전에 동무군은 간단한 한 마디로 제압해 버린 것이다.

문기서의 얼굴이 어두워졌다.

그때였다.

"막는다고?"

듣기에 꽤나 껄끄러운 목소리가 툭 튀어나왔다.

소이보였다.

마치 조금 전 동무군의 말이 무척이나 마음에 안 든다는 듯 소이보는 기다란 장검을 어깨에 둘러메고는 비스듬히 서서 동무군을 쳐다보고 있었다.

"막을 수 있다고? 나를?"

소이보가 어이없다는 듯 히죽 웃다가 곧 고개를 돌려 모여 있는 마도칠가의 무리들을 보며 또다시 히죽 웃었다.

"쟤들이?"

소이보는 고개를 돌려 동무군을 바라보며 말했다.

"좋아. 하나하나 부숴주지. 네 발밑부터 철저히. 네 발목을 자르고 무릎을 자르고 허리를 자르고 두 팔을 자르면, 네 목 하나만 남겠지. 그걸 베어주겠어."

소이보는 어깨에 걸쳤던 검을 앞으로 내세워 무인들을 가리키며 말했다.

"일단 저들부터. 그리고 널 기다리지."

큰 숨을 들이켜 가슴속에 가득 담은 소이보가 숨과 함께 내뱉으며 크게 외쳤다.

"가로막는 자들은 오라! 베어줄 것이다!"

새파랗고 잿빛인 두 개의 눈동자가 요사스러운 광채를 뿜어내고 있었다.

3

무인들은 숨을 죽였다.

그리고 일제히 고개를 돌려 동무군을 바라보았다.

동무군은 분명 뒤를 쫓겠다고 했다.

그것도 멀리 도망간 후, 뒤에서 숨통을 조여가다 끝을 내주겠다고
했다.

그렇다면 지금은 요안을 가로막을 때가 아니었다.

아니, 막아서고 싶지가 않았다.

막아서야 하더라도 자신들보다 다른 가문 사람들이 나서길 바랐다.

다행히 동무군이 냉랭하게 말했다.

"보내주어라."

무인들이 나지막이 한숨을 내쉬고는 발걸음을 옮겼다.

그러자 소이보 앞에 커다란 길이 생겼다.

소이보가 한 걸음 내디뎠지만, 그보다 먼저 소이보의 앞을 가로막는
사람이 있었다.

둔비였다.

마치 소이보 앞을 가로막는 것이 있다면 자신이 먼저 두들겨 깨뜨려
버리겠다는 듯 커다란 주먹을 쓰다듬으며, 커다란 눈을 연신 씰룩이며
두리번거렸다.

그러자 소이보 오른쪽으로 강요맹이 바짝 붙어 섰고, 마치 약속이라
도 되어 있는 것처럼 왼쪽에선 어깨를 맞대다시피 범우가 다가와 섰다.

둔비 옆도 마찬가지였다.

마치 품(品) 자를 이루는 듯 둔비 왼쪽 뒤편으론 양 소매 사이로 두
손을 얽어 숨긴 지반월이 섰고, 오른편 뒤로는 검을 가슴 앞에 우뚝 치
켜세운 사검정이 위치했다.

소이보 바로 뒤에는 문기서와 부홍이 위치했다.

그리고 둔비와 소이보 중간엔 곽예주가 섰고, 조금 거리를 둔 채 양

쪽 옆으론 굉요와 이활이 버티고 서자 마치 날개를 활짝 벌린 새의 형상을 닮은 진형이 자연스럽게 이루어졌다.

새의 머리는 어울리지 않지만 둔비가 위치했고, 사검정의 검과 지반월의 비도는 날카로운 부리가 될 게 틀림없었다.

새의 머리와 몸통을 이어주는 목은 곽예주가 맡아 예쁜 눈을 치켜떠 주위를 두리번거렸고, 힘찬 도약을 맡은 양 날개의 역할은 아마도 이활과 굉요의 몫이었다.

더욱이 날카로운 발톱은 범우와 강요맹이 맡아 휘두를 것이며, 방향을 잡는 꼬리는 문기서가 알아서 진로를 결정할 것이다.

마치 사전의 묵계라도 된 것처럼 짜여진 진형이 천천히 앞으로 나갈 때였다.

한 사내가 걸어 나와 소이보를 중심으로 짜여진 진형을 막아섰다.

모르는 사람은 아니었다.

도리어 너무 잘 아는 것이 탈이었다.

"아하, 이러긴 싫었지만……."

사내, 즉 말을 길게 늘이며 흐리는 게 독특한 버릇이 되어버린 군림가의 백골당(白骨黨)의 주인인 향문월이었다.

"지금이 아니라면 또 말할 수가 없는 것이라……."

향문월은 곤란한 듯 또 다른 버릇인 턱을 간질이며 흘깃 동무군을 바라보았다.

동무군은 아무런 말도 없었다.

그저 묵묵히 소이보의 뒷등을 지켜볼 뿐이었다.

내심 허락의 뜻으로 받아들였는지 향문월이 싱긋 웃으며 말했다.

"자네들의 용맹함은 나 역시 탄복하는 바이지만…… 내가 매어 달린 곳이 있고, 내 목숨을 의탁한 곳이 군림가니 어쩔 수없이……. 그러니 나중에 나와 부딪치더라도 부디 원망하지 말기를……. 속마음은 진정 자네들을 좋아하니까……."

요선보와 가장 치열하게 세력 다툼을 벌인 가문이 바로 군림가였다.

하지만 평원에서 한차례 손속을 겨루고 난 이후, 향문월은 내심 삼팔구에 대해, 아니, 정확히는 소림무치와 겨루었던 요안이란 존재에 대해 탄복하고야 말았다.

그래서 비록 적이지만 마지막 인사를 나누고 싶어 앞으로 나온 것이다.

미련한 둔비도 그 뜻을 알았는지 팔짱을 낀 채 고개를 끄덕이며 말했다.

"미안하긴! 도리어 부딪치길 바라는걸. 그때 화끈하게 겨뤄보자고. 나긋나긋한 허리뼈를 부러뜨려 줄 테니!"

말은 거칠었지만, 그리 살기 어렵게 들리진 않았다.

도리어 신나는 장난이라도 앞에 둔 것과도 같은 투덕거림처럼 들릴 정도였다.

향문월이 씨익 웃고는 범우를 보았다.

처음으로 자신과 닮았다고 느낀 사내였고, 정녕 사내다운 사내였기 때문이다.

범우 역시 민둥머리를 끄덕이자 향문월이 활짝 웃으며 엄지손가락을 치켜들고는 말했다.

"끝이 어떻게 되든 자네들은 마도칠가의 기억에 영원히 남을 걸세. 그게 어떤 의미가 되었든 마도칠가 사람들 가슴에 확실한 낙인(烙印)처럼 찍힐 테니까. 그럼……."

말을 끝낸 향문월이 빙긋 웃고는 뒤로 물러섰다.

둔비의 거친 발걸음이 두세 걸음 앞으로 나갔을 때, 이번엔 또 다른 사람이 앞을 가로막았다.

마치 오뉴월 개 혓바닥처럼 축 늘어진 코를 가진 사내였는데, 복색으로 보아 기현소축에서 한자리하는 사람임에 틀림없었다.

둔비가 이건 또 뭐냐? 하는 눈길로 사내를 바라보다 고개를 돌려 혹시 아는 사람 있어? 라고 묻듯이 일행들을 바라보았다. 그러자 문기서가 빙그레 웃으며 대답했다.

"안화천(安華泉)! 기현소축의 비암각(秘暗閣)의 각주!"

둔비가 머리를 긁으며 말했다.

"처음 들어보는 놈인데?"

둔비 딴에는 작은 목소리로 혼잣소리처럼 중얼거린 말이지만, 커다란 둔비의 말소리를 모인 사람들 중에서 못 들은 사람은 하나도 없었다.

안화천은 얼굴이 확 붉어지는 것을 느끼며 몇 번 헛기침을 뱉었다.

이렇게 나온 데는 별다른 뜻이 없었다.

조금 전 나와서 멋지게 후일을 다짐했던 향문월이 멋있어 보였기에 자신도 따라 한 것뿐이었다.

향문월은 칭찬과 함께 멋진 되갚음을 약속했다.

그 한마디로 길을 내주어야 하는 군림가의 체면을 살렸고, 한편으론 그리 녹록한 사람이 아님을 다른 마도칠가 사람들에게 확실히 각인시킨 것이었다.

자신도 그런 멋진 모습을 보여주고 싶었다.

더욱이 다른 한편으론 동무군에게 확실한 얼굴 도장을 찍고, 설령 요안이 진짜 동무군을 죽이고 마도본가의 가주에 오른다고 해도 선명한 기억을 남길 수 있다는 계산도 깔려 있었다.

그래서 안화천은 다시 목소리를 가다듬고는 말했다.

나름대로 노력해서 지은 거만한 표정과 함께.

"강호에 잘 나오지도 않는 나를 알아주니 감사해야겠군. 이 몸은 기현소축의 비암각을 맡은 안화… 컥!"

하지만 불행히도 말은 이어지지 않았다.

안화천은 믿을 수 없다는 듯 두 눈을 동그랗게 뜨고 손으로 목을 감싸 쥔 채 천천히 뒤로 허물어질 뿐이었다.

"말이 길어!"

곽예주는 손에 든 작은 각궁을 내리며 그제야 꾀꼬리가 뾰로롱 울 듯 종알거렸다.

지반월이 맘에 든다는 듯 나른하게 뜬 눈으로 말했다.

"막으면……."

둔비가 호탕하게 다음 말을 외쳤다.

"죽는닷!"

그리고는 전속력으로 앞을 향해 달려갔다.

둔비의 호통이 먹혔는지, 아니면 곽예주의 화살이 먹힌 것인지는 몰라도 더 이상 앞을 가로막는 사람은 없었다.

◆ 第三章 ◆
삼안조웅의 칠간

삼안조웅의 철간 1

그 뒤로도 한참을 달렸다. 표범처럼 빠르고 사자처럼 무겁게.

발걸음은 무겁게 내딛고, 신형은 빠르게 바람처럼 흘렀다.

그리고 멎었다.

소이보가 발걸음을 멈췄기 때문이다.

소이보의 발이 멎는 순간, 모든 사람들의 걸음도 마치 약속이나 한 것처럼 멈추었다.

서로 말은 안 하고 있었지만, 일행의 모든 신경은 소이보에게 맞추어져 있었던 게 틀림없다.

소이보가 뒤로 돌아 문기서를 쳐다보았다.

"무슨 뜻이었지?"

소이보의 물음에 문기서가 진지한 얼굴로 대답했다.

"이렇게 와야 했다."

"그래, 왔으니까 이제 말해 봐."

소이보가 요안을 반짝이며 다시 묻자 문기서가 한층 더 진지한 얼굴로 대답했다.

"지금은 때가 아니니까."

"거기까진 들었어. 이젠 이유를 알아야겠다."

소이보는 조금 전 비밀스럽게 들었던 전음(傳音)을 되묻고 있는 것이었다.

소이보는 이렇게 올 마음이 없었다.

그 자리에서 부서지는 한이 있더라도 모든 것을 걸고 부딪치고 싶었기 때문이다.

하지만 문기서의 전음은 얼른 이 자리를 떠야 한다며 재촉하고 있었다.

문기서뿐만이라면 모르지만, 강요맹 역시 같은 전음을 소이보에게 전했다.

지금은 아니라고, 지금은 도망가야 할 때라고.

그래서 이렇게 왔고, 이제야 이유를 묻는 것이었다.

하지만 소이보의 눈빛을 바라보는 문기서의 눈빛은 전혀 흔들리지 않았다.

도리어 기다리던 순간을 맞은 것처럼 희열의 빛을 띠고 있었다.

그 희열의 폭죽이 터지듯 문기서의 입술이 열렸다.

"지금은 겨룰 때가 아니다. 동무군을 죽인다고 되는 것도 아니고. 지금은 네 능력을 보여주는 게 중요해. 소림무치와도 겨룬 사람이란 소식은 이미 거짓처럼 믿어지고 있으니까."

문기서의 입에서 소림무치란 말이 튀어나오자 이활이 흠칫거리며 뒤돌아보았다.

하지만 문기서는 그저 소이보만을 쳐다보았다.

자신의 뜻을 대강 알아들은 것 같자 계속해서 말을 이었다.

"그래서 넌 도망쳐야 해. 그래야 마도칠가의 가주가 될 수 있으니까!"

이번엔 이활뿐만이 아니라 굉요와 범우의 신형도 움찔거렸다.

그저 먼 이야기로 전해 들었던 마도칠가의 가주.

바로 그것이 현실이 되고, 그 일을 이루어줄 사람이 바로 눈앞에 있는 괴상한 눈을 지닌 사람이란 걸 뒤늦게 깨달은 게 틀림없었다.

문기서 역시 스스로도 흥분했는지 혀로 입술을 축이며 달했다.

"나중에 마도칠가의 가주가 되려면, 마도칠가에게 지울 수 없는 공포를 안겨줘야 한다. 그래야 저들은 믿으니까. 따르니까. 그래서 넌 능력을 보여줘야 한다. 네 옆엔 지금 열 명밖에 없지만, 곧 마도칠가 전체가 네 발아래 무릎 꿇을 거야. 그러니까 지금은 가야 한다. 지금 네 칼이 향해야 할 곳은 동무군이 아니라 마도칠가니까. 네 종복이 되어야 할 사람들 말이야."

소이보가 그저 문기서를 쳐다보았다.

그때 강요맹의 얇고 기다란 손가락이 소이보의 어깨 위에 얹혀졌다.

소이보가 뒤돌아보자 강요맹의 백발 머리가 끄덕여졌다.

"저놈의 말이 맞다. 그래서 나도 나서게 된 것이고."

강요맹은 소이보의 말은 듣지도 않은 채 고개를 돌려 문기서를 보며 물었다.

"방향은 맞는 것이냐?"

문기서가 고개를 끄덕이며 답했다.

"네, 이쪽으로 쭉 가다보면 요각령(姚脚嶺)이 나오고 그걸 넘으면 유현원(柳弦原)이란 평야가 나오죠. 그 뒤론 험준한 영손산(榮孫山)이, 그리고 영손산 반대편 절벽 아래로 태천강(兌舛江)이 나옵니다. 우리의 목표가 거기죠."

"어라? 도망갈 길이 정해져 있는 거야?"

곽예주가 놀랍다는 듯이 되묻자 문기서가 씨익 웃으며 대답했다.

"당연하죠. 아마 예영당주도 알고 준비하고 있을 겁니다."

"예영당주가 안다고?"

이번엔 지반월이 인상을 찡그리며 물었다.

"네, 수상방같이 커다란 방파가 움직이면 아무래도 예영당의 이목을 가리긴 힘들겠죠. 그쪽도 수상방에 첩자를 심어두고 있을 테고, 갑자기 일을 벌였으니 대강 눈치채고 있을 겁니다. 하지만 그래도 가야 합니다. 그래야 강한 인상을 심어주고, 또 우리의 일이 성공할 수 있을 테니까."

둔비가 머리를 긁적이며 물었다.

"괴상한 일이군. 수상방이 여기서 왜 나와? 그리고 이 모든 게 짜여진 일이었단 말이야?"

"언젠간 벌어질 일이라고 생각했습니다. 만약 요안이 나서지 않았다면 나 역시 단념하고 말았을 일이었지만, 다행히 강 대주님과 연락이 되는 바람에……."

강요맹이 그제야 고개를 끄덕이며 말했다.

"내가 준비했다. 계획은 이놈이 짰고. 원래는 네놈들 목숨을 살리려 한 것이었지만……."

"그분은 나와주신다고 하셨습니까?"

문기서가 강요맹에게 묻자 강요맹이 고개를 끄덕였다.

"일이 이렇게 된 걸 아셨을 테니 오시겠지. 지금쯤은 도착하셔야 할 텐데……. 아! 저기 벌써 와 계시군."

강요맹의 말이 채 끝나기도 전에 한 사람이 모습을 드러내고 있었다.

파랗고 잿빛인 두 눈이 강요맹의 어깨 너머로 향했다.

자그마한 소롯길이었다. 자그마한 길이었다.

작은 길은 여위어가는 목숨을 지탱한 채 이리저리 흔들리고 채이듯 비틀거리며 이어지다, 바위 뒤편으로 돌았다.

그 중간을 가로막듯 앉아 있는 바위는 꽤 큰 편이었다.

얼추 보아도 사람 키만한 높이에, 그 위엔 아이들 여남은 명이 뛰어놀아도 될 만큼 넓고 펑퍼짐했다.

하지만 그 바위가 특별해 보이는 것은 그 위에 한 노인이 앉아 있었기 때문이다.

넓은 죽립(竹笠)을 쓴 탓인지 아래로는 갸름한 턱밖에 보이지 않았다.

폭이 넓은 감포로 몸을 둘러 전체적으로 풍성해 보였지만, 소매 밖으로 나온 깡마른 손 때문에 마른 체형임을 쉽게 알 수 있었다.

죽립과 풍성한 옷 때문에 쉽게 나이를 가늠하긴 어려웠지만, 턱 밑으로 드리워진 하얀 수염과 깡마른 손등 위로 접혀진 주름으로 상대가 노인, 그것도 나이가 꽤나 많은 사람임을 알 수 있었다.

노인은 갑작스런 등장만큼이나 신비했다.

길고 검은 철간(鐵竿)을 손에 든 채 한가로운 듯한 자세로 바위 위에 오뚝하니 올라 앉아 있었기 때문이다.

마치 한가한 노인이 낚시라도 하고 있는 모습이었다.

그러나 이곳은 깊은 산중이었고, 더구나 노인의 철간엔 낚싯줄이 매달려 있지 않았다.

더욱이 노인이 낚는 것이 그저 물고기만이 아니라는 것은 바로 드러났다.

천천히 죽립을 벗은 노인이 고개를 돌려 일행들을 보며 빙긋 웃으며 말했기 때문이다.

"옳거니, 오늘은 여러 놈을 낚았군."

노인의 웃음은 마치 망태가 가득해진 어부의 웃음을 닮아 있었다.

그러나 항상 웃음 띤 얼굴이었던 굉요는 웃지 않았다.

웃기는커녕, 얼굴이 어두워지며 신음처럼 중얼거렸다.

"삼안조옹(三眼釣翁) 두경환(斗敬桓)!"

노인은 굉요가 알아본 것이 기특하다는 듯 함빡 웃으며 고개를 끄덕였다.

그러나 노인의 두 눈은 웃고 있었지만, 이마 한가운데 드러난 또 다른 눈은 전혀 웃고 있질 않았다.

마치 사람을 노려보듯 깜빡이지도 않은 채 그저 일행을 쏘아볼 뿐이었다.

2

소이보는 두경환이라 불린 노인을 보자마자 왜 삼안조옹이라는 별호가 붙었는지 알 수 있었다.

조옹이란 곧 낚시하는 노인이니, 손에 든 기다란 철간을 두고 이른 말이 분명했다.

상대는 무림인. 그 철간이 그저 낚시질에만 쓰이는 것이 아닌, 사람의 목숨도 곧잘 낚는다는 사실은 어두워진 굉지의 안색으로 충분히 알수가 있었다.

그리고 삼안(三眼), 노인의 두 눈과 이마 한가운데 눈은 소이보의 파랗고 잿빛인 요안을 처음 볼 때보다 더 이상한 느낌을 주고 있었다.

그리고 그 눈이 요안을 향했다.

"색다른 놈이 하나 걸렸군."

삼안조옹 두경환의 얼굴이 또다시 웃었다.

손가락 한 마디 정도밖에 되지 않는 하얀 수염 사이로 얇은 입술이 먼저 웃었다.

웃음은 마치 노을처럼 두경환의 얼굴에 번졌다.

양 뺨이 위로 올라갔으며, 두 눈은 또다시 휘영청 휘어 겉으로 보기엔 마음씨 좋은 노인의 해맑은 웃음처럼 보였다.

그러나 이마 한가운데 있는 눈만은 웃지 않았다.

소이보는 그제야 노인 이마 한가운데 자리잡은 눈이 그저 상처에 지나지 않는다는 것을 알아볼 수 있었다.

얇고 예리한 무기로 찢겨진 위아래 살점은 눈꺼풀처럼 보였다.

그래서 그 사이에 나 있는 검붉은 동그란 상처는 자연스레 검은 동공 모양이 되었다.

누가 봐도 또 다른 눈 하나가 이마에 자리잡고 있는 것처럼 보이는게 당연한 일이었다.

아니, 실제 이마 한가운데 눈이 깜빡이며 쳐다본다 한들 이상하게 느껴지지 않을 정도였다.

그 눈이 소이보만을 노려보고 있었다.

강요맹이 낯색을 굳힌 채로 노인을 향해 포권을 취했다.

"수상방주를 뵙습니다."

소이보는 그제야 노인을 다시 보게 되었다.

상대는 마도칠가 중 당당히 한자리를 차지하는 수상방의 방주였던 것이다.

요선보주와 수상방주는 젊은 때 만나 의기투합한 사이였으니, 강요맹이 정중하게 예를 갖추는 것도 이상할 게 없었다.

소이보의 시선이 두경환의 검은 옷에 가 멎었다.

검은 바탕에 검은 비단실로 자수를 놓아 잘 보이지 않았지만 거기엔 분명 이름 모를 물고기와 고래, 그리고 거친 강물이 생생하게 수놓아져 있었다.

하지만 그보다 더 먼저 느껴지는 것은 옷 안에서부터 자연스레 뻗어 나오는 기도였다.

두경환은 강요맹 쪽으론 고개도 돌리지 않았다.

과연 마도칠가의 한자리를 차지하는 수상방의 주인다운 오만한 자세였다.

두경환의 시선이 소이보에게 닿았다.

"네가 요안이군."

날카로운 예기를 가득 담은 목소리로 두경환이 말을 하다 깜빡했다는 듯 코끝을 찡그리고는 말을 이었다.

"앞으로 한 번만 더 요안이라고 한다면 진짜 죽을지도 모르겠군. 비올 때 개구리처럼 요안, 요안 쳐 울다가 죽은 아이가 몇 되는 걸로 알고 있거늘……. 결코 살려두는 법이 없었다던가?'

농담처럼 하는 말이었지만, 마치 다듬어지지 않은 금속이 몸을 비빌 때의 껄끄러운 소리를 듣는 듯했다.

"적은……."

소이보였다. 소이보의 목소리는 팽팽하게 당겨진 긴장의 끝을 툭 자르듯 느닷없이 튀어나왔다.

잠시 숨을 고르는 듯하던 소이보가 다시 입을 열었다.

역시나 탁하고 껄끄러운 목소리였다.

"하나라도 줄이는 게 좋으니까."

작은 숨결이었다.

하지만 그 무언가를 두경환은 너무도 뚜렷하게 느낄 수 있었다.

소이보 입에서 토해져 나온 살기 어린 숨결이 두경환의 뒷덜미를 축축하면서도 요사스럽게 휘감으며 흘렀기 때문이다.

'역시나 요망하군.'

두경환이 마음에 들었다는 듯 빙그레 웃었다.

세 개의 시선이 소이보를 향해 튀어나갈 것처럼 노려보고 있었지만 표정만은 웃고 있었다.

"그래, 갖고 놀아볼 만큼은 하겠구나."

말과 함께 두경환은 옆에 챙겨놓았던 철간을 천천히 앞에 세웠다.

만약 다른 사람이 봤다면, 한가로운 낚시질을 준비하는 노인으로 봤을 만큼 자연스러운 태도였다.

역시 한가로운 태도로 강요맹이 말했다.

"우리 수상방과 요선보는 마도칠가 중에서도 특히 친하지. 혈랑대주

강가 놈의 솜씨 중 일 할은 내가 알려줬을 정도니. 하지만 난 강가 놈의 노름판엔 단 한 번도 판돈을 걸어본 적이 없다."

두경환은 잠시 뜸을 들이고는 천천히 말했다.

"하지만 오늘은 걸고 싶군. 하지만 네놈이 과연 노부와 수상방을 판돈으로 올려놓을 만큼의 재주가 있는지는 알아봐야겠구나."

두경환이 철간을 자신 옆에 곧추세워 가볍게 흔들었다.

철간은 꼬장꼬장한 제 주인의 성품을 닮은 듯했다.

노인과 철간은 마치 대나무 두 그루를 나란히 세워놓은 듯 잘 어울려 보였다.

검고 둔탁해 보이는 외양과는 어울리지 않게 얇고 예리했다.

끝으로 가면서 얇아지는 철간의 끝은 마치 하늘을 찌를 듯 오연한 기색이었고, 꼬장꼬장하게 서 있는 두경환 역시 세 눈에선 예리한 빛을 토해놓고 있었다.

두경환의 손이 빙글 돌았다. 그러자 철간이 소이보의 이마 사이를 가리켰다.

단지 철간을 들어 가리키기만 했는데도 소이보는 양미간이 쪼개질 듯한 위압감을 느끼고 있었다.

두경환의 눈은 손에 든 철간처럼 날카롭게 빛나더니, 얇은 입술이 벌어지고 마치 칼날처럼 냉랭한 목소리가 튀어나왔다.

"만약 내 기대와 다르다면 지금 이 자리에서 죽여 버려야겠지."

명백한 도전이었다. 아니, 시험이었다.

소이보가 목숨을 걸어야 하는.

갑작스런 상황이었는지 문기서가 다급히 걸어 나와 길게 읍을 했다.

"저어… 제가 강 대주님을 통해 부탁드렸던 일은……."

두경환이 싹둑 자르듯 말을 끊으며 말했다.

"내가 해야 할 일은 다 준비해 두었다. 저 바위 뒤로 가다 보면 알 것이다. 그리고 저놈 또한 네가 부려도 된다."

두경환은 철간을 옆으로 돌려 이활을 가리켰다.

이활은 당황한 듯이 고개를 숙였다.

비록 의기가 끓어 소이보 편에 가담했지만, 몸은 수상방에 두고 있었다.

갑작스레 결정한 일이라 미처 보고를 올리지 않았는데, 두경환은 이미 이렇게 될 줄 알았다는 듯 책망은커녕 자신의 쓰임 또한 마련해 두고 있었던 것이다.

이활이 당황했는지 벌게진 얼굴로 고개를 들지 못하고 있자, 두경환이 한층 부드러워진 목소리로 말했다.

"네 뜻은 이미 알고 있었다. 네가 여기 있지 않았다면, 내가 널 버렸을 것이다. 죄송할 필요는 없다. 너를 받아준 값은 이미 다 받았으니까."

이활은 고개를 들지 못했다.

지금 두경환의 말이 무엇을 뜻하는지 알았기 때문이다.

이활은 무릎을 꿇고 머리를 땅에 박았다.

"감사합니다. 그리고 고맙습니다. 가르쳐 주신 것에 부끄럽지 않게 살다 죽겠습니다. 아마도 마지막 인사가 될지도 모르겠습니다만, 정말 감사하다는 말씀은 올리고 싶었습니다."

두경환이 손사래를 치듯 철간 끝을 가볍게 흔들며 말했다.

"살면 모두 살고, 죽으면 모두 함께 죽는다. 그게 수상방이다. 말이 길었다. 가라!"

이활이 몸을 일으켜 길게 읍을 하고는 조심스럽게 두경환 옆을 지나 바위 뒤로 돌아갔다.

아마도 젖어 벌게진 두 눈을 보여주고 싶지 않았기 때문일 것이다.

강요맹이 웃으며 두경환에게 고개를 숙였다.

"저도 감사하다는 말을 드려야겠군요. 제법 재미있으실 겁니다."

강요맹이 소이보를 흘낏 보고는 다시 웃었다.

두경환이 고개를 끄덕였다.

"재미있을 거라 기대하고 있네. 시간이 없어. 서두르게."

"예."

강요맹이 다시 고개를 숙여 예를 표하고는 범우에게 손짓을 했다.

두경환이 준비해 두었다는 한 수는 소이보만을 위한 것이었다.

그래서 다른 사람에겐 보이고 싶지 않다는 두경환의 뜻을 알기 때문이었다.

강요맹이 앞서자 범우가 그 뒤를 따랐다.

그러자 다른 모든 사람들도 바위 뒤로 걸음을 옮겼다, 뒤에 남겨질 두경환과 소이보를 흘끔거리면서.

둔비가 소이보와 눈이 마주치자 커다란 두 눈을 끔뻑거리다 씨익 웃었다.

곽예주는 꼭 쥔 주먹을 들어올려 보이며 소리 내지 않은 채 입 모양만으로 '힘내!' 라고 말했다.

소이보가 히죽 웃었다.

행렬의 마지막인 문기서가 역시 뒤돌아보며 사람 좋아 보이는 웃음을 보일 때였다.

"네게 물어볼 게 있네."

두경환이 문득 말했다.

하지만 그 말은 소이보가 아닌 문기서를 향해 있는 것이었다.

"예?"

문기서가 영문을 모르겠다는 듯 되물으며 두 눈을 동그랗게 떴을 때 두경환이 싱긋 웃었다.

"네놈 같은 부류가 내가 제일 재미없어 하는 사람이야. 천하를 머리 속에 담았다는 놈들을 제일 싫어하거든. 하지만 제법 머리를 쓸 줄 안다 하니 하나 묻겠네. 내 무공이 어느 정도라고 생각하는가?"

문기서가 갑작스런 두경환의 질문에 고개를 들고 어리둥절한 표정을 짓다 말했다.

"마도칠가 내에선 다섯 손가락 안, 전 무림에선 열 손가락 안엔 꼽히실 겁니다. 하지만……."

"하지만?"

호기심이 인다는 듯 두경환이 묻자, 문기서가 조금 곤란하다는 듯 억지로 코끝을 찡그리며 웃고는 말했다.

"목숨을 걸고 싸운다면……."

"그보다 못하겠지. 괜찮다, 나도 알고 있으니……."

두경환이 고개를 끄덕이며 말했다.

무공과 싸움은 다르다.

더구나 목숨을 걸고 싸우는 것이라면 더욱더.

만약 예영당주 동무군이나 소림무치처럼 인간의 한계를 넘어섰다면 모를까, 목숨을 내놓는 일에는 무공보다 계교가, 음험한 암수가 생사를 가르곤 하기 때문이었다.

그리고 그것은 바로 이 자리에 서 있는 소이보가 가장 잘 알고 있었다.

문기서가 조금 머뭇거리다 바쁜 일이 남았다는 듯 발을 놀려 곧 시야에서 사라졌다.

두경환은 고개를 돌려 소이보의 요안을 정면으로 보면서 말했다.

"하지만 난 상관없다. 승부, 아니, 생사를 넘어선 그 무엇을 보았기 때문이다. 이보게, 어린 친구. 패배가 두려운가?"

마른 장작이 불에 타듯, 두경환의 깡마른 몸에선 기도가 넘쳐흘렀다.

마치 신열을 앓는 사람처럼 두경환의 눈빛은 강렬해지고 말 한마디 한마디는 마치 살을 헤집어놓듯 뜨거운 열기가 담겨 있었다.

"세상에 진정한 무림인은 없다. 사람은 없고, 오로지 검과 법만이 있지. 검이 사람을 휘두르고 법이 사람을 강제한다. 나는 그런 검은 원치 않는다. 내가 닦아온 검은 그렇지 않다. 그렇기에 사람들은 빈도의 철간이 그려놓은 선이 말하고자 하는 즐거움을 모르며, 허공 중 한 선이 지고 있는 고통의 무게를 모른다. 아이야, 네가 감히 그것을 알 수 있을까?"

마치 접신한 무당처럼 두경환의 두 눈과 뺨은 달아오르고, 음색엔 열기를 더해갔지만 소이보는 도리어 피식 웃었다.

소이보의 웃음에 팽팽하던 긴장은 허공 중에서 갑자기 풀어헤쳐져 몇몇은 땅으로, 몇몇은 하늘로 풀어헤쳐진 채 사라져 버렸다.

그러나 끝 모르듯 치솟아 가던 열기는 사라져 버린 그 한 점에서 아직도 온기를 가진 채 은은하게 퍼지고 있었다.

소이보는 아무에게도 들리지 않을 만큼 작은 목소리로 중얼거렸다.

"특이한 노인네군."

특이했다. 독선적이면서도 밉지 않았다.

마도칠가가 성녀 아래에 모여 세상을 질타하며 달려 나갈 때, 가장 앞장선 사람이 두경환일 거란 것은 보지 않아도 알 수 있었다.

세상을 바꿔보려, 굳은 의지로 치달려 가는 두경환의 젊은 모습이 눈앞에서 그림처럼 선명하게 떠오르고 있었다.

애정치곤 매서운 애정이었지만, 그 누구도 우습게 보지 않았다.

이제 늙어버린 두경환은 자신이 가졌던 열정을, 꿈을, 희망을, 미래를 소이보를 통해 보려 하고 있었다.

그래서 두경환은 새파랗고 잿빛인 소이보의 두 눈을 세 눈으로 쏘아보고 있었다.

그 순간 두경환 손에서 철간이 천천히 몸을 일으키기 시작했다.

3

두경환은 천천히 철간을 내려 왼쪽 뒤를 가리켰다.

"저쪽엔 마도칠가의 종자들이."

다시 철간은 부드러운 곡선을 그려내었다.

마치 하늘에 뜬 무지개와 같이, 눈으로는 보이되 손으로 잡을 수 없는 기묘한 곡선을 너무도 수월히 만들어내었다.

단지 철간이 그려낸 호선은 조각난 반원에 지나지 않았지만, 그 안에 깃든 오묘한 무리(武理)를 충분히 알아볼 수 있었다.

철간의 끝은 왼쪽 뒤에서 시작해 오른쪽 끝에서 멎었다.

두경환은 마치 소이보의 마음을 꿰뚫을 것처럼 쏘아보면서 말했다.

"저 멀리엔 무당의 말코도사들까지 와 있더군."

두경환은 철간을 움직여 그 가운데를 가를 듯 움직이며 말했다.

"그래서 네가 갈 길은 이곳이다. 물론 네놈이 내 한 수를 받아낸 이후의 일이겠지만……."

두경환의 철간이 향한 곳은 바위를 가운데 두고 양쪽으로 갈라진 길 중 왼쪽 길이었다.

그리고 두경환의 말이 틀리지 않는다면, 그 길의 끝엔 자신의 뒤를 쫓아온 마도칠가가 자리잡고 있을 게 분명했다.

마치 두경환의 철간은 소이보의 인생을 가름하기라도 하듯, 보이지 않는 한 점에 멎어 있었다.

검은 윤기가 나는 철간에 햇살이 부딪쳐 부서졌다.

철간은 말을 하는 듯했다, 이 길로 가야 한다고.

그래서 마도칠가와 부딪치고, 부서뜨리고, 하나하나 깨나가야만 한다고 말하는 것 같았다.

철간은 허공에 박아 넣은 것처럼 조금의 미동도 하지 않은 채 그렇게 말하고 있었다.

소이보의 시선이 철간이 가리키는 저 너머를 바라보다가 곧 철간의 끝으로 향했다.

소이보의 파랗고 잿빛인 두 눈빛이 철간의 몸통을 훑듯이 내려오다 철간을 잡고 있는 두경환의 손에서 멎었다.

감아 쥔 손가락들은 가늘고 억세 보였다. 힘줄이 두경환의 손등을 얽어맬 듯 솟아나 있었다. 그리고 소이보의 시선은 두경환의 세 눈에서 멎었다.

파랗고 잿빛인 두 눈은 두경환의 눈을 꿰뚫을 듯, 아니, 어쩌면 그냥 부드럽게 어루만지고 지나가는 것처럼 쳐다보았다.

섬세하고 미묘한 시선이었다. 어쩌면 두경환의 눈동자를 통해 그 뒤, 어두운 곳에 몸을 숨기고 있는 두경환의 영혼을 불러내는 것 같았다.

그때서야 두경환은 누군가 자신의 뒷목덜미를 움켜쥐는 것 같은, 알지 못할 느낌을 받았다.

마치 뒤통수를 뚫고 들어온 길쭉하고 축축한 그 무엇이 가닥가닥 신경을 헤치며 자신이 숨겨야만 했던, 어쩌면 작고 여린 그 어떤 것을 손톱으로 긁고 이빨로 물어뜯는 것 같았다.

두경환이 퍼뜩 정신을 차렸을 때, 소이보는 웃고 있었다.

히죽 웃는 기분 나쁜 웃음이었다.

그래서 그 웃음을 보는 두경환의 얼굴은 딱딱하게 굳었다.

이미 모든 것을 다 먹혀 버려 빈 껍데기만 남은 곤충의 딱딱한 등 껍질을 보는 것 같은 표정이었고, 사실 두경환의 기분 역시 표정과 다를 것이 없었다.

소이보의 한 팔이 천천히 들렸다.

조금 전 철간의 움직임처럼 소이보의 손은 위로 향했고, 그중에 검지만이 우뚝 솟아 한곳을 가리켰다.

두 눈 사이, 이마 한가운데.

손가락의 끝은 거기서 멎더니, 곧 자신의 뜻을 확실하게 나타내고 있었다.

까딱까딱.

낚싯바늘처럼 굽혀진 손가락은 마치 그 끝에 삼안조옹의 영혼을 매달기라도 한 것처럼 힘있게 움직이고 있었다.

강호 하류배들이 상대에게 도전해 보라고 을러대는 유치한 도발이었으나, 그 도발을 한 사람이 바로 파랗고 잿빛의 두 눈을 가지고 있는 요안이라는 게 문제였다.

"오쇼! 노인네!"

그 순간 두경환은 마치 혼백이 달아난 사람처럼, 자신도 알지 못하는 힘에 이끌린 것처럼 철간을 움직였다.

슈욱~

바람이 소이보의 머리카락을 흔들었다.

하지만 그 바람을 만들어내었던 철간은 이미 소이보의 미간 앞에서 멎어 있었다.

바늘 끝만한 틈을 사이에 두고 소이보의 미간과 철간은 맞닿아 있었다. 너무도 빨랐고, 너무도 급작스럽게 멎은 일격이었다.

곧 두경환을 향해 내뻗었던 소이보의 오른손이 천천히 굽혀졌다.

소이보는 그렇게 오른손으로 천천히 미간 앞의 철간을 잡고 옆으로 비틀어 당겼다.

철간의 끝이 소이보의 손을 따라 미간에서 떨어져 오른쪽 눈썹을 지나 귀에서 멈추었다.

하지만 소이보의 파랗고 잿빛인 두 눈은 언제 위험한 순간이 있었냐는 듯 깊이 가라앉아 있었다.

그리고 깊이 가라앉은 눈빛보다 더욱 나지막한 목소리가 소이보의 입에서 흘러나왔다.

"너무 느려……. 좀 더 빠르게……."

소이보는 잡았던 철간의 끝을 놓으며 중얼거리듯 말했다.

이해할 수 없는 일이었다.

마치 사전에 약속을 해놓은 채 벌이는 무희극을 보는 것 같을 정도였다.

두경환은 너무도 완벽하게 모든 것을 장악하고 있었다. 때와 장소, 그리고 공격의 시기까지. 하지만 철간은 멈춰 버렸다.

산과 땅을 헤집을 듯이 다가오던 철간을 순식간에 아무런 흐트러짐조차 없이 멈출 수 있었던 두경환의 공력은 놀라운 것이었다.

하지만 멈출 이유가 없었다.

더욱이 태연히 소이보에게 자신의 무기를 잡히게 두는 것 역시 미치지 않고서야 벌일 수 없는 일이었다.

철간처럼 길이가 긴 장병형 무기의 특성상 변화와 파괴는 그 끝에서 나오는 법이었다.

상대에게 철간이 잡혔다는 것은 곧 상대에게 목숨을 내어주는 것과 다를 게 없었다.

두경환의 낯색이 조금 붉어지는 듯했지만, 딱딱하게 굳은 얼굴은 변화가 없었다.

석상처럼 서 있던 두경환이 손목을 가볍게 채웠다.

그러자 철간이 다시 뒤로 물러나 천천히 커다란 원을 그렸다.

조금의 이지러짐도 없는 완벽한 원호였고, 그 끝이 마무리 지어진다 싶을 때였다.

슈웅~

조금 전과 같았다.

소이보는 아예 두 눈을 감았고, 두 눈 사이엔 철간의 끝이 멈추어져 있었다.

하지만 너무도 빨라 아무도 알아보지 못할 그 짧은 순간, 소이보는 볼 수 있었다. 그리고 알 수 있었다.

철간. 양팔을 활짝 편 길이보다 조금 더 긴 듯한 검은 쇳덩이에 두경환이 건 인생이 그리 녹록하지 않다는 것은 처음 철간의 끝이 소이보를 향할 때부터 알 수 있었다.

그리고 철간의 끝이 움직이기 시작했을 때, 소이보는 익숙하면서도 낯선 느낌을 받았다.

도저히 막을 수 없을 것 같은 압박감이 느껴지는 순간, 무언가가 가슴 한구석에서 일어났다.

마치 환영처럼 자란 그것은 가슴을 뚫고 머리 속에 와 박혔다.

두 눈 사이로 너무도 선연하게 떠올랐다.

아니, 눈을 통해 보는 것이 아니었다.

마음속으로부터 울려 퍼지는, 아니, 전생 그 어디선가 보았던 기억의 그림자였다.

그 그림자는 석상이었다.

산보다도 컸고, 대지보다 넓은 석상은 손에 검을 비켜 들고 있었다.

모든 것은 몽환 속의 그림자처럼 불투명했지만, 그림자는 그 무엇보다 선명하게 소이보의 영혼을 움켜쥐었다.

그리고 그 순간 소이보는 눈을 감았다.

모든 것은 없었다.

그리고 모든 것이 있었다.

눈을 감아도 철간의 끝이 확실히 보였다.

그 순간 환영처럼 눈앞에 모든 것이 조각나기 시작했다.

마치 시간이 잘게 쪼개져 파편으로 흩어진 거울 조각처럼 퍼져 나갔다.

그 모든 것에 시간, 소이보가, 그리고 두경환이 있었다.

어느 조각에는 두경환의 철간이 처음 움직였을 때의 모습이 있었고, 다른 조각에는 미간에 닿을 듯 가까워져 있는 두경환의 철간이 들어 있었다.

그 점점이 퍼진 조각 중 하나를 선택해 검을 찔러 넣는다면?

언제든 두경환의 목숨을 앗을 수 있었다.

설령 두경환의 철간이 소이보의 미간 사이에 닿아 있더라도, 그사이 시간의 조각 사이에 검을 찔러 넣을 자신이 있었다.

그리고 알았다, 철간이 멈추리라는 것을.

소이보는 크게 숨을 고르고는 천천히 눈을 떴다.

그러자 철간이 눈앞에 멈춰 있었다.

소이보는 천천히 손을 들어 철간의 끝을 쥐었다.

그리 어렵지 않았다.

작게 잘라진 시간의 조각 속, 한 공간에 손을 내밀고 그 조각 안에 멈춰져 있던 철간을 잡으면 되는 일이었다.

천천히 철간을 밀어내며 짧게 말했다.

"너무 느려…… 좀 더 빠르게……."

그 순간 소이보는 두경환의 얼굴이 딱딱하게 굳어진 것을 보았다.

두경환의 철간은 살기(殺氣)가 없었다.

그러나 그것이 살의를 품지 않았다는 뜻은 될 수 없었다.

어쩌면 두경환은 그저 무덤덤한 마음으로 천천히 철간을 내뻗어 사람의 목숨을 앗아가는 경지에 달했을지도 모른다.

그렇다면 두경환은 고수 중에서도 무서운 고수임이 틀림없었다.

두경환의 표정, 그것은 지금 소이보가 느꼈던 기운을 철간을 통해 생생하게 맛보았다는 것을 나타내고 있었다.

철간이 처음 움직일 때는 두경환이 빨랐다.

그러나 철간이 소이보의 미간에 가깝게 다가갈수록 철간보다 소이보가 빨랐다.

굳이 손으로 겨루지 않아도 알 수 있었다.

철간을 내뻗고 멈춘 그 짧은 순간, 두경환은 분명히 느낄 수 있었다.

철간이 아무리 빠르더라도 소이보보다 느리다는 것을.

그래서 소이보가 천천히 감았던 눈을 다시 떴을 때 두경환은 마치 귀신을 본 것처럼 눈을 동그랗게 뜨며 부르짖었다.

"놈! 무(武)의 극(極)을 보았구나!"

하지만 소이보는 두경환의 외침에 미간을 살풋 찡그릴 뿐이었다.

마치 늙은 노인의 호들갑스러움을 견딜 수 없다는 듯.

그리고는 천천히 입을 열고 껄끄러운 목소리로 대답했다.

"냄새만 맡았지."

짧은 말을 끝내고 그제야 소이보가 웃었다.

그러나 두경환은 더 이상 웃지 못했다.

소이보는 태연하게 선 채 두경환을 보며 히죽 웃고 있었다.

철간이 뒤로 스르륵 밀려났다.

소이보의 미간에서 마치 썰물이 빠져나가는 것처럼 힘없이 뒤로 물러난 철간이 다시 힘있게 두경환의 옆에서 몸을 세웠다.

"요선보가 날개를 달았군. 아니, 마도칠가가 날개를 단 셈인가?"

두경환은 재미있다는 듯 중얼거리며 웃었다.

방금 전 패배는 마음에 담아두지 않은 듯한 웃음이었다.

두경환은 자신의 말에 그저 히죽 웃는 소이보를 보고는 고개를 끄덕였다.

"이제 예영당주 철가 놈이 골치가 아파지겠군. 자, 저쪽이다, 네놈이 걸어가야 할 길은."

패배가 도리어 전화위복이 된 듯 두경환의 표정은 밝았다.

그리고 다시 철간을 들어 가리킨 방향은 조금 전 가리켰던 왼쪽으로 나 있는 길이었다.

마도칠가 중 한 세력을 차지하고 있는 기현소축이 있다는 방향이었다.

하지만 소이보는 마음에 안 든다는 듯 고개를 저었다.

소이보의 고갯짓을 본 두경환의 눈썹이 꿈틀거렸다.

"놈! 그렇다면 무당의 말코도사들과 손을 잡겠다는 게로구나!"

소이보가 왼쪽 길로 가지 않는다고 했으니, 나머지 한 방향은 오른쪽으로 나 있는 길이었다.

그리고 그곳은 무당파의 도사들이 있는 방향이었으니 두경환이 언성을 높이는 것도 당연한 일이었다.

하지만 이번에도 소이보는 고개를 저었다.

"……?"

무슨 뜻인지 두경환은 그저 소이보의 파랗고 잿빛인 두 눈만을 바라보았다.

왼편 길도 아니고 오른편 길도 아니라면 도대체 어디란 말인가?

이대로 뒤로 되돌아간다는 뜻도 아닌 것 같았다.

그때 모르겠다는 듯 그저 자신만을 바라보던 두경환을 향해 소이보가 다시 특유의 웃음과 함께 말했다.

"난 내 길을 갈 뿐이야. 그 길의 끝이 어디든……."

말을 끝낸 소이보는 천천히 한 걸음 앞으로 내디뎠다.

두경환이 버티고 서 있는 바위 앞에서 길은 나누어졌고, 그중에 한 길을 택해 천천히 휘적휘적 걸어갔다.

조금의 머뭇거림도 없었고, 뒤도 돌아보지 않았다.

그제야 숨죽인 채 엿보던 삼팔구들이 우르르 뛰어나왔다.

"감사합니다."

강요맹이 급히 인사를 건넸지만, 두경환은 강요맹 쪽으로 뒤돌아보지도 않았다.

"대단한 놈이야. 어쩌면 세상을 뒤집을지도……."

두경환은 그저 혼잣소리처럼 중얼거릴 뿐이었다.

◆ 第四章 ◆
매달린 채찍

매달린 채찍 1

소이보는 아무 말 없이 걸었다.

두경환의 철간과 겨루는 사이 자신이 느끼고 깨달았던 그 무엇을 정리하기 위해서였다.

철간이 움직이고 시간이 부서졌다.

점점이 부서진 그 모든 것 안에 두경환이, 그리고 소이브 자신이 들어 있었다.

마치 움직이는 사물의 동작을 처음부터 끝까지 수만 장을 그려내 허공에 뿌린 것 같았고, 단절된 시간과 시간이 그 사이에 있었다.

그 시간과 시간 사이에서 한없이 깊은 그 무언가를 보았다.

그것은 삶과 죽음을 갈라놓는 그 어떤 것이었다.

"……."

소이보는 아무 말 없이 그 사이에서 본 것을 음미하고 있었다.

한없이 높은 경지를 살짝 엿본 것 같은 기분이었다.

사람으로서는 보아서도 안 되고, 느껴서도 안 되는 그 어떤 것을 보고 느꼈다.

그리고 그것이 어디서부터 왔는지 알 수 있었다.

비증(費增)이 남겼다는 일곱 개의 석상(石像).

그중에 하나였다. 꿈속에서 보았던 석상의 칼에 담겨 있던 이치였다.

아침에 해가 떠서 지는 그 모든 것이 담겨 있었다.

하루하루가 가고 달이 차가는 동안 이즈러졌다 다시 풍만한 몸으로 되돌아오는 잿빛 달 또한 있었다.

그 한 달 한 달이 모여 한 계절을 이루었다.

꽃이 피고 비가 왔고, 낙엽이 지다 하얀 눈으로 덮였다.

그런 한 해가 지나면 또 다른 한 해가 어김없이 찾아왔고, 한 해가 백 년이 되고 백 년이 켜켜이 쌓여 천 년의 무게로 쌓였다.

석상의 검이 뜻하는 것이 바로 그 시간이었다.

세월이었다. 사람으로서는 도저히 벗어날 수 없는 수천 년 동안의 시간이 칼이 되어 소이보를 억눌렀다.

그 세월 앞에 자신도 모르게 스스로 무릎을 꿇게 했던 천 년의 시간이 소이보 영혼 속에 깊이 들어왔던 것이다.

다행히 두경환과의 겨룸에 빠져 있는 소이보를 방해하는 사람은 없었다.

삼팔구들은 두경환과 소이보가 겨루는 사이, 무언가 계획을 짜고 역할을 나눈 게 분명했다.

지금 뒤따라오는 사람들을 보아도 이활과 굉요는 자리에 없었다.

아무래도 비밀리에 다른 임무를 맡고 따로 움직이는 게 분명했지만, 구태여 묻지는 않았다.

깊은 무의(武意)에 흠뻑 몸을 적시고 있는 소이보로서는 발밑에 느껴지는 땅의 느낌까지도 새롭게 다가오고 있었다.

하지만 그 느낌을 오래 즐길 수는 없었다.

둔탁한 쇠 종소리가 소이보의 귓전을 울렸기 때문이다.

"이게 뭐야?"

이해할 수 없다는 듯 둔비가 커다란 두 눈을 두리번거렸다.

괴상한 일이었다.

이어진 길 한가운데는 낯선 물건이 돌탑처럼 쌓여 있었기 때문이다.

사람 해골 아홉 개.

그것도 몸통은 없고 머리만 남은 해골 아홉 개가 마치 탑처럼 포개어져 있었다.

맨 위에 올려진 해골 이마 한가운데는 마치 어린아이가 장난 삼아 찍어놓은 듯한 앙증맞은 손바닥 모양이 검은색으로 파내어져 있었다.

"흑수문이군."

지반월이 알겠다는 듯 눈을 가늘게 뜨며 말했다.

흑골탑(黑骨塔)은 흑수문의 표식이었다.

자객들이 모인 단체인만큼 뚜렷한 본거지가 없었다.

그저 기점 몇 군데를 정해놓고 옮겨 다니는 게 흑수문의 특징이었고, 만약 회합 등 모일 필요가 있을 때는 해골 아홉 개를 나란히 쌓은 흑골탑을 세워 존재를 드러냈다.

그래서 흑골탑은 이 안으로 들어오지 말라는 경계 또한 되었다.

하지만 지금 눈앞의 흑골탑은 명백한 도전이었다.

해골의 아래와 위턱 사이에 끼어진 붉은 천에는 '흑수문 앞에 모든 사람은 무릎을 꿇어라' 라는 글이 적혀 있었기 때문이다.

더욱이 긴 천은 마치 해골이 붉은 혀를 꺼내놓고 있는 모습과도 같아 더욱 음산한 분위기를 만들어내고 있었다.

둔비는 눈을 실룩거리더니 곧 뒤를 보고는 씨익 웃었다.

"꿇으라니 꿇어야지."

둔비는 말처럼 정말 무릎을 꿇었다.

거칠 것 없고 두려운 것 없이 살아왔던 삼팔구의 모습과는 어울리지 않는 모습이었지만, 지금 여기 있는 사람들 중 그를 이상하게 여기는 사람은 없었다.

단지 소이보만이 의외라는 듯 바라볼 뿐이었는데, 둔비는 무릎을 꿇는 것으로도 모자라 아예 엎드려 양손으로 땅을 짚고는 뒤를 돌아보며 말했다.

"뭐 해? 빨리 와."

둔비가 보고 있는 것은 부홍이었다.

부홍은 마치 곤란하다는 듯 손톱을 자근자근 씹었지만, 곁에 있던 곽예주가 친절히 목 뒷춤을 잡고 들어 올려 마치 말 위에 올려 태우듯 둔비 등 위에 앉혔다.

부홍이 곧 어쩔 수 없다는 듯 깊은 한숨을 내쉬고는, 정말 말고삐라도 잡듯이 둔비의 등 뒷춤을 잡았다.

곽예주는 조금 미안하다는 듯 배시시 웃으며 말했다.

"두 눈을 꼭 감아. 그럼 좀 견딜 만할 거야."

둔비가 천천히 기어가자 부홍이 체념했다는 듯 정말 두 눈을 꼭 감았다.

둔비의 뒷춤을 잡고 있는 부홍의 두 팔이 가늘게 떨리는 걸 보던 소이보가 이해할 수 없다는 듯 물었다.

"왜 저렇게 하지?"

"뭐가?"

곽예주가 예쁜 눈을 동그랗게 뜨며 되물었다.

"아니, 왜 저렇게……."

곽예주가 알겠다는 듯 고개를 끄덕이고는 허리춤에 차고 있던 각궁을 풀러 손에 들며 말했다.

"우리가 원래 뭐든 부딪치며 알아가잖아."

"기어서 부딪친다?"

소이보가 그래도 이해가 안 간다는 듯 되묻자 곽예주가 활에 활줄을 재어 걸며 고개를 끄덕였다.

"응. 저것도 그렇게 배운 거야. 일어서면 독연에 곧 중독되거든. 흑수문에 묘한 향이 하나 있는데, 그걸 태우면 사람 얼굴 높이에 떠 있게 되거든. 자기도 모르게 중독되는 거지."

"흑수문도 그만한 것쯤은 알 텐데……."

소이보 물음에 곽예주가 한쪽 눈을 감고 시위를 당겨보며 말했다.

"알겠지. 하지만 흑수문이 가지고 있는 독 중에 가장 강한 게 그 향이니 안 쓰면 바보지. 적이 일어서서 싸우지 못한다면 그만큼 유리한 싸움이 되니까. 그리고 무거워서 아래로 깔리는 독쯤은 걱정 없어. 사천당문의 독이 아니라면 둔비가 그리 쉽게 중독되진 않거든. 생각해 봐. 사람 한 명을 독살시키는 게 쉽겠어, 곰 한 마리를 중독시키는 게 쉽겠어?"

소이보는 그제야 이해가 갔다.

사천당문의 독이 아니라면 보통 사람에겐 치사량에 가까운 독이라
도 거대한 덩치의 둔비에겐 그저 머리만 어질어질해질 게 틀림없었다.

만약 머리 높이에 떠 있는 보이지 않는 독연 외에 다른 독이 아래쪽
에 깔려 있다면 직접 확인해 볼 사람은 둔비밖에 없었다.

다른 사람이라면 그 자리에서 고꾸라지겠지만, 둔비는 걸어서 되돌
아 나올 정도는 되었으니까.

"그럼 부홍은?"

소이보가 묻자 곽예주는 막 등 뒤에서 활을 뽑아 시위에 메기고는
귀찮다는 듯 대답했다.

"보면 알 거야, 막 시작했으니까."

무엇이 시작되었다는 것인지 고개를 돌린 소이보는 곧 알 수 있었
다.

두 눈을 질끈 감은 부홍이 부들부들 떨리는 손으로 한쪽을 가리키자
곽예주가 활시위를 놓았다.

쑹~

활은 정확히 부홍이 손가락으로 가리켰던 나무 중간에 꽂혔다.

힘껏 틀어박힌 채 온몸을 부르르 떠는 화살 아래로 곧 붉은 피가 한
두 방울 떨어지기 시작했다.

"……!"

소이보는 그제야 알았다.

흑수문은 자객들의 단체였고, 그래서 은밀한 은신술이 특기였다.

눈에 보이는 바위가, 나무가, 그리고 그림자가 바로 흑수문의 자객
이었다.

지금도 그럴 것이다.

나무 뒤에 숨은 자객의 그 누구도 모를 은밀한 기척을 부홍만은 알아볼 수 있는 것이다.

한 명을 순식간에 처리한 곽예주가 빙긋 웃으며 두 번째 화살을 시위에 메기는 사이, 부홍의 손가락이 다시 다른 나무 하나를 가리켰다.

이번엔 소리도 없었다.

지반월의 손에서 무언가 반짝이자, 곧 나무뿌리 부근에서 피가 배어나오고 있었으니까.

"저놈이 냄새를 잘 맡거든, 특히 피 냄새를. 아무리 지우려고 깨끗이 씻는다 해도 저놈만은 맡을 수 있지."

지반월이 다시 손가락 사이에 단도를 고쳐 잡으며 고개를 돌려 말을 이었다.

"피 냄새. 코 밝은 개도 못 맡는 피 냄새를 저놈은 영혼으로 맡거든."

지반월이 씨익 웃었다.

그 웃음에도 왠지 피 냄새가 은은하게 배어 있는 듯한 웃음이었다.

슉!

화살이 다시 날았다.

이번엔 길 한가운데에 틀어박혔고, 믿을 수 없게도 사람들이 오래 다녀 단단해진 땅바닥에선 핏물이 배어 나오고 있었다.

그때였다.

주위 경물이 흐릿하게 변한다 싶을 때, 어느새 눈앞엔 까만 복면으로 얼굴을 가린 사내들이 나타나 있었다.

나무가 쪼개지고, 바위가 허물어지고, 땅이 뒤집히더니 어느새 눈앞엔 서른 명에 가까운 흑수문의 자객들이 서 있는 것이다.

엎드린 채 기어가던 둔비가 몸을 일으키고는 신이 난다는 듯 외쳤다.

"좋아, 시작하자구!"

둔비의 왕방울만한 눈동자가 너무도 미치도록 보고 싶었다는 듯, 반가움을 가득 담아 자객들을 바라보고 있었다.

2

자객의 특징은 암습과 은신이었다.

적이 예상하지 못하는 곳에 숨어, 의외의 단 한 번의 공격에 목숨을 걸어야만 했다.

하지만 그 모든 것은 두 가지로 집약되었다.

바로 지세(地勢)와 시기(時機).

지세를 장악한다는 것은 어둠 속의 적을 밝은 곳에서 훤히 들여다보는 것과 같았고, 시기를 내 것으로 삼는다는 것은 공격할 수 있는 기회를 적에게서 뺏는다는 것과 같았다.

그래서 암습과 은신, 그리고 지세와 시기를 놓친 자객은 더 이상 자객일 수 없었다.

아니, 강호의 삼류무인보다 더 못한 존재가 되기 일쑤였다.

둔비가 눈앞에 서 있는 서른 명의 자객을 향해 씨익 웃으며 물었다.

"혹시 흑수제일랑(黑手第一郎)은 안 왔겠지?"

둔비의 물음에 자객들은 서로의 얼굴을 쳐다볼 뿐이었다.

흑수제일랑은 흑수문의 문주를 뜻하는 별호였다.

그 아래로 이어지는 별호는 철저히 서열순으로 매겨졌다.

흑수문의 문주 아래로 네 번째 실력자는 흑수제사랑(黑手第四郞), 열세 번째로 손가락에 꼽히는 실력자는 흑수십삼랑(黑手十三郞)으로 불렸다.

자객들의 집단답게 본명이나 별호 대신 서로를 구분하기 위해 철저히 실력순으로 순서가 매겨지는 것이었다.

그래서 어제 흑수십사랑이 오늘의 흑수십사랑이라고 볼 수는 없었다.

"좋아. 흑수제일랑 표안(彪鞍)이라면 곤란하겠지만… 에잉, 설마 그렇다고 흑수십랑(黑手十郞) 안에 드는 사람은 없겠지? 그렇다면 엄청 곤란해지거든."

둔비의 말에 자객들의 눈가에 은은한 분노가 어렸다.

흑수제일랑 표안, 그는 자객들에게 신화와 같은 인물이었다.

자객 출신으로 자객들을 모아 당당히 마도칠가 중에서도 무시 못할 한 가문으로 만들어낸 인물이었다.

하지만 그보다 더 유명한 것은 바로 두 개의 철낙주(鐵洛珠)였다.

손 안에 쏙 들어갈 만한 크기의 쇠로 만든 조그마한 구슬 두 개.

그 두 개의 쇠구슬은 자객들의 꿈이었고, 신화의 상징이었다.

어쩌면 마도칠가의 일곱 가주 중 하나인 흑수문의 문주 표안이 나타난다면, 지금의 행로가 매우 어려워질 게 분명했다.

마도칠가의 가주들 중에 초절정고수가 아닌 사람은 없었기 때문이다.

더욱이 어쩌면 표안의 수준에 도달했다고 알려진 아홉 명의 흑수랑까지 이 자리에 있다면, 어쩌면 뚫고 지나갈 때 목숨을 걸어야만 할지도 몰랐다.

하지만 복면인들 눈에선 자신감보다는 은은한 공포였다.

만약 표안이나 다른 아홉 명의 흑수랑이 있다면, 지금 이들의 태도는 훨씬 달랐을 게 분명하다고 생각한 둔비가 굵은 손가락을 으드득 소리를 내며 꺾었다.

"아무래도 없는 것 같군. 그럼 시작하자구."

둔비가 한 발을 내디디자 자객들이 움찔거리더니 곧 빠르게 시선을 마주치고는 뿔뿔이 흩어져 풀숲으로 도망을 쳤다.

그건 누가 봐도 도주였다.

"어이, 어딜 가는 거야?"

자신이 가지고 놀 장난감이 사라지는 게 안타깝다는 듯 둔비가 크게 외쳤지만, 자객들은 뒤도 돌아보지 않고 사라져 버렸다.

이게 무슨 황당한 일이냐는 듯 입맛을 다시는 둔비를 향해 문기서가 낮은 목소리로 말했다.

"시간을 벌려고 하는 거겠지요."

"무슨 시간?"

"우리를 맞이하기 위해 준비하는 시간이오."

"겨우 이 정도로? 밥 한 끼 먹을 시간밖엔 안 될 텐데?"

둔비가 이해가 안 간다는 듯 투덜거렸다.

둔비가 엎드리고, 흑수문의 자객들을 소탕하는 데는 일 식경 정도밖에 걸리지 않았다.

만약 마도칠가에서 삼팔구의 발을 붙들려 준비한 것이라면 너무도 조악했고 형편없었기 때문이다.

"이게 다는 아닐 겁니다. 다음 함정을 파기 위한 잠시 동안의 시간이 필요했겠지요."

"다음 함정?"

둔비가 묻자 문기서가 딱딱한 웃음을 억지로 지으며 대답했다.

"예, 예를 들면 기현소축 같은……."

"기현소축? 제길! 골치 아파지겠군."

둔비는 기현소축만 떠올려도 머리가 아프다는 듯 인상을 찌푸리고 있었다.

문기서의 예상은 틀리지 않았다.

그 뒤 한참을 달려가는 삼팔구의 앞길을 가로막은 것은 아홉 개의 해골을 쌓은 흑골탑보다 보기는 좋았지만, 실상 더 곤란한 물건이었기 때문이다.

대문이었다, 그것도 제법 커다란.

깊은 산중 한가운데 커다란 대문이 있다는 것은 매우 낯설면서도 귀기 어린 분위기를 만들어내고 있었다.

소로 양쪽 바위를 가르듯 나 있는 가운데엔 고위 관리 집에나 붙어 있어야 할 대문이 솟아난 듯 버티고 서 있었다.

더욱이 대문 위 현판엔 제법 귀기 어린 필체로 기현(㞦㞬)이란 두 글자가 박혀 있었다.

"역시나 기현소축이군."

강요맹이 냉랭한 목소리로 말했다.

마도칠가 중엔 요선보와 예영당처럼 본거지를 정해 크게 키우는 것과는 달리, 뚜렷한 본거지를 두지 않는 가문들도 있었다.

원래 비적들이 모였던 요선보 역시 근거지를 옮겨 다녔지만, 마도칠가에 소속된 이후 터를 잡고 사람들이 모여 깃들어 살았다.

하지만 도굴꾼과 밤도둑들의 모임인 기현소축이나 암살과 청부 살인을 주 업무로 삼았던 흑수문은 달랐다.

그들은 당당히 마도칠가에 든 이후에도 예전 버릇을 버리지 못한 채 뚜렷한 근거지를 마련해 두지 않았다.

기현소축은 자신들이 모일 필요가 있거나, 강호에 기현소축을 내세워야 할 때는 은밀한 장소를 골라 기현문(昙玄門)이란 대문을 세웠다.

그러면 그곳이 기현소축이 있는 곳이었다.

또 필요가 다해 옮겨야 할 때는 대문을 떼어 사라지면 그 어디에도 흔적이 남지 않는 것이었다.

흑수문의 표식이 흑골탑(黑骨塔)이듯 기현문이 있는 곳이 곧 기현소축이었고, 기현소축의 표식이 기현문이었다.

한참이나 대문을 바라보던 둔비가 뒤를 보고 씨익 웃었다.

"땅만 파던 놈들이 별짓을 다 해요."

비웃듯 말 한마디를 툭 내뱉은 둔비는 곧 두툼한 두 손바닥으로 대문을 쪼개갔다.

쿵~

꽝음과 함께 덩치에 어울리지 않게도 대문은 조각나 터져 나가는 순간, 지반월의 날카로운 외침이 이어졌다.

"위험!"

하지만 지반월의 외침보다 더 날카롭고 빠른 것이 마치 비처럼 쏟아져 나왔다.

쪼개어진 대문의 조각들 사이로 튕겨져 나온 것은 반짝이는 비침(飛針)들이었다.

하지만 둔비가 더 빨랐다.

믿어지지 않게도 그 자리에 납죽 엎드렸고, 비침은 둔비 머리 위로 날아들었다.

결국 더 다급해진 것은 둔비 뒤에 있던 사람들이었다.

지반월은 발을 굴러 위로 솟았고, 사검정은 급히 검을 뽑아 둥글게 휘둘렀다.

비침이 한차례 폭풍우 같이 휩쓸고 지나가자 사람들이 둔비를 보는 시선이 고울 리가 없었다.

납작 엎드린 둔비가 뒤로 돌아보며 어울리지 않게 헤헤거리며 웃었다.

"내가 항상 미련한 줄만 알았지? 나도 꽤 빠르다구!"

둔비의 말에 강요맹이 하얀 눈썹을 움찔거리며 한 발 앞으로 나섰지만, 다행히 범우가 그런 강요맹을 막아 세웠다.

"원래 몸으로 부딪쳐 아는 놈입니다. 또 지금은 필요하기도 하구요."

강요맹이 범우가 가리키는 곳을 보자, 신비한 안개에 휩싸인 사이로 문이 부서져 활짝 열린 대문이 보였다.

"역시나 골치 아파졌군요."

문기서가 코끝을 찡그리며 혼잣소리처럼 중얼거렸다.

마치 환영식을 베풀 듯, 대문에 은밀히 마련해 놓은 암기부터가 심상치 않았다.

원래 기현소축의 특기가 그런 것이란 것쯤은 알고 있었지만, 실제 눈앞에 대하고 보니 까다롭기 짝이 없었다.

도굴이란 것은 생각보다 어렵고 신중한 일이었다.

각종 기관진식에 통달해야 가능한 일이었기 때문이다.

진법(陣法)이란 건 그리 위험한 것이 아니었다.

물론 개중엔 목숨을 내걸어야 할 만큼 절묘한 절진(絶陣)도 있었지만, 지금 삼팔구의 다리를 붙잡기 위해 서둘러 설치한 진법이 그런 신묘한 능력을 가졌다고 보기엔 어려웠다.

단지 시간이 더 오래 걸린다는 것이 문제였다.

그리고 그것이 기현소축에서, 아니, 마도칠가가 원하는 것이었다.

사람의 눈을 어지럽히는 진 속에 갇혀 여기저기에서 튀어나오는 암기를 피해 통과해 가기엔 시간이 너무 없었다.

마도칠가의 포위망은 점점 조여오고 있었고, 곧 숨통을 옥죄어 올 것은 너무도 분명했기 때문이다.

"어쩌면 아까 그놈들이 여기 들어 있을지도 모를 일이지."

둔비가 머리를 벅벅 긁다가 불쑥 말했다.

"그럴지도……."

문기서가 고개를 끄덕이며 곤란하다는 듯 씁쓸한 웃음을 웃었다.

말도 안 된다는 듯이 곽예주가 뾰족한 목소리로 물었다.

"무슨 소리야? 그럼 아까 도망쳤던 흑수문 놈들이 이 안에 들어 있을지도 모른다는 말이야?"

기현소축과 흑수문이 손을 맞잡았다는 것, 그것은 충격이었다.

기현소축은 원래 기관진식에 뛰어났고 흑수문은 자객들이 모인 단체였다.

그 두 가지 중에 한 가지만 해도 골치 아픈 일인데, 이제 괴이한 기관진식 속에 살기 어린 자객이 숨어 기다리고 있는 것이다.

곽예주가 어서 들어오라는 듯 입을 쩍 벌리고 있는 기현문을 바라보며 고개를 갸우뚱거렸다.

"두 놈들 사이는 우리와 군림가만큼이나 나쁜 걸로 알고 있는데……?"

곽예주의 물음에 지반월이 더욱더 눈을 가늘게 뜨며 말했다.

"아마도 내기를 했겠지. 둘 중 우리를 먼저 잡는 사람이 이기는 걸로. 어디 한번 보자고, 뭘 원하는지."

지반월은 허리를 굽혀 돌멩이 하나를 잡아 들더니 돌팔매질하듯 기현문 안으로 던졌다.

딱! 떼구룩~

하지만 문 안에선 아무런 변화도 없었다.

만약 절진이 펼쳐져 있다면 무언가 다른 일이 벌어져야간 했다.

빛의 굴절로 던져진 돌멩이가 눈앞에서 사라진다든지, 아니면 공간의 왜곡으로 땅에 굴러가는 소리가 들리지 않아야만 했다.

하지만 눈앞에선 멀리 희뿌연 안개 속을 굴러가는 돌멩이가 너무도 분명하게 보였고, 소리는 귀를 막고 있어도 분명히 들을 수 있을 정도였다.

"뭔지 몰라도 참신한데?"

조금 곤란해졌다는 듯 둔비가 투덜거렸다.

기현소축의 진법이 이렇게 허술할 리가 없었다.

더욱이 눈을 현혹시키고 머리를 어지럽히는 그 어떤 징후도 느껴지지 않았다.

만약 기현소축이 마음먹고 펼친 기묘한 절진이라면, 정말 곤란한 일에 마딱뜨린 게 틀림없었다.

서로 말없이 부서진 기현소축의 문만을 바라보고 있는데, 끝내 씨근

덕대던 둔비가 작정했다는 듯 말했다.

"제길! 뭐, 우리가 머리를 굴리며 살았나? 몸으로 부딪치며 살았지!"

마치 다짐하듯 한마디를 남기고는 쿵쿵쿵, 거구의 몸을 옮겨 기현문 안으로 뛰어들었다.

그 모습을 보고 소이보 역시 앞으로 한 걸음 걸었다.

둔비를 따라 기현문 안으로 들어가기 위해서였다.

하지만 그런 소이보를 뒤에서 잡아당기는 손이 하나 있었다.

소이보가 뒤돌아보자 곽예주가 어두운 얼굴로 억지로 지은 듯한 웃음과 함께 말했다.

"괜찮아. 괜찮을 거야."

"하지만……."

소이보가 되물으며 주위를 돌아봤을 때 무언가 이상했다.

사람들은 분명 혼자 기현문 안으로 들어간 둔비를 걱정하는 눈빛이었다.

하지만 생과 사를 함께한다는 삼팔구답지 않게 잔뜩 긴장한 채 그 자리에서 묵묵히 기다리고 있을 뿐이었다.

"……?"

무언가 달라진 분위기에 소이보가 곽예주를 보며 눈길로 물었을 때 곽예주가 씁쓸하게 웃으며 말했다.

"수상방을 떠나 우리와 함께했던 이활이 없지?"

소이보는 고개를 끄덕였다. 구태여 이유를 묻진 않았지만, 이미 진작부터 알고 있던 사실이었다.

"그 괴상한 땡중도 없지? 그것 때문이야."

곽예주의 말에 소이보가 되물었다.

"무슨 일이지? 내가 모르는 무슨 다른 일이 있었나?"

곽예주가 고개를 끄덕였다.

"응, 문기서가 우릴 보고 무언가를 물었어. 우린 대답했고. 그래서 이렇게 된 거야. 둔비가 뛰어들고, 우리는 지켜보는 그 모든 것이."

"그게 뭐지? 문기서가 무어라고 했길래……."

"나중에 알려줄게, 나중에. 너와 내가 살아남으면……."

"……?"

소이보는 아무런 말도 할 수 없었다.

곽예주의 두 눈빛이 촉촉하게 젖은 것을 처음 보았기 때문이다.

만약 그 눈빛만 아니었다면 두 어깨를 붙잡아 흔들어서라도 들었을 것이다.

하지만 곽예주의 젖은 눈빛은 더 이상 묻지 말라고 말하고 있었다.

갑작스러운 말과 눈빛에 소이보는 아무런 할 말도 떠오르지 않아 한동안 멍하니 서 있었을 때였다.

쿵쿵쿵—

익숙한 발자국 소리가 기현문 저편 안개 속에서 들려왔다.

"여기, 여기야!"

둔비였다. 둔비의 커다란 목소리가 안개 저편에서 들리는 듯하더니, 곧 커다란 곰처럼 안개 속에서 몸을 드러내고 있었다.

둔비는 무언가 아주 재미난 걸 발견했다는 듯 털복숭이 얼굴이 활짝 웃고 있었다.

"무슨 일이야?"

걱정이 사라져서 그런지 곽예주는 더욱 뾰족한 목소리로 반가움을 표시했다.

"여기 엄청난 게 있어! 아니, 아주 재미난 게!"

둔비는 두툼한 손바닥을 들어 사람들에게 어서 오라는 시늉을 한 뒤 다시 몸을 돌려 쿵쿵쿵, 안개 속으로 뛰어들었다.

무언지 몰라도 걱정할 일은 벌어지지 않은 모양이었다.

아니, 둔비를 흥분시킬 만큼 재미있는 게 있는 듯했다.

강요맹과 범우가 곧 둔비의 뒤를 이어 안개 속으로 뛰어들었고, 부홍과 사검정, 그리고 느린 걸음의 지반월 역시 안개 속으로 사라졌다.

곽예주는 마지막으로 들어가는 소이보의 넓은 뒷등을 보며 혼잣소리를 입 안으로 삼켰다.

"물었었지? 네가 삼안조옹과 겨루고 있을 때 문기서가 우릴 보고 무엇을 물었느냐고. 그건 간단한 물음이었어. 죽을 수 있냐고……. 요안을 위해 대신 죽을 수 있냐고, 진정 목숨을 내놓을 수 있냐고… 그렇게 물었지. 우리 대답은 오래 걸리지 않았어."

자신들의 목숨은 어차피 강요맹의 동전이 동무군 앞에서 굴려지고, 열 명의 목숨이 필요하다고 외쳤을 때 이미 결정된 일이었다.

곽예주는 막 안개 속으로 사라지는 소이보의 넓은 등판을 바라보며 들리지 않는 마지막 혼잣소리를 토해냈다.

"그때 가장 크게 대답했던 게 둔비야. 그래서 기현문 안으로 들어간 거지. 왜 지켜만 보고 있었냐고? 다음에 뛰어들 사람은 나였으니까. 그 다음 지반월이, 사검정이 그렇게 뛰어들 거였으니까……."

곽예주는 크게 심호흡을 했다.

기현문이 만든 안개는 곧 곽예주를 삼켜 버렸다.

안개는 점차 옅어지고 있었다.

그러자 사람들은 왜 기현소축이 마련한 절진이 아무런 역할을 하지 못했는지 알 수 있었다.

사람들이 발을 딛고 있는 땅은 모두 헤집어져 있었다.

마치 용이 내려와 발버둥을 치고 다시 승천한 듯 온전히 남아 있는 것은 하나도 없었다.

격렬한 전투라도 벌어진 듯 사방엔 어지러운 흔적들만 가득했고, 제 모습을 온전하게 갖춘 나무도 몇 그루 없었다.

그리고 땅이 갈라지고, 바위가 쪼개진 사이마다 사람들이 죽어 있었다.

분명 입고 있는 옷을 보자면 흑수문의 자객들이거나 아니면 기현소축의 종자들이 분명했는데, 도저히 자신들도 믿지 못하겠다는 듯 두 눈을 부릅뜨고 죽어 있었다.

어떤 기현소축의 무인은 나무와 바위 사이에 은밀하게 파낸 땅속에서 채 당겨지지 않은 줄을 당기는 모습 그대로 머리가 두 쪽으로 갈라진 채 죽어 있었다.

"대단한 솜씨군."

지켜보던 범우가 고개를 저으며 말했다.

"한두 사람 솜씨가 아닌 것 같은데요?"

문기서 또한 주위의 경관을 세밀하게 살피며 맞다는 듯 고개를 끄덕였다.

기현소축이 마련한 절진은 생각보다 꽤나 까다롭고 살기 어린 것이 틀림없었다.

더욱이 흑수문의 자객들까지 함께했으니, 짧은 시간 동안 이들을 도륙내 버린 사람들 역시 만만하게 볼 만한 실력은 아니었던 게 분명했다.

하지만 무엇 때문에 누가 여기서 이런 일을 벌였는지 쉽게 떠오르질 않았다.

더욱이 땅에 뿌려진 피로 보아선 기현소축과 흑수문을 습격한 사람들의 피해도 만만치 않았을 텐데, 동료들이 걷어 갔는지 습격한 사람들의 시체는 발견할 수 없었다.

"아, 그렇군! 그 요망한 할망구였어!"

멍하니 고개를 들고 도대체 누굴까 곰곰이 생각하던 둔비가 크게 외쳤다.

사람들이 일제히 못 믿겠다는 시선으로 둔비를 쳐다보았다.

다른 사람이라면 몰라도 미련한 곰 같은 둔비가 추측한 사실이 맞을 리가 없었다.

하지만 둔비는 틀림없다는 듯 크게 외쳤다.

"그 할망구야! 아니, 이젠 선녀라고 불러야겠군. 아무튼 틀림없다고! 저걸 보란 말이야!"

둔비의 두툼한 손가락이 가리키고 있는 것은 그나마 온전하게 남아 있는 커다란 나무였다.

"아!"

범우 역시 둔비가 가리킨 그 물건을 보고는 낮은 탄성을 토해냈다.

"그 늙은 년이? 설마? 아니지. 하긴 맘에 드는 구석은 조금 있었어."

뒤늦게 발견한 곽예주가 고개를 젖다가 다시 힘차게 아래위로 끄덕이며 말했다.

커다란 나무의 높은 가지엔 붉은 뱀 하나가 똬리를 틀듯 몸을 말고 있었기 때문이다.

하지만 요선보의 무인들은 그 붉은 뱀이 무엇인지 금방 알 수 있었다.

그것은 뱀이 아니었다.

질기면서도 기묘한 호선을 그려내는 채찍, 흡정편(吸精鞭)이 분명했다.

요선보 안에서 요화림(妖火林)을 이끌고 있는 이화림의 채찍이었다.

"그랬군."

강요맹이 마음에 든다는 듯 만족한 미소를 지으며 고개를 끄덕였다.

적어도 티격태격하긴 해도 요선보는 하나였다.

감히 마도본가를 맡고 있는 동무군의 눈 때문에 나서서 도와주진 못해도, 이화림이 요화림의 비밀 살수들을 이끌고 기현소축과 흑수문이 마련해 둔 함정을 미리 파괴해 준 것이다.

강요맹이 이끄는 혈랑대가 집단 전투에 강하듯이, 이화림이 이끄는 요화림은 비밀스런 잠입과 암살에 특히 능했다.

만약 삼팔구만 목표로 하고 기현소축과 흑수문이 대기하고 있었다면, 이화림이 이끄는 요화림의 손 아래서 살아날 자는 별로 없었을 것이다.

"굴속에 숨은 쥐새끼들이 독사를 만난 게로군. 다음에 만나면 술이라도 한잔 사야겠는걸?"

지반월이 졸린 듯 휘영청 굽어진 눈으로 흡정편을 바라보며 중얼거렸다.

"잘되었습니다. 다행히 시간을 벌 수 있었으니까요. 얼른 서둘러서……."

문기서는 조금 흥분한 목소리로 외쳤다.

하지만 정확히 반 시진 후, 사람들의 들뜬 마음을 싸늘하게 가라앉히는 그것을 보고야 말았다.

언덕 아래는 넓은 평야였다.

하지만 넓은 평야는 사람들로 가득 차 있었다.

종횡으로 일정한 간격으로 서 있는 사람들은 마도칠가의 무인들이었고, 이미 오래전부터 기다려 왔다는 듯 일제히 언덕 위에서 소이보 일행을 쳐다보고 있었다.

"세상에……."

곽예주는 처음 보는 수많은 무인들을 보며 말을 잇지 못했다.

"역시 시간이……."

문기서가 미간에 주름을 잔뜩 잡으며 고개를 저었다.

그렇게 노력했건만 적에게 선수를 빼앗겨 버렸기 때문이다.

"괜찮아, 뚫고 지나가면 되지!"

둔비가 아무것도 아니라는 듯 큰 소리로 호통 치듯 외쳤지만, 왠지 둔비 특유의 힘이 느껴지지 않는 목소리였다.

그때 지반월이 어금니를 꽉 물고 말하듯 딱딱한 목소리로 말했다.

"그래, 하지만 부디 지옥에선 마주치지 말자! 다시 보면 지겨우니까!"

목소리를 떨지 않은 것만 해도 대단한 일이었다.

처음 도망쳐 올 때 모여 있던 마도칠가의 세력은 지금에 비하면 삼분의 일도 되지 않는 것 같았다.

도망쳐 오는 짧은 시간 동안 동무군은 마도칠가의 무인들을 끌어 모았고, 보란 듯이 평야 위에 펼쳐 보이고 있었다.

동무군이 옳았다.

마도칠가의 저력은 실로 엄청난 것이었다.

얼추 봐도 천 명은 가볍게 넘어갈 만한 무인들이 소이보의 일행을 보자 천천히 앞으로 걸어 나왔다.

"태활장이 선봉이로군."

사검정이 아래를 내려다보며 말했다.

푸른 옷을 보아하니 태활장의 무인들이 분명했다.

각기 서로의 어깨에 어깨를 걸고는 앞으로 무작정 달려 나오고 있었다.

앞을 가로막는 그 무엇이든 발아래 으깨어주겠다는 듯 힘차게 달려 나오자 대지가 우웅대며 진동하기 시작했다.

자욱한 흙먼지 속에서 서로가 서로에게 기세를 북돋우는 합하! 하는 고함 소리가 튀어나오자, 그 기세에 멀리서 지켜보던 사람들마저 가슴이 두근거릴 정도였다.

먼저 지반월이 품속을 뒤져 비도 여덟 자루를 손가락 사이에 끼우자, 사검정이 품 안에 안고 있던 검을 뽑아 가슴 가운데 수직으로 곧추세웠다.

곽예주 역시 허리를 감싸고 있던 요대를 풀어 시위를 걸었다.

소이보가 장검을 들어 옆으로 비켜 들고는 낮지만 분명한 목소리로 말했다.

"고맙다는 말은 살아남은 사람에게만 하겠다."

일행의 시선이 일제히 소이보를 향했다.

강요맹이 넓은 장포를 옆으로 활짝 펼치자 독수리의 손톱과도 같은 길고 하얀 손가락이 소매 사이에서 튀어나왔다.

"애들아!"

강요맹이 카랑카랑한 목소리로 외쳤다.

"예!"

강요맹의 외침에 삼팔구의 대답 소리가 호탕하게 튀어나왔다.

"가자!"

강요맹이 땅을 박차고 튀어나가자 마치 대붕(大鵬)처럼 허공에 부웅 떠올랐다.

"가자!"

그 뒤를 따라 누가 먼저랄 것 없이 모두 아래로 뛰어 달려 나갔다.

◆ 第五章 ◆
까칠한 느낌

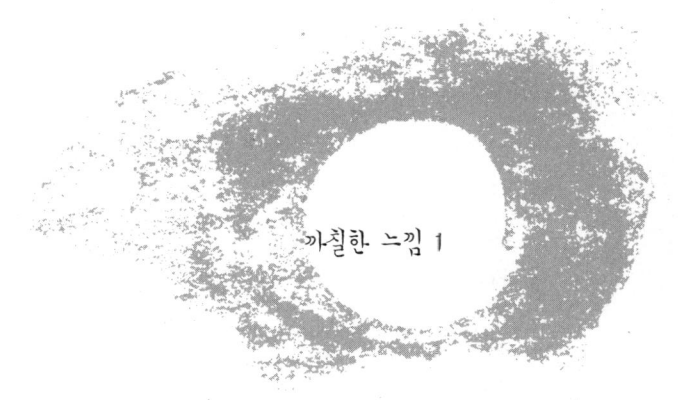

까칠한 느낌 1

그것은 파도였다.

사람들이 일렬로 늘어서고, 굳게 서로의 팔에 자신의 팔을 걸었다.

그러자 파도가 되어 모든 것을 휩쓸며 다가왔다.

맨 처음 파도가 무너져 하얀 포말로 부서져도 다음 파도가 곧 그 자리를 메웠다.

그것이 바로 태활장의 전법이자 무서움이었다.

그들은 죽음을 두려워하지 않았다.

태활장이 휩쓸고 간 자리엔 그래서 죽음만이 남았다.

그것이 적의 죽음이든 태활장 자신의 죽음이든.

소이보 일행의 모습은 두 개의 품 자 사이에 일자로 선 진세였다.

만약 무엇이든 막는다면 그대로 뚫고 지나가겠다는 듯 거침없이 달려온 후였다.

그 끝을 막는 게 관건이라는 듯 태활장은 단단히 틀을 잡은 채 섣불리 덤비지 않았다.

도리어 반원형으로 둥글게 모인 채 소이보 일행을 그저 기다리고 있을 뿐이었다.

소이보 일행 역시 마찬가지였다.

이때까지 달려오던 발걸음을 멈추고 앞만 노려볼 뿐이었다.

태활장의 무인들은 모두 삼백이 넘었다.

하지만 그 누구도 숨소리 하나 내지를 않았다.

잔뜩 긴장한 것처럼 어깨를 잔뜩 당긴 채 앞을 노려볼 뿐이었다.

팽팽한 균형을 깬 것은 둔비였다.

땅을 쿵쿵 울리는 소리를 내며 앞으로 걸어 나와 눈알을 부라리며 외쳤다.

아니, 둔비는 외친 게 아니었다. 듣는 사람에겐 그렇게 들렸을 뿐.

"뭐야? 정말 덤빌 거야?"

둔비의 외침에 태활장 사람들이 움찔하는 게 느껴졌다.

신난다는 듯 활짝 웃으며 둔비가 손가락을 깍지 끼고 바깥으로 내뻗어 우두둑 소리를 만들고는 말했다.

"아이들아, 얼른 시작하자."

그 말이 시작인 것처럼 태활장 사람들이 우르르 밀려 나왔다.

특이한 진법이었다.

태활장 사람들은 서로의 어깨에 어깨를 걸고 어깨동무를 하듯 한 덩어리로 뭉쳐 짓쳐들어왔다.

인간 사슬이었다.

만약 처음 한 겹의 사람들이 적들을 에워쌀 수 있다면 두 번째 사슬이, 그것도 실패한다면 그 뒤에 이어지는 세 번째 사슬이 이어지기 마련이었다.

지반월이 비도를 아끼기 위해 대신 집어 든 돌멩이가 하늘을 날고, 곽예주가 활시위를 바쁘게 놀렸지만 태활장의 무인들 속도는 전혀 떨어지지 않았다.

한 사람이 목숨을 잃어도 축 늘어진 동료의 시신을 어깨에 매어 단 양쪽의 다른 사람들이 계속 달렸기 때문이다.

인간 사슬 하나가 사십 명 정도로 이루어져 있으니, 저 상태로는 몇 명의 사람이 죽어나간다 해도 밀물처럼 밀려들어 올 게 분명했다.

하지만 태활장의 의도와는 달리 사슬은 더 이상 이어지지 않았다.

마치 사슬 몇 개가 끊어진 듯 잘게 쪼개어질 뿐이었다.

바로 옆 동료가 죽어 축 늘어져도 계속 어깨에 매고 달려갈 순 있었지만 어깨와 팔이, 그리고 몸통이 잘려 나간 후엔 더 이상 사슬로 이어질 수 없었기 때문이다.

그리고 그렇게 사슬을 동강 낸 사람은 바로 사검정이었다.

원래 자신이 가지고 있던 장검만큼은 아니었지만, 어디서 제법 긴 검을 들고 사정없이 가운데를 갈라 버린 것이었다.

원래 사검정의 검은 두 번 내려칠 필요도 없는 단 한 칼에 끝장을 내고는 했다.

하지만 그것은 자신과 같은 고수를 상대할 때의 이야기고, 눈에 들어오는 것은 거대한 밀물과도 같은 인간 사슬이었다.

아무 데나 칼을 가져다 대어도 걸리는 것이 모두 사람이었다.

하지만 사검정이 원하는 것은 검도(劍道)의 추구지 맹목적인 살인이 아니었다.

그래서 사람과 사람 사이, 그 둘을 연결해 주는 사이만을 끊어갔고, 그것은 사검정에겐 너무도 간단하고 손쉬운 일이었다.

사검정의 무심한 시선이 앞을 향했다.

마음 안엔 아무것도 없었다.

소림무치와 겨루고 처절한 패배 이후 느끼는 바가 많았다.

자신의 모든 것은 검이었다.

검에 몸을 던졌고, 마음을 던졌고, 영혼을 던졌다.

스스로 검이 되었다.

마음과 영혼까지 불에 달구고 잘 벼린 칼 하나가 되길 원했다.

그렇게 하면 궁극적인 경지에 도달할 거라 믿었다.

그리고 어느 정도 검을 닮았다고 자신했다.

하지만 소림무치는 그 어디에도 검이 없었다.

검은커녕 소림곤을 닮은 몽둥이 하나 가지고 있지 않았다.

주먹을 쥐면 철퇴가 되었고, 손가락을 펴면 날카로운 창이었으며, 발을 굳게 내디디면 태산이 되었다.

손에 익은 무기도, 또 무기를 사용한다는 의식조차 없는 듯했다.

그럼에도 모든 무기에 능했고 익숙했다.

고정관념처럼 스스로를 가두어두었던 틀을 깨버린 것이다.

그래서 소림무치는 자유로웠다.

하지만 자신은 그렇게 하질 못했다.

사검정은 검을 든 이후 처음으로 회의가 들어 뒤를 돌아봤으며, 검이 무겁게 느껴졌다.

혼란스러웠다.

검이 원망스러웠고, 자신의 실력에 대해 회의가 들었다.

그 이후 소이보를 만나고 동무군을 보고서야 그 이유를 알 수 있었다.

검을 들어 강한 것이 아니었다.

검술이 강해 적을 꺾는 게 아니었다.

검을 닦는다고 강해지는 것은 아니었다.

바로 스스로가 강해져야 했다.

진정 강한 자는 그 어떤 무기를 들어도 강했다.

아니, 무기를 들지 않아도 강했다.

스스로 강하다고 믿지 않아도 되었다.

그들은 스스로 강하다는 것을 확신했고, 그것을 전혀 의심하지 않았다.

그래서 강했다.

검을 통해 강해진 게 아니라, 강하기 때문에 그 위력이 검을 통해 나오는 것이었다.

그것을 깨닫자 사검정의 검법은 변했다.

무엇을 끊고자 하는 마음도 없었다.

이기고자 하는 마음도 없었다.

그냥 마음가는 대로 검을 흘러가게 가만히 내버려 두었다.

그래서 사검정의 검은 자유롭게 허공을 날았고, 태활장의 무인들 팔이 허공에 튀었다.

가슴이 베어지고 어깨가 잘라지고 목이 갈렸다.

그러자 밀물처럼 밀려오던 인간 사슬은 더 이상 밀물도 아니었고 사슬도 아니었다.

그저 사람들의 조각에 불과했다.

그 사이를 선불 맞은 멧돼지가 뛰어들었다.

둔비가 휘두르는 무기는 쇠나 나무가 아닌 사람이었다.

아무나 손에 잡히는 대로 사람들의 발을 잡아채 위아래 옆으로 휘둘렀다.

마치 커다란 빗자루를 휘둘러 먼지를 털어내듯 간단한 동작이었고, 상상하지 못할 힘이었다.

머리와 머리가 부딪치자 허연 뇌수가 허공에 튀었고, 허리가 뒤로 꺾인 채 덜렁거렸다.

그러나 둔비의 표정은 변화가 없었다.

도리어 지금 상황에 짜릿한 흥분을 느끼는 듯 거침없이 내달릴 뿐이었다.

손에 든 태활장의 무인 몸이 걸레로 변하다 곧 둔비 손에 잡힌 발목밖에 남지 않을 때면 그저 입맛만 쩝 다시고는 다시 다른 사람의 발목을 잡아채어 흔들어대곤 했다.

잔인한 장면이었지만, 원래 비적(匪賊) 출신인 둔비에겐 이런 싸움이 익숙했다.

그런 둔비 어깨 위로 손 하나가 얹혔다.

마치 어린아이 손마냥 자그마했는데, 정신없이 움직이는 둔비는 누가 자신 어깨 위에 올라타고 있는 걸 모르는 듯 그저 손에 든 사람을 잡고 흔들어댈 뿐이었다.

둔비가 둔해서가 아니었다.

자신의 어깨를 붙잡고 올라오는 사람이 누군지 이미 알고 있었기 때문이다.

둔비 등 뒤에 매달리다시피 엎혀 있던 탓에 사방에서 쏟아지는 뇌수와 피에 범벅이 된 부홍이었다.

부홍은 둔비의 어깨 위에 올라앉아 웃으며 손톱을 핥고 있었다.

둔비는 곧 움직임을 멈추고는 어깨를 타고 올라앉은 부홍에게 말했다.

"온몸이 뻐근한걸? 네놈도 좀 놀아봐야지?"

둔비는 손에 잡고 있던, 그나마도 허벅지까지만 붙어 있던 다리를 멀리 던져 버리고는 어깨 위의 자그마한 부홍의 뒷목을 마치 고양이 새끼를 붙잡아 올리듯 잡아채 들어올리고는 앞으로 던졌다.

그걸 본 태활장의 무인들 눈에선 은은한 공포가 어렸다.

둔비가 어떤 놈인지는 알고 있었다.

또 이런 무식한 놈을 상대하는 것이 어렵긴 해도 공포 어린 일은 아니었다.

화난 멧돼지는 위험하긴 해도 공포에 질릴 정도로 무서운 건 아니었기 때문이다.

하지만 부홍은 달랐다.

혈면수라에 대한 이야기는 이미 여러 번 들었기 때문이다.

지금 그 전율스런 이야기를 만들어낸 존재가 자신들 사이를 소리없이 파고들고 있었다.

마치 그리운 피를 흠뻑 마시게 되어 행복하다는 듯 새하얗게 웃으면서……

*   *   *

지반월은 권태로움을 느꼈다.

그 어떤 것도 더 이상 지반월에게 자극이 될 수 없었다.

그래서 항상 느렸고, 한발 뒤로 물러섰으며, 멀리서 지켜보기만 했다.

죽음? 그것 또한 자극이 될 수 없었다.

사랑이나 증오 따위의 감정은 이미 식어버린 지 오래였다.

그 어떤 것에도 재미란 걸 느낄 수가 없었다.

흥분을 불러일으키는 존재 따윈 더 이상 세상에 없다고 생각했다.

단지 세상을 얼른 끝마치고 싶을 뿐이었다.

하지만 스스로 목숨을 끊고 싶지는 않았다.

그렇다고 실력도 안 되는 하급 무인에게 허무하게 죽어줄 수도 없었다.

당당하게 겨루다 절대강자에게 죽고 싶었다.

단지 지금껏 살아 있는 것은 살아남기 위해 발버둥 쳤기 때문이 아니었다.

세상이 지반월을 죽이지 않았기에 그냥 살아남은 것뿐이었다.

그런 지반월에게 아주 흥미로운 존재가 나타났다.

너무나 나른하고 지루한 삶을 이어가던, 그래서 아예 죽어버렸으면 좋겠다고 생각하는 지반월을 비웃듯 독기로 똘똘 뭉친 놈이 나타난 것이다.

마치 자신의 앞을 가로막는 것이라면 하늘이라도 베어주겠다는 기세가 대단한 놈이었다.

'이런 놈이라면……'

지반월은 그때 생각했다.

이런 놈이라면 자신이 죽어도 괜찮을 거라 생각했다.

단지 그 정도의 실력이 되는 놈이라면……

하지만 놈이 원하는 것은 지반월 자신이 아니었다.

놈은 더 큰 것을 노리고 있었다.

바로 세상 모든 것이라 할 만한 마도칠가를, 그리고 마도칠가의 성녀를, 그리고 세상 모든 것을 말이다.

그 점이 맘에 들었다.

그렇다면 살아남는 것도 괜찮을 거란 생각이 들었다.

살아남아서 지켜봐 주리라, 세상이 요안 품 안으로 들어가는 것을……

지반월은 그렇게 생각했다.

그러다 요안이 실패해서 자신이 죽는다 해도 괜찮았다.

세상의 벽에 부딪쳐 한 줌으로 부서진다는 것.

이 얼마나 짜릿한 일인가!

그래서 지반월은 두 손에 나눠 잡은 비도를 움직여 한 사람의 목을 베어내고는 그 뒤의 사람 명치에 깊숙이 쑤셔 박았다.

화살촉은 날카로웠다.

엄지손가락 끝으로 비비자 까끌까끌한 느낌이 들었다.

그 느낌을 곽예주는 즐겼다.

화살을 가슴 앞에 비켜 들고 손가락으로 화살촉 끝을 천천히 쓰다듬으며 곽예주는 정면을 노려보았다.

천천히 숨을 들이키자 가슴이 팽팽히 당겨졌다.

거기에 맞추어 화살을 걸고 시위를 당겼다.

적들은 파도였다.

서로 단단히 어깨를 걸고 파도처럼 땅을 쓸며 휘몰아쳐 오고 있었
다.

'하나, 둘, 셋…….'

곽예주는 속으로 숫자를 세어나가다 손가락을 폈다.

핏—

활이 금방 눈앞에서 사라지자 해일처럼 밀려오던 인간 사슬 중 한쪽
이 진흙으로 만든 둑처럼 무너져 내렸다.

"후우—"

곽예주는 다음 번 화살을 집어 들고 다시 엄지손가락 끝으로 화살촉
의 날카로움을 음미했다.

날카로움과 함께 예리한 고통이 손끝에서 느껴지자 곽예주는 눈꼬
리를 살짝 찌푸리며 고개를 돌렸다.

그러자 그 사람이 눈에 들어왔다.

훤칠한 키와 넓은 등.

수많은 사람들 중에서도 한눈에 알아볼 수 있었다.

소중한 사람이었다.

언젠가 잃어버렸던 한 사람을 꼭 빼어 닮은 그를 언제까지라도 지켜
주리라 생각하며, 곽예주는 아랫입술을 깨물며 화살을 시위에 걸었다.

요안 소이보.

특이한 눈빛 때문에 붙여진 별호였다.

하지만 곽예주는 요안이 좋았다.

새파랗고 잿빛인 묘한 그 두 눈이 좋았다.

새파란 눈빛은 결코 꺾이지 않을 듯한 새파란 독기를, 짙은 잿빛 눈

은 곧 꺼져 버릴 듯한 생명을 겨우 움켜쥐고 있는 것 같았다.

그리고 아련한 기억 속의 그 누군가도 저런 눈빛을 가졌었다.

곽예주의 하나뿐인, 그래서 그 사람이 죽고 없어지자 아무것도 남지 않았던 동생이라는 이름의…….

항상 독기 어린 눈으로 살았던 동생은 아득한 회색 눈빛으로 바뀌어 멍한 시선으로 보고 있었다.

그렇게 동생은 굶주린 배를 움켜쥐고 작은 창고 안에서 새우등처럼 등이 굽은 채 죽었다.

굶주린 배가 열리고 거기서 나온 것은 마치 새끼줄처럼 비비 꼬인 앙상한 창자였다.

마치 돼지처럼 살이 뒤룩뒤룩 찐 노인은 자신의 배 위에서 노를 젓 듯 요동치며 헉헉대는 눅진한 숨결을 토해내고 있었다.

곽예주는 그렇게 눈으로는 죽어가는 동생을 보며, 배 위엔 짐승을 올려놓은 채 진정한 세상을 알았다.

곽예주는 누운 채 손을 뻗었다.

그 손끝에 동생의 앙상하고 하얀, 그래서 더욱 길어 보이는 손가락 이 닿았다.

곽예주가 동생에게 마지막으로 준 것은 눈물 한 방울이었다.

그 한 방울 눈물에 세상 모든 것에 대한 저주를 담았다.

곽예주는 그 이후 단 한 번도 울지 않았다.

곽예주의 나이 열세 살 때의 일이었고, 동생은 세상이란 걸 이해하 기도 어린 열 살이었다.

곽예주는 활이 좋았다.

여자가 사용하기엔 어울리지 않았고, 활시위를 당길 때는 꽤나 힘이 필요한 법이라 익히는 여자 또한 없었다.

하지만 곽예주는 활이 좋았다.

굵은 활시위에서 튕겨진 활이 곽예주 배 위에서 헉헉대며 아직 채 봉긋하지도 않은 가슴을 핥어대던 사내놈의 목을 뚫고 들어와 곽예주의 가슴팍까지 뚫었기 때문이다.

활이 가슴을 꿰뚫었지만, 이상하게 고통스럽지가 않았다.

도리어 짜릿했다.

가슴 한가운데를 파고든 활촉은 이상하게 뜨거웠다.

아마도 자신을 겁탈하던 놈의 피가 묻었기 때문에 그럴 거라고 곽예주는 생각했다.

가슴 사이에 화끈한 상흔을 남긴 그것, 곽예주는 그 짜릿한 느낌을 잊을 수 없었다.

곧 어떤 다른 사내가 곽예주 몸 위에 널브러져 있던 다른 사내를 발로 밀쳐 내고 곽예주를 내려다보았다.

검고 단단한 몸매의 짧달막한 사내였다.

분명 이 사람이 활로 겁탈하던 사람을 죽인 모양인데, 손에는 활을 들고 있지 않았다.

"독한 년이군."

카랑카랑한 목소리였다.

그리고 그 목소리는 검고 탄탄한 근육질 사내의 어깨 뒤에서 들려오고 있었다.

검은 머리, 뾰족한 콧대, 얇은 입술, 날카로운 눈매의 노인이었다.

"우워어~"

문을 박차고 어느 놈인가가 뛰어들었다.

아마도 곽예주의 마을로 쳐들어온 산적 떼들 중 하나일 것이다.

그리고 지금 자신 앞에 서 있는 사람들 역시 산적들과 다를 바 없는 사람들일 것이다.

의협심에 불타는 사람들이 아닌 자신들의 구역이 침범당했기에 여기까지 달려왔겠지. 의협이란 두 글자를 믿지 않는 곽예주는 그렇게 생각했고, 그 생각이 맞았다.

사내가 들어온 그 즉시, 날카로운 콧대를 지닌 노인이 발끝을 차 땅에 굴러다니던 칼을 차올렸다.

칼은 허공에서 멋지게 맴돌았고, 그 가운데를 노인이 손가락으로 튕겨내자 칼은 뛰어들어 온 사내의 목에 틀어박혔다.

깨끗하고 재빠른 솜씨였다.

저런 간단한 동작에 사람 하나가 죽는다는 게 믿어지지 않을 정도였다.

사내는 뛰어든 자세 그대로 땅에 몸을 눕혔다.

희멀겋게 변하는 사내의 시선이 땅에 누워 있는 곽예주와 마주쳤다.

짜릿했다.

죽음이, 복수가, 강하다는 것이, 그리고 화살촉의 느낌이 이렇게 짜릿한 것인지 처음 알았다.

곽예주의 눈에서 불꽃이 피었다.

"정말 독한 년이었군."

카랑카랑한 목소리의 늙은이가 그런 곽예주를 보고 다시 말했다.

"마음에 드십니까?"

마치 종마처럼 근육이 온몸을 감싸 쥐고 있는 사내가 늙은이를 보고 정중하게 물었다.

"거둬라."

늙은이가 말하자 단단하게 생긴 사내는 자신의 윗도리를 벗어 곽예주 몸 위로 덮으며 말했다.

"상처가 보기보다 깊다. 움직이지 마라. 곧 다시 돌아오겠다."

딱딱한 말이었지만, 그 어떤 유혹보다 달콤하고 부드럽게 들리는 목소리였다.

곽예주는 몸을 돌려 나가려는 사내의 발을 붙잡고 말했다.

"날, 날 데리고 가주세요. 저를 꼭 좀……."

사내는 뒤를 돌아보았다.

"다시 온다. 말하면 지킨다. 혈랑대의 말은 항상 틀림이 없다."

"혈랑대요?"

곽예주가 묻자 사내가 고개를 끄덕였다.

"그렇다. 범우, 그게 나다. 요선보의 혈랑대장."

"혈랑대……."

곽예주는 그때 자신이 있을 곳을 정했다.

가슴에 화끈한 화인과 함께 찾아온 곳, 바로 요선보의 혈랑대였다.

그 이후 곽예주는 활을 잡았다.

피를 그리워했다.

사내들을 증오했다.

사내로서 곽예주 앞에 서고도 살아남을 수 있는 사람은 요선보의 동료들밖에 없었다.

그러나 새로운 사람이 앞에 나타났다.

요안 소이보.

괴상한 눈빛을 가진 요상한 사내.

그 사내의 얼굴이, 눈빛이 왠지 한 사람을 떠올리게 만들었다.

바로 굶주린 배가 갈라지며 바싹 마른 창자를 부둥켜안은 채 죽어간 동생을.

닮은 데는 없었다.

어쩌면 손가락 때문일지도 몰랐다.

동생은 유난히 희고 가는 손가락을 가졌다.

마지막 온기를 느꼈던 게 바로 동생의 손가락이었다.

그런데 소이보의 손이 동생을 닮은 것이다.

동생은 놀려도 그저 씩 웃고 넘어가곤 했다.

요안 역시 마찬가지였다.

다른 사람들한테는, 그게 설령 삼팔구 동료라 해도 독을 피우면서도 자신의 놀림에는 그저 씩 웃고 넘어가는 것이다.

그 순간 요안은 곽예주의 동생이 되었다.

처음엔 잃었으되 두 번째 동생은 잃지 않을 것이다.

곽예주는 그렇게 생각하며 팽팽하게 당겨진 활시위를 앞에 보이는 사내의 목에 감아 가볍게 당겼다.

사내의 목이 곽예주 가슴 사이로 떨어졌다.

깊은 화인이 상처처럼 남겨진 그 사이로…….

부홍은 당황했다.

피가 부르고 있었다.

붉고 싱싱한, 그래서 더운 김마저 느껴지는 따뜻한 선홍색의 피가.

어머니의 하얀 가슴을 가로지르듯 굴러 떨어지던 피 색과 다르지 않았다.

'그래, 그랬지.'

부홍은 싱긋 웃었다.

부홍에게 있어서 어머니는 색깔과 냄새로만 기억되었다.

어머니의 가슴에선 항상 풋풋하면서도 시큼한 젖 냄새가 났다.

아직 어린 젖먹이 동생 때문이었다.

부홍은 그 젖먹이 동생과 함께 어머니 가슴에 매달려 있었다.

하얀 어머니의 가슴 앞엔 젖먹이 동생이 매달렸고, 그 뒤엔 부홍이 엉겨붙어 있었다.

어머니는 어디서 그런 힘이 났는지, 동생과 함께 부홍을 가슴에 안은 채 앞으로 맹렬하게 뛰었다.

누구에게 쫓기는지 따위는 알지 못했다.

그저 무서운 사람들이 뒤를 쫓는다는 정도만 알 뿐.

이래서 무공이 싫었다.

할아버지가 가르쳐 주신 조공(爪功)이 말로는 하늘을 덮고 땅을 쪼개놓는 신공(神功)이라 해도 배우기 싫었다.

서로 손가락을 상대의 몸에 쑤셔 박아야 하는 무공이었다.

대련이라도 할라 치면, 상대에게서 느껴지는 격한 숨소리와 거친 땀 냄새, 그리고 앙다문 이를 보는 게 고역이었다.

그래서 정신없이 뒤로 물러섰고, 상대의 기세에 엉덩방아를 찧는 게 고작이었다.

그러고 나면 어김없이 튀어나오는 할아버지의 못마땅한 기침 소리…….

천하에 다시 보기 어려울 조공에 어울리는 신체에, 세상에서 두 번째를 찾기 힘들 정도의 병약한 심성.

그것이 부홍이었고, 그래서 가문의 수치가 되었다.

하지만 부홍은 아무런 걱정도 하지 않았다.

그저 어머니 품에 안겨 두 눈을 꼭 감고 있으면 행복했다.

더 이상 귀찮게 하는 것도, 두려울 것도, 걱정도 사라졌다.

그런데 그날은 달랐다.

어머니 품에 안겨 있어도 전혀 마음이 안정되지 않았다.

아마도 밤늦게 담을 타 넘어와 지금 어머니의 뒤를 쫓는 까만 복장의 무인들 때문이리라.

경황이 없고 황급해서인지 어머니의 가슴 옷깃은 벌어져 탐스런 가슴이 엿보였다.

따뜻하고 풋풋한 젖내음으로 기억되던 가슴은 위아래로 정신없이 흔들리고 있었다.

동생의 울음소리가 귓전을 때렸고, 어머니의 하얀 가슴엔 땀이 솟았다.

정신없이 어머니 품에 안겨 도망가면서도 부홍은 그날의 색을 잊을 수 없었다.

눈송이처럼 하얀 어머니 가슴에 창백한 달빛이 어우러지고, 그 사이로 파란 힘줄이 펄떡대던 그때의 하얀색을.

하지만 그때…….

어머니 가슴 앞으로 더욱 새파랗게 빛나는 하얀 게 불쑥 튀어나왔다.

물결 무늬처럼 흔들리는 물결이 새겨진 날이 잘 선 칼날이었다.

그 칼날이 어머니의 가슴을 쪼개고, 동생의 머리를 갈랐다.

힘차게 두 사람을 가른 칼날은 정확히 부홍의 미간 사이에서 힘을 잃고 멈추었다.

또르륵… 똑!

그 칼날 끝에서 달빛에서도 선명하게 보이는 붉은 피가 부홍의 콧등 위로 떨어져 내렸다.

동생의 머리는 그 사이에서 두 쪽으로 갈라져 양쪽 어깨 위에서 덜렁거리고 있었다.

그리고 어머니의 하얀 가슴 한가운데엔 붉은 피가 천천히 흘렀고, 은은한 붉은색 침의가 검은색으로 바뀌었다.

피였다.

피!

피! 피! 피! 피!

어머니의 살 내음이 사라지고, 그 사이를 비릿한 피 냄새가 가득 채웠다.

냄새는 회갈색 뇌수와 함께 붉은색으로 부홍의 뇌리 속을 가득 채웠다.

부홍은 그때 두 눈을 감고 외쳤다.

'이건 아니야! 이건 어머니가 아니야. 내 어머니를 돌려줘!'

부홍은 온몸이 떨렸다.

마치 신열이라도 앓는 듯 알지 못할 신음이 연거푸 입술 사이를 비집고 나왔다.

그리고 웃었다.

꿈이기에, 지금 눈앞에 벌어진 일은 꿈이어야 가능하기에……

하늘이 빙글 돌고 땅이 흔들렸다.

눈앞이 모두 붉은색이었다.

그 순간 부홍은 예감했다.

붉은색.

가장 증오하면서도, 가장 사랑하게 될 색이 붉은 핏빛 색깔이 될 것임을.

부홍이 제정신을 차렸을 때 어머니는 없었다.

눈앞에선 밤에 담을 타 넘었던 사람들이 모두 가슴이 꿰뚫린 채 나뒹굴고 있을 뿐이었다.

핏빛의 달은 오늘따라 왠지 매우 아름다웠고, 그 아름다움에 소름이 끼친 부홍은 온몸을 부들부들 떨고 있을 뿐이었다.

"미치면 안 돼!"

어디선가 부홍의 고막을 터뜨릴 것 같은 전음이 들렸다.

"……?"

손톱 끝에 맺힌 핏방울을 핥던 부홍이 순간 어리둥절한 표정을 지었다.

털썩.

등 뒤로 무언가 땅에 떨어지는 소리가 들렸다.

후두둑.

그 뒤로 부홍 자신의 어깨에 무언가 굵은 빗방울이 떨어지는 소리가 연이어 느껴졌다.

천천히 고개를 돌린 부홍의 눈에 등가죽이 뻥 뚫린 사내 하나가 허물어져 있는 뒷모습이 들어왔다.

순간 초점이 맺혔던 부홍의 눈이 다시 뿌옇게 흐려졌다.

"미치지 말라고? 미치지 말라니? 이걸 보고 어떻게 안 미칠 수가 있어? 킬킬킬~"

부홍은 마치 혼잣소리처럼 중얼거리고는 다시 맛난 음식을 핥듯 손톱 끝에 묻은 핏방울을 핥을 때였다.

"안 돼! 네가 미치면 요안이 죽는다!"

'요안?'

부홍은 또다시 들려온 소리에 고개를 멍하니 들었다.

마치 혼이 나간 사람처럼 허점이 많은 자세였지만, 태활장 무인들 중에 달려드는 사람은 없었다.

"요안뿐만이 아니야! 곽예주도 죽어!"

'곽예주?'

부홍 뇌리에 남는 이름이었다.

아니, 이름보다 먼저 냄새로 다가오는 사람이었다.

누군지 정확히 기억이 안 나지만, 특이하게도 어머니의 가슴 냄새를 가지고 있는 사람이었다.

그래, 그랬다.

비록 젖먹이 동생도 없고, 풋풋하면서도 시큼한 젖내음도 없었지만, 그 가슴은 분명 어머니의 가슴이었다.

깨끗하면서도 평온한 살 냄새, 어머니를 닮은 살 냄새…….

부홍의 멀게진 두 눈이 옆을 향했다.

그제야 자신에게 말을 건넨 사람을 볼 수 있었다.

"문… 기서?"

기억이 났다. 이제야 알 것 같다.

저 문기서란 사내는 자신이 여기 서 있을 때부터 계속 옆에 붙어 무언가 소리치고 있었다.

정신을 잃지 말라고, 미치지 말라고…….

문기서가 부홍의 어깨를 잡았다.

부홍의 정신이 조금 든 것을 느낀 모양이었다.

"내 말 들어!"

문기서는 마치 제 눈알을 부홍의 눈알 안에 박아 넣으려는 것처럼 노려보며 부홍의 어깨를 사정없이 흔들고 있었다.

"미치면 안 돼! 네놈 역할을 내가 말해 줬지? 미치면 안 돼! 네놈은 절대 미치면 안 된다고!"

끄덕끄덕.

무슨 말인지 알 것 같기도 하고 모를 것 같기도 했다.

그래, 저놈이 무슨 말인가 했던 것 같았다.

부홍의 고개가 끄덕여지자, 문기서는 다시 한 번 다짐하듯 말했다.

"미치면 안 돼. 다 죽어! 다들 미쳐도 너만은 안 미쳐야 한다고!"

부홍의 고개가 다시 힘없이 끄덕여졌고, 그제야 문기서는 자신의 할 일을 하러 가겠다는 듯 급히 되돌아갔다.

비록 미심쩍다는 눈빛을 지우진 않았지만, 문기서의 마지막 눈빛은 분명 부홍을 믿겠다는 것이었다.

"요안? 곽예주?"

부홍은 몇 마디 중얼거리다가 킬킬거렸다.

"그래, 미치면 안 돼. 난 안 미쳐야 해! 네놈들이 미쳐야 하니까!"

부홍은 자신도 모를, 뒤죽박죽된 머리 속을 정돈하려는 것처럼 머리를 흔들며 중얼거렸다.

　다시 고개를 든 부홍의 얼굴은 웃고 있었고, 그 미소를 본 태활장 무인들은 모두 질린 표정이었다.

　둔비는 괴물이었다.

　하지만 그렇게 생각하지 않는 유일한 사람 또한 둔비였다.

　둔비는 자신이 평범하다고 생각했다.

　물론 키는 조금 컸다.

　아니, 스스로 생각하기에도 많이 큰 편이었다.

　그런데 그게 뭐 어쨌다는 말인가.

　스스로가 키가 커서 남을 해코지할 일이 무엇이란 말인가.

　둔비는 그렇게 생각했지만, 남들은 그렇게 생각하지 않았다는 게 문제였다.

　둔비는 키만 큰 것이 아니었기 때문이다.

　손도 크고 덩치도 컸다.

　그게 뭐 어쨌단 말인가.

　사람들 중엔 노래를 잘 부르는 사람도 있고, 달리기가 빠른 사람도 있지 않은가.

　둔비는 그렇게 생각했지만, 사람들은 그렇게 생각하지 않았다.

　손과 발, 그리고 덩치가 큰만큼 힘이 매우 셌기 때문이다.

　언젠가 열여덟 한창 때의 둔비가 미쳐 날뛰는 황소 한 마리를 뒷다리를 붙잡아 멈췄을 때도 신력에 감탄하는 눈치였지만, 계속 버둥대는 황소의 뒷다리를 넓게 벌려 찢어 죽였을 때 사람들은 눈을 내리깔고 무릎을 벌벌 떨었다.

거기까지도 좋았다.

누구는 농사일을 잘하듯, 둔비는 힘쓰는 일을 잘하는 것뿐이었으니까.

하지만 손도 크고 발도 크고 덩치도 크듯, 눈알이 큰 게 문제였다.

큰 눈알로 뒤룩뒤룩 지켜보면 사람들은 곧 얼굴이 시뻘겋게 달아오르기 일쑤였고, 눈앞에서 일을 벌이기보다는 항상 잘 때나 방심할 때를 노려 뒤통수를 치곤 했다.

그건 순전히 둔비 탓이었다.

몸도 크고 손발도 크고 눈알만 큰 게 아니라 목소리도 컸기 때문이다.

그저 몇 마디 말을 속에 담아두지 못하고 아주 모기만한 목소리로 중얼거린 것이었는데도 사람들은 귀신같이 알아듣곤 했다.

그래서 둔비는 항상 혼자였다.

괴물이었기 때문이다.

거기다 힘도 무지막지하게 세고, 항상 뒤룩뒤룩 왕방울간한 눈으로 노려보며, 큰 목소리로 욕을 하기 마련이니 괴물이 될 수밖에 없었다.

그래서 둔비는 혼자였다.

그것도 항상 사람들한테 쫓기는…….

살아남으려면 싸워야 했고, 부수어 버려야 했다.

그래서 괴물 중에 괴물이 되었다.

더한 괴물을 만나기 전까진…….

둔비가 산속에 깃들여 살 때였다.

둔비가 산속에 들어간 이유는 단 한 가지였다.

산속에 사람을 잡아먹곤 하는 호랑이가 살고 있단 말 때문이었다.

둔비가 산에 들어간 지 삼 일 만에 호랑이가 먼저 둔비를 찾아왔는지 아니면 둔비가 먼저 찾았는지 확실하진 않지만, 둘은 마주쳤다.

그리고 둔비는 한 가지를 배울 수 있었다.

호랑이 고기는 누린내가 난다는 것.

그렇게 산중 대왕을 때려잡고 내려온 둔비는 더욱 괴물이 되었고, 끝내 자신을 꺼려하는 사람들을 피해 호랑이가 살던 동굴 속에서 혼자 살게 되었다.

사람들은 인육을 즐겨 먹던 호랑이가 살 때보다도 더 더욱 산에 오르는 것을 꺼려했을 때, 둔비는 소식을 들었다.

자신 같은 괴물이 마을에 온다는 것을.

그리고 이번 괴물은 호랑이가 아닌 비적이었지만, 둔비는 자신이 있었다.

하지만 이번에 마주친 괴물은 미친 황소도, 호랑이도 우습게 여길 만큼 볼품없었다.

키만 껑충하니 큰 중늙은이였기 때문이다.

하지만 그 중늙은이 때문에 둔비는 큰 충격을 받았다.

자신을 처음 본 늙은이의 처음 반응이 그저 시큰둥했기 때문이다.

콧김을 벌렁거린 둔비가 곧 달려들었지만, 노인네는 손끝 하나 까딱하지 않았다.

대신 그 옆에 있는 자신의 허리춤에나 간신히 키가 닿을 듯한 짧닥막한 젊은이가 나섰고, 그때 둔비는 '아, 죽는 게 이런 거구나' 하는 것을 처음 느꼈다.

그게 지금 대장으로 머리 위에 얹고 사는 범우란 건 한참 후에야 알았다.

타고난 신력으로도 해결 안 되는 내공이란 괴상한 것을 처음 몸으로 맞대본 것이었다.

그 뒤로 둔비는 강요맹이란 이름의 그 중늙은이와 자신을 표정 하나 변하지 않고 개 패듯 잡았던 범우 뒤를 따라나섰다.

그리고 괴물들을 처음 보았다.

자신을 괴물로 쳐다보지 않는 또 다른 괴물들을…….

그리고 친구가 되었다.

지금 역시 친구를 위해 싸우고 있었다.

요선보? 그따위 건 중요하지 않았다.

단지 친구들과 함께 깃들인 곳이 요선보라는 게 중요했다.

성녀 따위? 중요하지 않았다.

단지 괴상한 계집애란 생각밖에 없었지만, 이미 괴상하고도 괴이한 친구들을 두고 있는 둔비에겐 관심 밖이었다.

친구를 위해 싸우고, 친구를 위해 죽는다.

나를 알아주는 사람들을 위해 살다 죽으면 그뿐이었고, 그게 둔비가 원하는 삶이었다.

지금도 마찬가지였다.

요안이란 새로운 친구는 괴물 같은 종자들에 대해 무감각해졌던 둔비에게도 가벼운 흥분을 가져다 줄 만큼 괴상한 친구였다.

'친구! 그래, 그게 중요한 거야!'

둔비는 그렇게 생각했다.

처음 볼 때부터 썩 마음에 들었다.

특히 자신은 어떤 부분에 대해 물러 터진 면이 있는 데 반해, 요안은 독기로 똘똘 뭉쳐 있었다.

낭창낭창하게 허리가 얇고 길어 한 손에 안고 뚝 부러뜨리면 그만일 것 같은데도, 만약 목숨을 걸고 겨루라면 고개부터 절레절레 돌아가게 만드는 사람이었다.

그런 사람이 적이라면 곤란하겠지만, 친구로 있는 지금 가장 뿌듯했다.

만약 자신이 죽는다 해도 후회가 없었다.

모르긴 몰라도, 자신을 죽인 사람은 요안 때문에 발뺄고 자진 못할 게 분명했기 때문이다.

그래서 둔비는 가뿐하게 태활장 무인의 머리통을 잡고 가볍게 비틀었다.

뿌드득.

그 음향이 왠지 기분이 좋아 둔비는 저도 모르게 씨익 웃었다.

◆第六章◆
험로, 그리고 위기

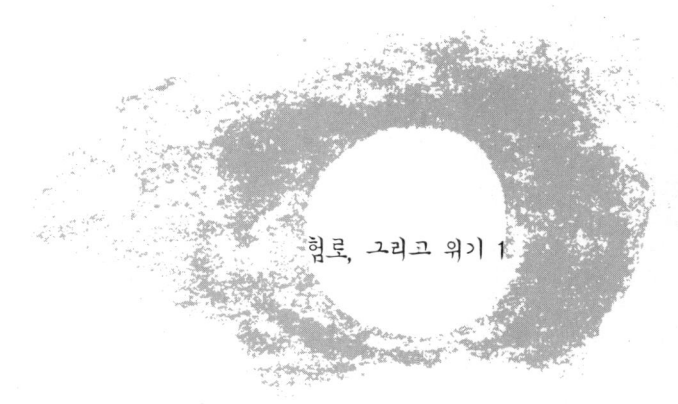

험로, 그리그 위기 1

꽉예주의 미간이 좁혀졌다.

'좋아!'

굽힌 손가락을 풀자 팽팽하게 당겨졌던 시위가 바람 가르는 소리를 냈다.

제법 잘생긴 사내의 미간 사이였다.

사내는 흥분 때문인지 붉어진 얼굴로 고함을 지르고 있었지만, 더 이상 곽예주는 사내를 보지 않았다.

자신이 활을 쏘아 보낸 이상 사내에겐 죽음만이 기다리고 있을 뿐이었다.

화살을 꺼내 다시 시위에 걸며 다른 목표를 찾아 시선을 빠르게 움직였을 때였다.

탁!

괴상한 소리와 함께 얼굴이 붉은 사내는 살아남았다.

쏘아 보낸 화살은 마치 벽에 가로막힌 듯 외롭게 허공으로 날아 저 멀리 떨어지고 있었다.

'……!'

곽예주의 동그란 눈이 부릅떠졌다.

화살이 빗나갔다. 자신의 예상과는 달리 사내는 살아남은 것이다.

그리고 곧 자신의 예상이 빗나가게 만든 그 물건을 볼 수 있었다.

동그란 철낙주(鐵珞珠)였다.

손 안에 쏙 들어갈 만한 크기의 쇠로 만든 조그마한 구슬.

아니, 철이 아니었다.

보통의 철로 만든 것이었다면, 화살을 허공에서 부딪쳐 튕겨낼 수 없다.

부딪친 화살은 무기력하게 허공에 튕겨 올랐지만, 쇠구슬은 허공에 잠깐 멈추었다가 곧 천천히 뒤로 물러났다.

마치 끈을 묶어 누군가 뒤에서 잡아당긴 것처럼 그렇게 뒤로 물러난 쇠구슬은 앙칼져 보이기까지 하는 앙상한 손아귀 안으로 들어갔다.

"킬킬킬~"

쇠구슬을 손에 움켜쥔 노인은 그렇게 웃었다.

마치 주위의 싸움은 자신과는 상관없다는 듯 쪼그려 앉은 채 손에 갈무리한 쇠구슬을 손바닥 안에서 빙빙 돌리고만 있었다.

잔주름이 눈가에 가득한 노인은 검은 옷으로 온몸을 감고, 코와 입까지 가려 보이는 거라곤 눈알뿐이었다.

잔인한 눈빛을 보는 순간 곽예주는 지금 자신이 누구와 맞닥뜨렸는지 금방 알 수 있었다.

"흑수문주 흑수제일랑(黑手第一郎) 표안(彪鞍)!"

두 개의 쇠구슬을 귀신처럼 놀리는 사람.

새하얀 두 개의 쇠구슬 안에 몇 명의 영혼을 가두었는지 그 누구도 모르는 사람.

바로 그 사람이 표안이었다.

"제길!"

곽예주는 아랫입술을 깨물며 낮게 욕설을 토했다.

"아무리 날고 기는 놈이라도, 눈과 눈 사이에 화살을 박고도 살아가는 사람은 보질 못했어!"

말과 달리 곽예주는 한층 더 신중한 자세로 활을 거누었다.

하지만 표안은 마치 장난이라도 하는 것처럼 그저 두 개의 쇠구슬을 손바닥 안에서 따그락 소리를 내며 굴릴 뿐이었다.

"십이장! 좋아!"

곽예주는 자신있게 시위를 놓았다.

상대와의 거리는 십이 장, 결코 자신의 화살이 놓칠 리 없었다.

미찰극(未察隙) 영염라(迎閻羅).

다른 화살이 아닌, 그 끝을 보기 전에 이미 염라를 영접하게 된다는 유명한 이름이 달려 있는 활이 아니던가.

하지만 표안은 곽예주가 시위를 놓는 것을 마치 구경하듯 지켜보고 있을 뿐이었다. 그리고 그 화살 끝이 미간 사이를 파고들 때쯤 표안은 엄지손가락을 까딱거렸다.

딱!

"치잇!"

곽예주는 안타깝다는 듯 혀를 차고는 얼른 허리 뒤 동개에서 손에 잡히는 대로 화살을 뽑아내었다.

딱 일 장이었다.

표안의 미간 사이를 딱 일 장만 남겨두고 표안의 쇠구슬이 곽예주의 활을 또 한 번 튕겨낸 것이다.

"그렇다면 방법이 있지!"

곽예주는 뽑아 든 화살을 오른손 손가락 사이마다 끼는 걸로도 모자라 남은 것은 입술 사이에 끼고 이로 악물었다.

연환사(連環射)!

최고 궁수들만이 해낼 수 있다는 연환사라면 승산이 있었다.

자신은 쏘아 보내면 그만이지만, 표안은 쏘아 보낸 쇠구슬을 회수해야 하는 시간이 필요했기 때문이다.

쉭!

화살을 쏘아 보내자마자 다시 시위에 활을 걸고 쏘았다.

궤적은 일정했고, 뒤이은 화살이 앞 화살의 꼬리를 물듯 쏘아져 나갔다.

딱… 딱… 따다딱!

곽예주의 빠른 속도만큼 부딪치는 소리도 빠르게 연이어 터져 나왔다.

처음 부딪친 곳은 표안의 일 장여 앞이었지만, 곧 그 다음 부딪친 거리는 표안으로부터 멀어져 가고 있었다.

이 장, 삼 장, 사 장… 그리고 이젠 곽예주의 사 장여 앞에서 마지막 부딪침이 있었다.

"좋아! 그렇다면!"

곽예주는 아랫입술을 질겅질겅 씹다시피 깨물고는 한꺼번에 네 개의 화살을 움켜쥐어 시위에 걸었다.

끼이익~!

네 개의 활을 동시에 시위에 걸고 당기자 활이 괴상한 비명을 토해냈다.

네 개의 활을 끼고 있는 곽예주의 손가락 사이에서 피가 새어 나왔다.

팔꿈치까지 타고 흐른 피가 막 땅으로 떨어지려 할 때, 네 대의 화살이 허공을 날았다.

표안의 표정엔 변화가 없었다.

지금 하고 있는 일이 매우 재미있다는 듯 그저 눈가에 잔주름을 가득 담은 채 웃고 있을 뿐이었다.

하지만 표안의 손은 얼굴과는 달랐다.

손바닥 안에서 굴려지던 두 개의 쇠구슬이 동시에 앞으로 쏘아져 나갔고, 그 순간 곽예주의 얼굴이 찡그러졌다.

곽예주는 똑똑히 볼 수 있었다.

처음 쇠구슬이 화살 하나를 튕겨내고는 위로 가볍게 치솟았다.

마치 물을 박차고 오르는 물새처럼 가볍게 위로 솟은 쇠구슬이 두 번째 활의 허리를 꺾었다.

두 개의 화살을 튕겨낸 쇠구슬이 표안의 앙상한 손가락으로 되돌아가는 사이, 두 번째 쇠구슬이 세 번째 화살을 튕겨냈다.

쒸욱~

하지만 그걸로 그치지 않았다.

쇠구슬은 화살의 탄력까지 더해진 듯 더욱 거세어진 기세로 곽예주의 얼굴로 날아오고 있었다.

'하나는?'

하지만 곽예주의 눈은 그 사이에도 자신이 쏘아 보낸 마지막 화살의 자취를 좇고 있었다.

상대는 마도칠가 중 흑수문의 가주.

겨루어진다 해도, 아니, 죽는다 해도 이상할 게 없었다.

아니, 그게 당연한 일이었다.

하지만 놈의 목은 가져가야만 했다.

그래야 죽어도 억울하지 않을 것이다.

하지만 곽예주의 바람과는 달리, 되돌아가던 쇠구슬이 마지막 화살의 꼬리를 물듯 부딪치는 것을 볼 수 있었다.

꼬리가 채인 화살은 방향을 바꾸었고, 끝내 웃고 있는 표안의 귀밑을 스치며 헛되이 저 멀리 사라지고 있었다.

그리고 멍한 시선으로 그 광경을 보고 있는 곽예주 눈앞을 그 무엇이 가득 채운 채 다가오고 있었다.

곽예주는 눈을 감았다.

늦었다. 피할 수 없다. 이젠 죽는 것이다.

언젠가 가슴에 남았던 화끈하고 뜨거웠던 느낌이 뇌리 속을 가득 채울 것이다.

눈을 감은 곽예주의 귓가에 쇠구슬이 바람을 가르는 날카로운 소리 대신 굉음이 들려왔다.

쿵! 쿵!

둔탁한 소리였다.

그리고 기다렸던 화끈한 죽음은 없었다.

천천히 실눈을 뜨다시피 해 눈꺼풀을 연 곽예주의 눈에 천천히 되돌아가는 쇠구슬이 보였다.

'무슨……?'

방금 전까지 쪼그려 앉아 자신의 목숨을 노리던 표안은 더 이상 자신을 보고 있지 않았다.

천천히 표안의 시선을 따라 고개를 돌린 곽예주는 익숙하면서도 반가운 한 사람을 볼 수 있었다.

구부정한 허리, 반쯤 감은 두 눈, 손가락 사이사이엔 비도를 끼고 있는 지반월이었다.

"아!"

곽예주는 짧은 탄성을 토해내었다.

표안과 지반월, 강호상에서 손으로 무언가를 던져 적을 죽이는 데 능숙한 두 사람이 마주 보고 있는 것이었다.

하지만 그 재주는 분명 표안이 위였다.

곽예주도 알았고, 지반월도 알았다.

방금 전 쇠구슬을 튕겨내는 데 지반월은 비도 두 개를 거푸 사용하고서야 간신히 성공할 수 있었다.

어느새 두 개의 쇠구슬을 손에 갈무리한 표안은 천천히 손바닥으로 쇠구슬을 굴리며 웃고 있었다.

마치 한 사람의 목숨을 더 거둬가게 되어서 기분 좋다는 듯이.

지반월은 둥글게 허리를 굽힌 채, 독 오른 고양이처럼 잔뜩 긴장하고 있었다.

그것은 곽예주 역시 마찬가지였다.

이제 마지막 세 개 남은 활을 꺼내어 시위에 매긴 채 앞을 노려보고 있었다.

'어쩌면……'

곽예주는 거리를 다시 가늠하며 속으로 되새겼다.

어쩌면 가능하다, 지반월과 함께라면.

하지만 표안 뒤에서 불쑥 또 한 사람이 나타났다.

노인이었다, 한가롭게 산책이라도 나온 듯한 부잣집 노인네.

옷은 비단으로 화려하게 치장했고, 허리엔 보석으로 요대(腰帶)를 삼은 듯 눈부신 광채까지 흘러나왔다.

하지만 어울리지 않게 손에 든 양산(陽傘)은 검은색이었다.

치장은커녕 검은 기름칠이라도 한 듯 볼품없고 둔탁해 보이기까지 하는 양산이었다.

나타난 또 한 사람을 보자 곽예주와 지반월의 눈이 암울해졌다.

노인의 손에 들린 양산이 그저 햇빛을 가리기 위한 것이 아닌, 기현소축의 가주가 들고 다니는 쇄혼산(碎魂傘)임을 알아보았기 때문이다.

기현소축의 무리가 그렇듯, 쇄혼산 역시 변화가 심한 물건이었다.

펼치면 방패로, 접으면 단창으로 휘두를 수 있고, 뽑아 들면 칼이 되며, 심지어 쇄혼산 끝에선 암기까지 쏘아져 나오곤 하는 괴병(怪兵) 중에 괴병이었다.

기현소축의 가주인 선우경(鮮于慶)이 마치 친구에게 말을 건네듯 표안에게 말했다.

"자넨 아직도 아이들과 노는 걸 좋아하는군. 시간이 없어, 약속을 지키려면……."

선우경은 말을 하면서도 표안의 손바닥 안에 들어 있는 쇠구슬 두 개를 눈여겨보고 있었다.

마치 저 쇠구슬을 내 쇄혼산이 막아낼 수 있을까를 가늠하는 눈빛이었는데, 감히 시험해 볼 용기가 없는 것이 분명했다.

만약 막아낸다면 선우경의 승리가 분명하겠지만, 막아내지 못하면 뚫리는 그 순간이 선우경의 죽음이 될 게 분명했기 때문이다.

표안도 선우경의 그런 시선을 알아챘는지 더욱더 눈가의 잔주름을 접으며 웃었다.

"시간은… 다른 사람 발아래 굴이나 파는 사람에게 많겠지."

"험험, 오해가 있었나 보이."

선우경이 짐짓 웃으며 얼른 대답했다.

다른 가문도 아니고, 흑수문을 적으로 돌리면 밤에 다리 뻗고 잘 생각은 접어두는 게 좋았기 때문이다.

하지만 표안은 아무 말도 하지 않았다.

그저 눈가의 잔주름이 더욱더 많아졌을 뿐이다.

선우경은 얼른 고개를 들어 잔뜩 독이 오른 모습으로 경계를 하고 있는 지반월과 곽예주를 쳐다보고는 말했다.

"저들이로군. 뭐, 요안은 아니지만 가져가면 그 아이가 좋아하긴 하겠군. 좋아, 저 졸려 보이는 아이는 내가 맡기로 하지."

선우경이 천천히 머리 위에 올리고 있던 쇄혼산을 내려 접었다.

지반월의 숨소리가 거의 들리지 않을 정도로 가늘어졌다.

앞서 말한 아이가 누군지는 몰라도 뒤에 말한 아이가 지반월, 자신을 뜻한다는 것을 알았기 때문이다.

2

파도는 더욱더 거칠어졌고, 그 사이에 낀 둔비는 파도에 휩쓸린 것처럼 이리저리 흔들렸다.

물론 둔비의 몸이 흔들릴 때마다 포말로 부서지는 마도칠가의 무인들이었다.

들고 찍고 밟고 부딪치는 둔비의 몸짓에 그저 거품처럼 사람들은 튕겨 나가고, 찢겨지고, 나가떨어질 뿐이었다.

물론 막아서는 사람들 중엔 쉽게, 순식간에 꺾을 수 없는 자들이 간혹 있었다.

지금도 그랬다.

간단하게 보내주려고 주먹 쥔 오른손으로 머리통을 내려찍었지만, 놈은 유연한 목뼈라도 가졌는지 용케 벗어났다.

더욱이 놈은 제법 손으로 둔비의 명치께를 노리고 앙증맞은 주먹질까지 하려 하고 있었다.

둔비는 기도차지 않는다는 듯, 콧김과 함께 나지막이 말했다.

"왼손은 노냐?"

퍽!

둔비가 간단하게 왼 손바닥으로 놈의 뒤통수를 후려갈기자, 놈은 곧 개구리처럼 땅바닥에 철퍼덕 떨어져 거품을 문 채 온몸을 떨었다.

모르긴 몰라도 반년은 자리에 꼼짝없이 누워서 지내야 할 것이 틀림없었다.

'으음…….'

막 그렇게 한 놈을 보내고 나니 왠지 뒤통수가 뜨끈해지는 느낌이

들었다.

둔비가 조용히 고개를 돌렸을 때, 모든 것은 변해 있었다.

바글바글하던 사람들이 뒤로 물러나 꽤 큼지막한 공간을 만들어놓았다.

공기 역시 무언가 무겁게 내리누르는 듯한 느낌이었다.

단 한 사람 때문에……

마치 둔비의 행동을 조금 전부터 보고 있어 잘 알고 있다는 듯 괴상한 웃음을 웃고 있는 묘한 콧수염을 기른 청년이었다.

"넌 또 뭐냐?"

둔비가 묻자 청년이 웃었다.

"틀림없이 넌 요안은 아니겠군."

청년의 기도는 범상치 않았고, 그 순간 둔비는 놈의 정처를 알 수가 있었다. 이름까지도.

마검충(馬劍忠).

태활장의 소장주이자, 강호의 신진고수 중 으뜸으로 꼽히는 사람 중에 하나가 틀림없었다.

저런 기도는 아무나 가지는 것이 아니었다.

저런 자연스런 여유 역시 마찬가지였다.

다른 사람도 아닌 세상에 무서울 것 없고, 그런 것엔 둔감한 둔비가 느낀 기도와 여유였다.

다른 사람도 아닌 천하제일인일지도 모를 두 사람을 모두 만나본 둔비였다.

소림무치와는 손도 섞어 겨루어보기도 했고, 예영당주와는 나란히 걸으며 작은 깨달음까지 얻었지 않는가.

그런 둔비로서도 마검충의 씨익 웃는 웃음을 마주 대하자 발바닥이 간질간질해지는 것 같았다.

'괴물이군!'

둔비가 마른침을 꿀꺽 삼키고는 속으로 생각했다.

주위가 조용해진 것은 사람들이 물러섰기 때문이다.

그리고 그들이 물러선 이유는 단 한 가지였다.

아무리 무서운 사람이라도 마검충의 칼질 한 번이면 저 세상으로 보낼 수 있을 거란 믿음.

"에이, 제기랄! 난 어째 걸려도……."

둔비가 투덜거리며 두툼한 엉덩이를 땅바닥에 대고 털썩 주저앉았다.

태활장의 소장주인 마검충은 이젠 아예 땅에 철퍼덕 엉덩이를 깔고 힘들다는 듯 씨근덕대며 앉아 있는 둔비를 재미있다는 듯 지켜보고 있었다.

"틀림없이 요안은 아니야. 내가 듣기론 요안의 목소리는 매우 듣기 싫을 정도로……."

둔비가 말을 잘랐다.

"소문은……."

목소리는 컸다.

하지만 둔비의 목소리는 분명 소이보에 대자면 야들야들할 정도로 부드러운 목소리였다.

자신의 귀로 듣기에도 소이보 특유의 껄끄러운 목소리와는 전혀 비슷하지 않자 둔비는 곧 고개를 숙이고는 말했다.

"…매우 정확하지. 사실 내가 그놈보다 조금 잘생겼거든. 안 그래?"

둔비의 힘없는, 하지만 우렁차기 짝이 없는 말에 마검충은 크게 웃었다.

마검충의 웃음은 그리 크지는 않았지만, 그 안에 깃들여진 공력은 쉽게 볼 수 없는 것이라 땅이 울릴 정도였다.

'제길, 쉽지 않겠군.'

둔비의 목구멍에선 또 한 번 쓴물이 올라오듯 씁쓸해졌다.

안 그래도 똥물을 지릴 정도로 지친 터였다.

아무리 신력을 타고난 둔비일지라도 수백 명을 한꺼번에 때려잡기엔 버거운 일이었다.

그런데 눈앞엔 태활장의 실질적인 가주와 다름없는 사람이 떡하니 나타났으니, 땅이 꺼져라 한숨만 내쉴 수밖에 없었다.

마검충은 한참이 지난 후에야 웃음을 멈추었다.

그리고는 재미있다는 듯 둔비를 보면서 말했다.

"하도 요안, 요안 하고 떠들기에 호기심 때문에 나와봤지. 하지만 더 재미난 걸 발견했어. 하지만 가지고 놀기엔 모자라는 것 같군."

"지쳐서 그래. 조금만 기다려."

둔비는 퉁명스럽게 대답했다.

그리고는 정말 지친 것처럼 뒤로 벌러덩 드러누우며 중얼거렸다.

"싸우기도 이젠 정말 지쳤다구. 하늘 좀 봐. 벌써 붉은 잿빛으로 물들어가잖아? 저녁을 넘어 밤에 점차 가까워진다는 거지. 그런데 나 좀 봐. 저녁은커녕 점심도 못 먹었다고. 그나마 아침은 제대로 먹었나? 아니지! 급하게 서두르는 바람에 대강 몇 입 털어 넣은 게 다거든. 그렇게 하루를 보냈는데……."

둔비의 고개가 옆으로 돌아가 마검충을 바라보며 정말 하고 싶은 나머지 말을 토해냈다.

"그냥 보내주면 안 될까? 응? 어때? 어이구, 그러고 보니 엄청 잘생긴 청년이구먼. 내가 딸이라도 하나 있으면 얼른 안겨주고 싶을 만큼 잘생긴 청년일세! 저런 청년이라면 분명 마음씨도 넓을 듯한데……."

마검충은 둔비의 말에 빙긋 웃었다.

하지만 곧이어 나온 마검충의 말은 싸늘하기 이를 데 없어 지금 웃고 있는 얼굴과는 전혀 다른 느낌이었다.

"네놈이 누군지 모르겠지만, 적어도 요안에 비해 그리 뒤떨어지진 않을 것 같군. 재미있다는 점에서."

마검충은 천천히 옆에 끼고 있던 검을 꺼내어 들었다.

묘하게 생긴 검이었다.

협봉검보다 더 폭이 좁은 검은 연철로 만들었는지 휘영청 굽혀져 낭창낭창 흔들리고 있었다.

"글쎄? 요선보의 삼팔구들 중 가벼운 목숨은 없지. 아무거나 재미난 거라면 난 흥미가 끌리거든. 예영당을 이끌고 있는 잘난 형님 역시 요안이든 아니든, 자신을 향해 칼을 내세운 사람이라면 둘 다 똑같이 좋아할 거야."

'낭패군.'

둔비의 표정이 똥 찍어 먹은 곰 얼굴처럼 잔뜩 구겨졌다.

그러고 보니 들은 기억도 나는 듯했다.

예전 어느 때, 태활장의 패기만만한 젊은 소장주가 여흥 삼아 예영당의 당주인 동무군에게 도전했다는 이야기.

'그 비무에서 오십여 초 이후 태활장의 소가주가 패했고, 어린 나이에 그 정도 무공을 쌓은 것을 기특하게 여긴 예영당의 당주와 의형제를 맺었다던가?

거기까지 기억해 낸 둔비의 표정은 더 이상 구겨질 수 없을 정도로 주름이 잡혔다.

안 돌아가는 머리지만, 지금 상황이 그리 좋은 상황이 아님을 알아차렸기 때문이다.

'가만있어 봐. 저놈이 그놈이 맞고, 또 예영당의 당주와 형 아우 하는 사이라면……? 제길, 빠져나갈 길이 없겠군.'

예영당과 태활장이 가까운 것은 사실이었다.

거기에 의형제까지 맺었다면 자신이 무슨 짓을 하든, 또 어떤 재주를 피우든 끝까지 사로잡아 예영당에 가져다 바칠 터였다.

거기다 상대는 소림무치와 비교되는 예영당 당주의 손 아래서 너끈히 오십여 초를 버텨냈다지 않는가.

자신의 실력으로 보자면, 소림무치와 겨루어 채 십여 초를 버티기는커녕 삼 초 안에 죽지 않는다면 다행일 정도의 실력이 분명했다.

"아아, 그렇게 비관적으로 보지는 말도록. 내 비록 형님 손에서 오십여 초를 버텼다고는 하지만, 그것도 십삼 초까지의 이야기지. 그 이후에 벌어진 것은 내 수법을 관찰하고자 형님이 봐준 것이니까."

마검충이 지금 둔비가 무엇을 생각하는지 다 안다는 듯 친절하게 설명해 줬다.

하지만 듣는 둔비의 입장은 결코 편할 수가 없었다.

'제길! 십삼 초라구? 자랑도 특이하게 하는군.'

자신이 무치에게 버틸 수 있는 것은 십 초가 한계였다.

그것도 무치가 한쪽 눈을 감고, 양팔과 한 다리는 쓰지 않는다는, 엄청 많이 봐준다는 전제 조건 하에서.

하지만 상대는 예영당주를 상대로 십삼 초를 버텨낸 것이다.

아무래도 오늘은 득보다는 실이 많은 날이 될 게 분명해 보였다.

마검충이 마치 재촉을 하듯 검을 낭창낭창 흔들었다.

"나는 누워 있는 사람을 베고 싶지는 않아. 하지만 상대가 말을 안 듣는다면 어쩔 수⋯⋯."

마검충의 말이 끝나기도 전에 둔비가 신형을 일으켰다.

마검충은 마치 말 잘 듣는 제자를 보듯 흐뭇한 미소를 지으며 둔비를 쳐다보았다.

그런 마검충을 바라보며 둔비가 말했다.

"어이, 이봐. 내 목소리 딱 들어보면 알지? 내가 요안이 아니라는 거. 난 적어도 어릴 때부터 기분 나쁜 눈깔이란 말은 몇 번 들었어도 사람 홀리는 눈이란 얘기는 한 번도 안 들었단 말이야. 그러니까 그 괴상한 눈알을 찾아가. 그 친구가 나보다 훨씬 더 재미있을 테니까. 내가 보장한다구!"

둔비의 말에 마검충이 다시 웃었다.

정말 이렇게 재미있는 친구는 처음 본다는 듯이.

"내가 듣기론 요안은 간특하다고 하더군. 그러니 혹시 누가 알겠어?"

마검충이 정말 재미있다는 듯 웃으며 말했다.

"요안이 목소리와 형태를 바꾸어 나를 속이려 하는 것인지. 만약 내가 속아 넘어가 요안을 이대로 보내주는 일이 생긴다면, 그야말로 이 마검충이 강호에 얼굴을 들지 못하겠지. 필요하다면 네 얼굴 껍질을 벗길 수도 있어. 나 마검충은 요안을 놓치는 실수 따위는 하고 싶지 않거든."

마검충의 말에 둔비는 덥수룩한 머리를 몇 번 벅벅 긁었다.

마검충의 품새나 들고 있는 칼, 그리고 눈빛으로 보자면 저놈은 분명히 자신의 얼굴 가죽뿐만 아니라 크기만 컸지 든 게 별로 없는 머리통까지도 뎅겅 잘라가 버릴 놈이 확실했다.

그리고 자신이 요안이 아님도 확실히 알고 있었다.

단지 괴상할 만큼 커다란 눈알을 가진 엄청 큰 곰, 바로 그 곰을 사냥하고 싶은 것이 틀림없었다.

이제 둔비에게 남은 것은 하나뿐이었다.

협박, 그리고 둔비는 그쪽 방면에 다행히 조예가 있었다.

"어이, 생각보다 그리 호락호락하지 않는 사람이 바로 나라구. 그러나 나 같은 사람을 상대하다 큰코다치기 전에 어서 진짜 재미나는 물건이나 찾아 나서란 말이야!"

둔비의 목소리는 충분히 위협적이었다.

일단 고막을 쩡쩡 울리는 크기에서부터 남달랐기 때문이다.

더구나 내공을 일으켜 세운 둔비의 몸에선 계속 뼈가 부딪치는 소리와 근육이 팽팽하게 당겨지는 소리가 튀어나오고 있었다.

"호오~ 그래?"

하지만 마검충의 태도는 둔비의 기대와는 전혀 달랐다.

겁을 먹기는커녕 입술을 동그랗게 말고는 '호오~' 라는 탄성인지, 아니면 조롱인지 모를 소리를 길게 늘일 뿐이었다.

마검충은 자신 옆 허공에 검을 크게 휘둘러 본 후 말을 이었다.

"아무래도 자네는 나에 대해 듣지 못한 게 분명하군. 원래 태활장의 소장주 자리는 내 친형이 맡고 있었지. 그래서 난 태활장의 주인 자리 따위는 관심이 없었지. 하지만 내가 왜 태활장의 소장주가 되었는지

아나?"

말 사이마다 검이 흔들리며 내는 소리 때문에 마검충의 목소리는 더욱 위압적으로 느껴졌다.

마검충은 잠시 옛 생각을 하는 듯 말을 끊었다가 부드럽게 다시 이었다.

"바로 내가 죽였기 때문이지. 태활장이 탐나서가 아니야. 단지 사람들의 말 때문이었지. 바로 나와 내 형의 무공이 엇비슷하다는, 아니, 어쩌면 내 형의 무공이 나보다 더 뛰어날 거라는. 바로 그 말 때문이었어. 나는 적어도 나와 비슷한 사람 중에 나보다 위에 있는 사람을 인정치 않거든? 특히 무공에 대해선 더!"

'제길, 호랑이 코털을 뽑았군!'

둔비는 머리가 지끈거리는 것 같았다.

태활장 소가주에 대한 이야기는 바로 몇 시진 전에 들은 기억이 났다.

동생이 친형을 죽이고 소가주에 올랐다고 해서 그저 권력에 욕심이 많은 사람인 줄로만 알았지, 이렇게 미친놈인지는 미처 알지 못했다.

다른 사람이 자신과 비교되는 것을 용납하지 못하다니.

이건 경쟁심이나, 아무리 좋게 봐줘도 호승심은 아니었다.

정신병이었다, 그것도 서슴없이 친형을 찔러 죽일 만큼 미친.

더욱이 지금 더 큰 문제는 그 미친놈의 무공이 매우 뛰어나다는 데에 있었다.

서로 신분을 밝히고 겨루어도 이길까 말까 한 상대였는데, 하루종일 쫓겨 다닌 피곤한 몸에, 그것도 적지 한가운데서 싸우는 것은 기세에서 이미 지고 들어가는 일이었다.

하지만 이미 말은 뱉어졌고 일은 벌어진 후였다.

"제기랄, 요안만 미친놈인 줄 알았더니⋯⋯."

둔비는 늑대를 지나 호랑이를 만난 사람처럼 투덜거렸다.

"요안이 미쳐? 그건 새롭게 듣는 이야기군."

그 투덜거리는 말에 마검충은 호기심이 동한다는 듯 되물었다.

둔비의 눈빛이 반짝였다.

"그럼! 미쳤지. 미친 만큼 무공도 강하고. 아참! 그 이야기 아는가? 요안이 소림무치와 한 수 겨루었다는걸?"

둔비가 마치 가랑이 사이에 바람이 든 과부를 유혹하듯 은밀하게 말을 건넸다.

"그 이야긴 들었지. 하지만 몇 수 지나지 않아 널브러졌다고 들었지."

마검충은 그 이야기는 안다는 듯 고개까지 끄덕였다.

둔비의 목소리가 더욱 끈적끈적해졌다.

마치 거미줄을 치고 먹이를 기다리는 것처럼, 은밀하고 세밀하게 천천히 덫을 놓고 있었다.

"그렇지. 거의 사경을 헤맸다더군. 하긴 그 누구라도 그렇지 않겠어? 설령 그 잘난 예영당의 당주라 해도 백보신권(百步神拳)에 정통으로 맞으면 그렇게 될걸?"

"백보신권!"

둔비의 말에 마검충이 여지없이 걸려들었다.

아니, 마검충뿐만 아니라 두 사람을 말없이 지켜보던 주위의 태활장무인들 역시 크게 놀랐는지 웅성거리고 있었다.

백보신권, 그것은 꿈의 경지를 가리키는 말이었다.

인간의 몸으론 도저히 이룰 수 없는 무공이었기 때문이다.

이름만 남아 전해질 뿐 아무도 보지 못한, 아니, 앞으로도 보지 못할 거라 믿어지는 무공이었다.

마치 무당파에 전해지는 태극혜검처럼…….

마검충은 고수였고, 그래서 백보신군이란 말을 듣자마자 어떻게 된 사정인지 금방 알아차릴 수 있었다.

소림무치가 백보신권을 썼다는 말은 곧 소이보의 무공이 그만큼 높았음을 의미하는 것이었다.

무치가 자신의 목숨에 위협을 느꼈을 만큼…….

그것도 몇 수 겨루지 않아 곧장 백보신권을 썼다는 것은, 요안이 가지고 있는 무공의 경지가 오랜 시간 기세를 끌어 모으는 것이 아닌 한순간에 폭발시키는, 그래서 더욱 위력이 강한 무공이라는 것을 나타내 주고 있는 것이다.

"요안의 나이가?"

마검충이 물었다.

그리고 둔비는 마검충이 왜 나이를 묻는 것인지 너무도 잘 알고 있었다.

그래서 마검충을 만난 이후 처음으로 여유있게 숨을 고르고 대답해 줄 수 있었다.

비록 보기 좋은 얼굴은 아니었지만 미소까지 담뿍 얹은 채로.

"적어도 너보단 덜 처먹었지! 그건 확실해."

둔비의 말에 빙글거리며 웃던 마검충의 얼굴에서 처음으로 미소가 사라지고 있었다.

"재미있군. 재미있어. 정말 재미있어."

마검충은 계속해서 같은 말만을 중얼거렸다.

하지만 눈빛은 달랐다. 재미있다는 말을 꺼낼 때마다 마검충의 눈빛
엔 살기가 더해갔다.

처음엔 그저 반짝이던 눈빛이 이젠 확연히 번질거리고 있었다.

마치 눈앞에 요안이란 존재가 있는 것처럼.

'이거, 괜한 짓을 한 게 아닌가?'

둔비는 슬며시 뒤가 찜찜해지기 시작했다.

마검충의 살기, 그것은 요안을 향한 것이었다.

하지만 지금 여기엔 요안이 없었다. 그렇다면 단 한 가지.

마검충의 살기는 둔비를 향할 수밖에 없었다.

'아무래도 실수인 것 같군.'

둔비는 계속되는 자신의 불운에 깊은 한숨을 내쉬었다.

마검충은 번질거리는 눈빛으로 조금씩 거칠어지는 숨소리를 내고
있었다.

"하아~"

마검충은 가슴이 가쁜 듯 뜨거운 숨을 토해놓고는 천천히 검을 들어
올렸다.

그 끝에는 왜 이렇게 재수가 없는지 모르겠다고 혼자 투덜거리는 둔
비가 있었다.

예영당주나 다른 마도칠가의 가주들이 아니라면, 둔비가 두려워할 사람은 없다고 생각했던 게 실수였다.

아니, 도리어 예영당주나 다른 가주들이 더 좋았는지도 모른다.

적어도 그 사람들은 살생이 목적이 아니라 사로잡으려 노력할지도 모르지 않는가.

하지만 마검충은 달랐다.

소이보에 대한 이야기를 들은 후, 치밀어 오르는 호승심에 어쩔 줄 모른 채 몸을 떨고 있었다.

그리고 풍겨 나오는 진득한 살기…….

둔비는 마른침을 꿀꺽 삼켰다.

그리고 그 순간, 마검충의 요사스러운 장검이 허공을 갈랐다.

슉~

장검은 요상한 바람 소리를 만들어내었다.

마치 여인의 고운 아미처럼 예쁘장한 원호를 그리며 곧장 둔비의 목구멍을 노리고 쏘아져 온 것이다.

"이크!"

둔비는 얼른 고개를 숙였다.

한 발을 뒤로 빼내어 땅을 밀었다.

그러자 둔비의 거대한 몸이 마치 바람에 실려가듯 부드럽게 앞으로 향했다.

둔비의 두툼한 손가락들이 마치 연꽃처럼 활짝 펴진 채 검을 잡아채 갔다.

하지만 마검충의 낭창낭창한 검은 너무도 손쉽게 둔비의 손을 벗어났고, 다시 둔비의 목구멍을 노렸다.

"제길!"

둔비는 다시 손가락을 벌려 마검충의 검을 잡아갔다.

연지투영(蓮池透影).

두툼하고 커다란 손으로 그려낸 연꽃답게 위력 또한 강했다.

과거 권각술로 유명했던 괴지혈마(怪指血魔) 이탁(伊鐸)이 요선보에 몸을 의탁하면서 둔비에게까지 전해진 무공이었다.

더욱이 둔비가 제 몸에 맞게 고친 이탁의 무공은 연지투영이란 품위 있는 이름과는 전혀 어울리지 않게 더욱 괴이실랄하게 변해 버렸다.

그 잊혀졌던 무공을 둔비는 무척이나 열심히 닦았다.

다른 이유는 없었다.

그다지 맘에 드는 조공이 없었을뿐더러, 별다른 변화가 없어 커다란 자신의 손에 꼭 들어맞는 무공이 바로 연지투영이었기 때문이다.

그리고 다른 무공과는 달리 무공의 중진을 눈으로 직접 확인해 볼 수 있다는 것 역시 마음에 들었다.

바위를 때려 쪼개면 마치 연근을 자른 것처럼 바위에 모양이 새겨지기 때문이었다.

그 모양이 연근을 닮을수록, 또한 그 사이에 뚫린 구멍의 크기가 크고 동그랄수록 무공의 수위가 높아지는 것이었다.

마검충은 흥분한 상태에서도 지금 둔비의 손아래에 피어난 커다란 연꽃이 그리 허투루 볼 것이 아님을 금방 알아차렸다.

급히 다섯 걸음을 물러섰지만, 둔비의 커다란 몸은 어울리지 않게도 거리를 더욱 좁히며 바짝 붙어서고 있었다.

"흠!"

마검충은 기합인지 아니면 신음성인지 모를 짧은 단말마를 내뱉으며 급히 검을 휘둘렀다.

검은 둥글게 말렸다.

마치 무당의 요지유검(搖枝柔劍)처럼 꿈틀거리며 빙글 돌았다.

뱀이 똬리를 튼 듯, 검은 끝을 날카롭게 세우고는 빠르게 다가서고 있는 둔비의 목줄기를 물었다.

"좋은 수!"

둔비는 호탕하게 외치고는 몸을 빙글 돌렸다.

그러자 검은 둔비의 목 대신 다른 것을 물었다. 파고들어 갈가리 헤쳐 놓았다.

바로 둔비의 발을…….

취익~

마치 위협을 느낀 독 오른 뱀이 머리를 세우고 위협을 가하는 듯한 소리와 함께 둔비의 허벅지 살이 잘려 나갔다.

정확히는 둔비의 무릎에서 한 뼘 위였다.

"어?"

뒤로 뒤뚱거리며 물러섰던 둔비가 중심을 잃고 큰 고목이 쓰러지듯 땅에 처박혔다.

쿵—

거대한 체격만큼이나 큰 소리와 함께 뿌연 흙먼지가 피어올랐다.

헤엄치듯 급히 두 손을 좌우로 디뎌 몸을 일으키며 둔비는 무언가 이상하다는 것을 느꼈다.

저 멀리서 잘린 다리가 물에서 건져 올린 물고기처럼 펄떡거리고 있었다.

하지만 피는 얼굴에서 쏟아지고 있었다. 무언가 끈적이는 기분 나쁜 느낌이 양 뺨을 타고 흐르더니 턱에서 맺혀 떨어지고 있었다.

둔비는 한 손을 들어 뺨을 쓰다듬어 보고서야 알 수 있었다.

손가락 사이에 걸려야 했던 그 어떤 것이 느껴지지 않았다.

단 세 수였다. 첫 수에 오른쪽 귀가 잘렸고, 두 번째에 왼쪽 귀가 잘렸다.

그리고 세 번째 수에 다리가 잘렸다.

둔비는 뺨에서 뒤통수까지 손바닥으로 훑고는 툴툴거리며 웃었다.

"항상 거치적거리던 물건이 없으니 편하게 됐군."

그런 둔비를 마검충은 재미있다는 듯 웃으며 쳐다보았다.

낭창낭창 장검을 까딱거리면서.

둔비는 천천히 몸을 일으켰다. 하나밖에 남지 않은 다리로 중심을 잡기란 생각보다 꽤 힘들었는지, 끄응대는 신음성까지 토해내었다.

"그 몸으로?"

마검충이 짐짓 놀랐다는 듯 눈을 동그랗게 뜨고 물었다.

그런 마검충을 향해 둔비가 말했다.

"아직 목은 베지 못했잖아?"

충혈된 눈으로 쏘아보며 으르렁거리는 소리에 마검충이 한쪽 입술 끝을 치켜 올려 웃으며 고개를 끄덕였다.

"좋아, 그럼 끝내주지. 어차피 나도 조금씩 재미없어지던 참이니."

마검충은 지금 둔비의 상태를 정확히 알고 있었다.

지친 몸이었다. 한쪽 다리로 간신히 버티고 서 있는 둔비의 몸은 가늘게 떨리고 있었다.

몸만 지친 게 아니라 마음까지도 지쳐 있었다.

굳이 검이 아니더라도, 그저 입으로만 훅 불기만 해도 둔비의 몸은 뒤로 넘어갈 게 분명했다.

다시 마검충의 검이 허공을 날았다.

정확히 둔비의 목구멍 사이로…….

하지만 마검충의 검은 둔비의 몸을 꿰뚫지 못했다.

무언가 뿌연 붉은 안개가 검 위에 내려앉았기 때문이다.

쩡! 쩡! 쩡! 쩡!

짧은 순간 연이어 금속성이 터져 나오더니, 곧 붉은 연기는 고양이로 변해 허공에서 맴을 돌았다.

'괴상한 놈이군.'

마검충은 그 순간 그 붉은 인영이 자그마한 덩치의 사내라는 것을 알 수 있었다.

하지만 재주까지 작은 것은 아니었다.

극히 짧은 시간 동안 둔비를 향한 자신의 칼등을 다섯 번이나 손톱으로 긁고 튕기며 밀어냈다는 것을 알았기 때문이다.

뛰어난 조공을 지닌 자였다.

'하지만 그래 봤자지.'

마검충은 속으로 비웃으며 검을 빙글 돌려 붉은 안개를 꿰뚫기 위해 내밀었지만, 이번에도 성공하지 못했다.

굵고 짧은 강렬한 권풍이 자신의 이마를 노리고 쏘아져 오는 것을 알았기 때문이다.

흠칫 몸을 돌린 마검충 눈에 탄탄한 검은 근육으로 온몸을 감고 있는 민둥머리 사내가 들어왔다.

'범우?'

들은 기억이 났다. 요선보 혈랑대의 실질적인 주인이라던가?

과연 소문답게 두 주먹에 든 경력은 마검충으로도 쉽게 상대하지 못한 채 몸을 돌려 다섯 걸음을 뒤로 물러나게 했다.

그리고 그 순간 마검충은 환상을 보았다.

파랗고 잿빛인 두 개의 달.

그 두 개의 달이 자신을 노려보고 있었다.

'요안!'

마검충은 숨이 멎는 것 같았다.

요사스런 유혹처럼 자신을 빨아들이고 있었다. 마치 자신의 영혼을 움켜쥐듯 선명하게……

요안은 마주친 사람의 영혼을 빼앗는다는 말은 틀리지 않았다.

왠지 모르게 죽음의 향기가 코로 느껴지는 것 같았기 때문이다.

다행히 두 개의 요안을 하얀 장포가 가로막고 내려앉았다.

하얀 머리, 칼날 같은 매부리코, 얇고 예리한 두 조각의 입술.

드디어 요선보 혈랑대의 진짜 주인인 강요맹이 나타난 것이었다.

◆第七章◆
죽음과도 같은 어둠

죽음과도 같은 어둠 1

*강*요맹은 말없이 마검충을 노려보고 있었다.

그런데도 마검충은 빙그레 웃으며 자연스럽게 인사를 올렸다.

"간만에 뵙습니다, 선배."

겉으로는 정중하고 예의 바른 태도였지만, 얼굴에 어린 미소 때문인지 사람을 끄는 그 무엇인가가 있었다.

"오랜만이군."

냉랭한 강요맹의 목소리 뒤로 범우가 성큼성큼 걸어 둔비를 안아 들었다.

범우 덩치의 세 배가량이 되는 둔비였지만 지금 이 순간 범우의 품은 한없이 넓어 보였고, 한쪽 무릎을 꿇고 안자 둔비가 범우의 가슴에 쏟아지듯 몸을 기대었다.

부홍은 범우 뒤에서 손톱을 잘근잘근 씹으며 어쩔 줄을 몰라 하고 있었다.

눈앞의 둔비는 죽어가고 있었다.

잘린 귀에서 흘러나온 피로 안 그래도 험상궂은 둔비의 얼굴은 더욱더 보기 흉했지만, 아무도 고개를 돌리는 사람은 없었다.

잘린 무릎 아래로는 거대한 덩치 안을 가득 채웠던 피가 콸콸 쏟아지고 있었다.

범우가 얼른 둔비의 혈도를 짚고 허리끈을 풀러 다리를 묶었지만, 그래도 피는 질끈 묶은 허리끈을 검붉게 물들이고도 남아 땅으로 주르륵 새고 있었다.

"어떤가?"

강요맹이 마검충을 노려본 채 뒤도 돌아보지 않고 물었다.

범우가 낮은 목소리로 대답했다.

"살릴 수도 있겠습니다만, 시간이……."

살릴 수도 있다. 하지만 살릴 수가 없다.

편안히 돌볼 시간이 없었다. 더욱이 지금 이곳은 적진 한가운데가 아닌가.

강요맹의 얼굴에 어두워졌다.

아둔하고 마음에 안 드는 짓만 골라 하던 미련한 곰이었지만, 그래도 자신 아래에 두고 지내온 세월이 결코 짧지 않았다.

대강 정신이 들었는지 둔비가 끄응, 하는 소리와 함께 몸을 일으켰다.

"안 된다. 그냥……."

곧 범우가 둔비의 어깨를 누르려 했지만 손길을 멈추었다.

말로는 쉬라 하고 싶었지만, 그럴 수 없는 처지였다.

둔비는 말없이 씁쓸하게 웃으며 범우를 향해 고개를 저었다.

전쟁터와도 같은 무림에서 살아온 둔비였다.

지금이 어떤 상황이란 건 누구보다 둔비 자신이 제일 잘 알고 있었다.

범우가 둔비와 눈길을 마주치지 못하고 고개를 숙이자, 둔비는 그 마음을 알겠다는 듯 눈가가 촉촉해졌다.

둔비는 힘이 빠져 가늘게 떨리는 손을 들어 눈가를 쓰윽 문지르고는 한 사람을 소리쳐 불렀다.

"요안!"

하지만 요안은 돌아서지 않았다.

"요안!"

또 한 번 둔비가 좀 더 크게 불렀지만 소이보의 뒷등만을 볼 수 있을 뿐이었다.

둔비는 왜 소이보가 뒤를 돌아보지 않는지 알 것 같았다.

그래서 마음에 들었다.

적어도 요안은 요안이어야 했다.

눈물을 머금은 습기 찬 눈은, 아무리 괴상한 눈빛을 하고 있더라도 더 이상 요안일 수 없었다.

아마도 요안은 그래서 뒤를 돌아보지 않는 게 틀림없었다.

동료를 위해 눈물을 흘리는 대신 적을 향해 독기를 품은 눈으로 노려보는 게 요안다운 짓이었기에…….

"요안!"

하지만 둔비는 더 큰 소리로 요안을 불렀다.

아직 하고 싶은 말이 남았기 때문이다.

"넌 한참 후에 와야 해!"

둔비의 목소리는 컸다, 주위가 웅웅 울릴 정도로.

하지만 무언가 목을 꽉 막고 있는 듯한 둔비의 목소리는 다시 한 번 크게 울려 퍼졌다.

"제길! 이미 비도 쓰는 게으름뱅이랑 예쁜 곽예주는 아무래도 먼저 간 것 같아! 그러니 나도 따라가야지! 하지만 너만은 한참 후에 와야 해! 질기도록 오래오래 살다가 오라구!"

마치 단말마처럼 외친 둔비는 커다란 손을 범우의 어깨 위에 올리곤 퉁명스럽게 말했다.

"일으켜 주슈. 저 새끼는 내 손으로 처치하고 갈 테니……."

"쉬어."

그때 무언가 녹슨 쇳덩이를 칼로 긁는 듯한 목소리가 들렸다.

구태여 확인해 보지 않아도 누구의 목소리인지 알 수 있었다.

사람들의 시선이 일제히 소이보의 뒷등에 꽂혔다.

"잠깐 눈 붙이고 자. 그 안에 모든 게 끝나 있을 거야. 그때 얘기하 자고……."

소이보가 등만 보인 채 한 말에 둔비는 잠시 말이 없다가 곧 뒤로 철 버덕 누워버렸다.

그리곤 툴툴대었다. 하지만 전혀 기분 나쁘지 않은 목소리였다.

"제길! 이젠 죽는 것도 마음대로 못하는군."

소이보가 나중에 얘기하자고 했다. 죽은 사람은 말하지 못한다. 그 래서 살아남아야 한다.

단순한 사실의 나열이었지만, 그 어떤 진실보다도 둔비의 마음속을 뜨겁게 만들고 있었다.

소이보는 장검을 뽑아 들어 마검충을 가리켰다.

마검충은 그때까지 미소를 머금으며 멋지게 기른 콧수염을 손가락으로 비비고 있었다.

"네가 요안이군. 난……."

"필요없어."

마검충의 말을 끊고 소이보가 말했다.

기분이 상했는지 마검충의 한쪽 눈썹이 위로 치켜 올라갔을 때 소이보가 다시 껄끄러운 목소리로 말했다.

"이름 따윈 필요없어. 넌 그냥 목만 남기면 된다."

마검충이 눈을 동그랗게 떴다가 곧 호탕하게 웃었다.

웃음은 길었고, 그동안 소이보는 천천히 검을 양손으로 또 한 번 비틀어 고쳐 잡았다. 힘껏 의지를 다지듯.

"이런, 무슨 농담을 그토록 진하게 할 수……."

그제야 웃음을 멈춘 마검충이 아직 웃음기가 가시지 않은 목소리로 말했을 때 소이보가 불쑥 물었다.

"다 웃었는가?"

"……?"

"그럼 죽어라."

"……!"

소이보의 장검이 그 순간 움직였다.

그리고 마검충은 맹세코 그토록 느리면서도 빠르고, 변화가 없으면서도 화려한 초식은 처음 보았다.

검은 천 근의 무게로 움직이는 듯했다.

그 무게로 자신의 모든 변화를 지우고 공간을 압축하듯 다가왔다.

그저 빙그르르 돌려 비틀어 한 번에 사선으로 그은 단순한 검법이었다.

낯설면서도 무언가 익숙한 검법.

감히 맞받을 생각도 하지 못한 채 마검충이 뒤로 물러서려 했지만 소용이 없었다.

요안(妖眼)!

정말 요안이었다.

아니, 활활 타는 새파란 불길이었다.

그리고 그 옆엔 끝 모를 죽음의 회색이 일렁였다.

그 눈빛이 자신을 향하고, 소이보 손에서 장검이 움직인 순간 마검충은 손가락 하나 까딱할 수 없었다.

'이… 이건!'

그리고 무엇보다 기묘한 검의 움직임.

그건 절대 잊어버릴 수 없는 움직임이었다.

천하에 적수가 없으리라 생각한 자신을 단 한 수에 깨버린, 바로 그 초식이 분명했으니까.

아니, 달랐다.

무엇이 어떻게 다른지 몰라도, 자신을 너무도 수월하게 깨버린 동무 군의 초식과는 달랐다.

그러나 무어라고 뚜렷하게 말할 수는 없어도 분명히 같았다.

동무군과 소이보, 사람은 달랐지만 마치 한 사람이 하나의 무공을 펼친 것 같았다.

초식은 달라도 느낌만은 같았다.

'그리고 이쪽이 진짜다!'

마검충은 확신했다.

동무군의 검법은 가짜였다. 어쩌면 지금 펼치는 소이보의 무공을 옆에서 본뜬, 허술하기 짝이 없는 무공이었다.

소이보의 검이 살아 펄떡대는 것이라면, 동무군의 검은 죽어 박제된 생기없는 검이었다.

'어떻게 이럴 수가……!'

꽉 잠긴 목구멍에선 더 이상 숨이 쉬어지지 않았다.

심장은 거세게 가슴을 두드리고 있었다.

시선과 시선이 마주치고, 검과 검이 맞닿는 그 순간부터 마검충은 아무것도 할 수 없었다.

동무군과의 겨룸에선 처절한 패배를 맛보았다면, 지금 이 순간은 생명이 태어나면서 어깨에 짊어져야 하는 진한 죽음의 무게에 짓눌려야만 했다.

그래, 죽어야만 했다. 생명을 얻어 태어난 이상 언젠간 죽어야 했고, 그때가 바로 지금이었다.

이 너무도 간단한 사실에 마검충은 하마터면 웃을 뻔했을 정도였다.

그러나 그 웃음마저도 옥죄인 가슴에서 더 이상 튀어나오지 못하고 있었다.

마검충이 저도 모르게 두 눈을 감고 무릎을 꿇으려는 그 순간이었다.

깡!

커다란 금속성이 고막을 찢을 듯 흔들어댔다.

"아~"

마검충은 저도 모르게 한숨을 내쉬고는 눈을 떴다.

다행히 요안은 자신을 보고 있지 않았다.

이제 막 마검충의 등 뒤로 나타난 또 다른 사람들 때문이었다.

"클클클. 예영당주의 의동생이신 마 소협께서 큰일날 뻔하셨구
랴."

온몸을 감싼 검은 천 안에서 보이는 거라곤 깡마른 두 손과 번질거
리는 살기 어린 두 눈, 바로 표안이었다.

곧 표안 옆으로 한가롭게 검은 쇄혼산을 활짝 펴 든 선우경이 느물
거리는 웃음과 함께 나란히 섰다.

"늦진 않았나 보군."

선우경은 들고 있던 동그란 보자기를 소이보 발 앞에 던져 놓았다.

데구루루 몇 번 구른 보자기는 곧 매듭이 풀렸고, 그때서야 사람들
은 보자기 안에 무엇이 들어 있는지 알 수 있었다.

반쯤 감은 눈, 약간 내려앉은 듯한 코, 홀쭉한 뺨, 막 자고 일어난 듯
한 헝클어진 머리카락.

바로 지반월의 머리였다.

선우경은 사람들의 이목이 모두 지반월의 머리에 쏠리는 것을 보고
흐뭇한 표정을 지으며 말했다.

"그놈 하나 건졌지. 활 쏘던 계집애는 웬 괴상한 땡중이 나타나 구
해갔지만… 아마 사람 구실은 못할 게야."

선우경이 빙그레 웃으며 말하다 표안을 보고 가볍게 흠칫 놀랐다.

항상 잔주름으로 가득한 표안이었다.

아마도 검은 복면 안의 얼굴에 머금은 잔인한 핏빛 미소 때문일 거라 생각해 왔다.

하지만 지금 표안의 눈가에선 웃음기를 찾아볼 수 없었다.

부릅뜬 눈으로 앙상한 손가락 사이에 끼고 있는 어린아이 주먹만한 쇠구슬을 노려볼 뿐이었다.

수십 년간 손바닥에서 굴려왔던 쇠구슬을 처음 본 물건을 쳐다보듯 한참을 노려볼 뿐 아무런 말도 없었다.

균열, 절대로 깨지지 않던 쇠구슬 표면에 자그마한 균열로 잔뜩 덮여 있는 것을 보았기 때문이다.

천천히 고개를 든 표안이 곧 소이보가 들고 있는 장검을 노려보았다.

하지만 장검엔 아무런 변화도 없었다.

'그럼……!'

그렇다면 답은 한 가지였다.

깊이를 모를 내공이었다. 하늘 끝까지 닿은 절묘한 초식이었다.

아니, 그 두 가지 모두가 필요했다.

하지만 정작 쇠구슬에 단 한 번의 칼질로 묘한 조화를 남겨놓은 사람은 그저 묵묵히 땅에 굴려진 채 모로 세워진 지반월의 머리만 노려볼 뿐이었다.

그때였다. 이때까지 혼절한 듯 비스듬히 범우에게 기대어 있었던 둔비가 몸을 일으켰다.

곧 한쪽 다리를 잃은 탓으로 중심을 잡지 못하고 넘어졌지만, 금방 다시 몸을 일으켜 엉금엉금 걸었다.

하지만 이미 상당량의 피를 흘린 탓으로 얼마 가지 못하고 곧 땅에 얼굴을 박고 쓰러졌다.

하지만 입까지 기력을 잃은 것은 아니었다.

마치 배고픈 소가 울 듯, 둔탁한 목소리로 울부짖었다.

"지 형! 지 형! 항상 게으르기만 하더니 저승길은 바삐 나설 게 뭐요! 지 형! 예주야! 꼭 살아라! 넌 살아⋯⋯."

사랑하는 가족과 같던 사람이었다.

그런 사람이 목만 남아 땅에 굴러다니는 모습은 충격적이었고, 이미 심신이 지치고 상한 둔비로서는 더 이상 버텨내질 못하고 혼절하고 말았다.

범우가 몸을 일으켜 천천히 걸어 나와 지반월의 머리를 소중히 감싸 들었다.

떨리는 손가락으로 몇 번이고 헝클어진 지반월의 머리카락을 쓰다듬던 범우가 천천히 고개를 숙여 이마에 입을 맞추었다.

검은빛으로 반질거리던 범우의 머리통이 더욱 검붉어졌다.

귀 옆으로 도드라져 나온 혈관이 펄떡거렸다.

길고 긴 입맞춤이 끝나자 범우는 지반월의 머리를 천천히 옷깃을 열고 품 안에 감싸 안았다.

강요맹의 눈동자에 불길이 일었다.

검은빛으로 일렁이는, 글자 그대로 귀화(鬼火)였다.

팽팽하게 압축된 공기가 무겁게 내려앉고 있었다.

"늦었군, 늦었어."

나지막한 한숨 소리와도 같은 소리는 문기서가 낸 것이었다.

소이보가 돌아보자 문기서가 어깨를 으쓱해 보이며 말했다.

"저 괴물들이 이곳에 나타날 줄은 정말 몰랐어. 그것도 예영당주와 손을 잡고 나타날 줄은……. 한 가문의 가장이란 늙은이들이 똥개처럼 꼬리를 흔들며 나타나진 않을 거라고 생각했거든."

문기서가 씁쓸하게 웃었다.

적어도 다른 사람이라면 몰라도, 잔인한 동무군 명령을 마도칠가의 가주들이 들으리라곤 생각하지 않았기 때문이다.

문기서의 의문을 풀어주겠다는 듯이 선우경이 비위 상하게 하는 너털웃음과 함께 입을 열었다.

"허헛! 중천에 두 개의 태양이 있다면 타 죽기밖에 더 하겠느냐. 이미 하나의 태양으로도 이토록 온몸이 뜨겁게 타오르고 있거늘……. 설령 요안이 예영당주를 꺾는다 해도, 더 뜨거운 태양밖에 더 되겠느냐?"

문기서가 알겠다는 듯 고개를 끄덕이며 말했다.

"그렇군, 그래. 밟히는 게 익숙한 삶이거늘. 그렇게 이때까지 살아 왔거늘. 하지만 그렇게 길들여진 삶에 변화는 싫다는 것이겠지. 그래서 당신들은 안 돼. 이미 길들여지고 늙은 당신들은 마도본가 따위는 꿈도 꾸지 못하겠지."

문기서의 말에 두 노인의 안색이 가볍게 변했다.

굳은 결심이 어린 얼굴로 문기서가 말했다.

앞을 노려보며 어금니를 꽉 깨문 듯 낮게 으르렁대는 목소리였다.

"이제 남은 것은 단 하나다. 그것마저 어긋난다면 더 이상 기대를 해볼 것도 없어. 더 이상 시간이 없다. 무조건 뚫고 외길로 달려간다."

강요맹은 흘깃 뒤를 돌아보았다.

이제 남은 사람은 몇 되지 않았다.

이활은 무언가 다른 임무를 띠고 떠난 지 오래였고, 그건 꾕요란 소림 승려 역시 마찬가지였다.

아니, 그나마 곽예주를 구해 갔다고 하는 괴상한 노인이 분명 굉요일 게 틀림없었다.

그렇다면 어떻게든 곽예주는 살 가능성이 있었다.

'그럼 다행이고……'

강요맹의 그렇게 생각하며 범우를 쳐다보았다.

언제나 믿음직한 심복은 항상 자랑스러운 존재였다.

아니, 심복 이전에 제자와 다름없는 존재가 바로 범우였다.

지금도 범우는 가슴에 넣은 지반월의 머리 때문에 불룩한 가슴팍을 내민 채 철탑처럼 굳건하게 서서 앞만 노려보고 있었다.

고개를 끄덕인 강요맹의 시선이 이번엔 땅을 향했다.

거기엔 엎드려 기어가는 모습 그대로 혼절한 둔비가 있었다.

'안타까운 놈.'

강요맹은 낮게 한숨을 내쉬었다.

살아도 이미 온전한 몸이 되긴 틀렸다.

그렇다고 살리기 위해 어깨에 들쳐 메고 이곳을 빠져나갈 수도 없었다.

상대는 마도칠가 중 세 가문을 대표하는 사람들이었다.

나중에, 만약 자신들이 이곳을 무사히 빠져나간 후에 굉요가 둔비를 곽예주처럼 구해 나갈 수 있다면 혹시 몰라도, 그런 요행까진 바라긴 힘들었다.

사검정은 어디로 사라졌는지, 아니면 죽었는지 살았는지도 모르는 상태였다.

그렇다면 남은 것은 자신과 범우, 그리고 부홍과 소이보, 문기서뿐이었다.

'결국 내가 죽어야 하는가?'

강요맹의 두 눈이 흐릿하게 변했다가 곧 분명하게 다시 초점이 잡혔다.

결심은 굳어졌고, 이제 행동만 남았다고 생각한 순간 문기서의 침음성이 흘렀다.

"맙소사!"

낙담한 듯, 아니, 기절할 듯 놀란 문기서의 목소리는 단 한 사람 때문이었다.

고개를 돌린 강요맹의 눈에 새로운 그림자가 눈에 띄었다.

비록 그림자만 보았을 뿐이지만, 우람한 덩치와 머리에 쓴 철관모의 형태를 가진 그림자는 단 한 사람뿐이었다.

'동무군?'

강요맹의 뇌리에 스친 그 이름이 맞았다.

고개를 든 강요맹의 눈앞에 숨을 멎게 하는 거대한 위압감과 함께 한 사내가 당당하게 서 있었기 때문이다.

동무군은 재미있다는 듯 주위를 둘러보았다.

그 눈빛엔 겨우 여기까지 오기 위해 그렇게 발버둥을 쳤느냐는 듯한 비웃음이 담겨 있었다.

파도처럼 휘몰아 쳐왔던 군웅들은 어느새 멀리 떨어져 공손히 두 손을 앞으로 모아 쥔 채 서 있었다.

마치 황제를 마주 대했을 때나 가능한 모습이었지만, 지금 이 자리에서 그것을 이상하게 여기는 사람은 없을 정도로 동무군이 뿜어내는 기세란 대단한 것이었다.

동무군은 마치 천 년 고목처럼 버티고 선 채 손에 들고 있던 반 토막 난 검을 앞으로 던졌다.

검은 허공에 반월을 그리듯 몸을 몇 번 뒤집고는 강요맹 앞에 와 꽂혔다.

잠시 고개를 숙여 반 토막 난 검을 바라보던 강요맹이 고개를 들고 무슨 뜻이냐고 묻듯 바라보자 동무군이 말했다.

"말을 전해 달라더군요, 이제 자신은 깨달았다고. 그냥 그 말뿐이었습니다. 갑자기 내 앞을 가로막은 채 비무를 청하더군요. 실력은 형편없었지만, 마지막 유언은 전해주어야 하겠기에……."

강요맹은 고개를 다시 반사적으로 숙이고 반 동강 난 채 발치 앞에 꽂혀 있는 검을 보았다.

특징 없는, 조금 긴 듯한 검이었다.

당연했다. 곽예주가 마도칠가 무인들 손에서 아무렇게나 뺏어 들려준 검이었으니까.

하지만 그 검의 주인이 문제였다.

사검정(査劍庭), 말없이 긴 검만을 품에 안은 채 언제고 검의 무리(武理)만을 좇던 고독한 사내.

검이 반 토막 났다는 말은 단 한 가지를 뜻했다.

다시 발작적으로 고개를 든 강요맹을 보며 동무군의 얇은 입술이 미소라도 짓는 듯 얇게 양옆으로 쪼개어졌다.

"아! 혹시 죽지 않았을 수도 있겠군요. 거사를 앞두고 피를 보기 조금 껄끄러워 손을 가볍게 썼으니 운만 좋다면……."

동무군이 가볍게 말했지만, 그 내용은 분명했다.

사검정이 동무군과 겨루었다. 아니, 요안과 자신들을 위해 시간을 벌려고 했던 게 틀림없었다.

하지만 패한 것은 분명했고, 어쩌면 죽었을 것이 분명했다.

아무리 가볍게 손을 썼다 해도, 그 손을 쓴 사람이 동무군이라면.

그저 사검정이 죽기 전에 검도(劒道)에 대해 깨달음을 얻었다는 게 다행이었지만, 그게 지금 무슨 소용이 있단 말인가.

동무군의 시선이 소이보를 향했다.

소이보의 요안 역시 동무군을 향하자, 두 사람의 시선이 허공에서 부딪쳤다.

"역시 우린……."

"이렇게 부딪쳐야 하나 보군."

소이보 말에 동무군이 웃으며 고개를 끄덕였다.

그 순간 소이보의 장검이 빙글 허공을 돌다 멎었다.

장검은 정확히 동무군의 얼굴을 가리키고 있었다.

그리고 소이보의 머리카락이 하나하나 하늘을 향해 치솟고 있었다.

3

"역천파사공(逆天把死功)?"

믿지 못하겠다는 듯 선우경이 혼잣소리처럼 중얼거렸다.

도무지 믿을 수 없는 일이 눈앞에서 벌어지고 있는 것이다.

"재미있겠군."

옆에 있던 표안이 고개를 절레절레 흔들다 천천히 뒤로 물러서며 선우경을 보고는 말했다.

'재미? 그럴 수도…….'

그제야 표안이 왜 재미있겠다고 말한 것인지 대강 눈치를 챈 선우경이 표안을 따라 뒷걸음을 걸으며 그렇게 생각했다.

"둘 중 하나야. 미쳤거나, 아니면 정말 독종이거나."

마검충 역시 선우경처럼 뒤로 물러서며 중얼거렸다.

자신의 목숨을 버려가면서까지 이럴 필요가 있을까? 물론 이해가 가지 않는 일은 아니었다.

어차피 동무군을 마주친 지금 아무리 요안의 실력이 출중하다 해도 살아남을 확률은 적었다.

그렇다면 자신의 목숨을 담보로 역천파사공을 써볼 수도 있을 것이다.

하지만 그것도 제정신일 때의 이야기였다.

역천파사공은 그 말 그대로 하늘을 거스르고 죽음만이 남는 무공이었다.

결국 거슬려 끌어올린 선천지기는 뇌에 침범해 죽거나 미치게 만들었고, 그 결과 적과 친구를 구분하지 못하고 눈에 띄는 모든 것을 파괴하다 결국 폭사해 죽어버리는 것이 일반적이었다.

만약 목숨보다 더한 동료를 살리기 위한 선택으로 역천파사공을 끌어올렸다면, 요안답지 않은 최악의 선택을 한 것이 틀림없었다.

지금 눈앞에 보이는 요안은 정말 악귀와 비슷한 모습이었다.

붉은 장포는 팽팽하게 부풀어 올랐고, 머리는 하나하나 곤두서 하늘로 치솟은 채였다.

새파란 화염과도 같은 광채와 함께 음울한 잿빛 어둠이 양 눈에서 번갈아 쏟아져 내렸다.

하지만 그런 소이보에게 대담하게 한 발 한 발 다가서는 사람이 있었다.

문기서였다.

마치 혼이 나간 듯이 터덜터덜 걸어가 질린 듯 새하얗게 변한 얼굴로 마치 중얼거리는 것처럼 끊임없이 같은 말만 되뇌이고 있었다.

"늦었어. 늦은 거야. 내가 생각을 못했어. 저 괴물들이 손을 합치리라고는 생각 못했어. 무당파 도인들이 약속을 어길 줄은 정말 몰랐어. 그 빌어먹을 노인네의 실력이 겨우 이 정도일 줄은 몰랐어. 늦은 거야. 빌어먹을!"

문기서는 혼이 나간 듯했다.

마치 커다란 화선지에 필생의 역작을 그려 나가다 잘못해서 먹물을 떨어뜨려 망쳐 버린 그림쟁이와도 같은 표정이었다.

문기서는 팽팽하게 부풀어 오른 소이보의 장포를 감싸 안고는 얼굴을 묻었다.

소이보로서는 곤란한 일이었다.

이제 치밀어 오른 파사공의 내력은 분노 때문인지 조절하기가 힘들었다.

하지만 더욱 힘든 것은 머리끝을 태워 버릴 듯한 살기였다.

지반월이 죽었다. 사검정 역시 죽었을 것이다.

곽예주와 둔비 역시 남은 시간이 얼마 되지 않을 것이다.

제기랄, 성녀 때문에… 빌어먹을 동무군 때문에…….

깨어줄 것이다. 부숴줄 것이다. 철저하게, 발밑부터…….

머리가 어질어질해졌다.

모든 분노와 힘, 그리고 살기를 한 점에 응축시키고 있는데, 문기서가 등 뒤로 다가와 힘껏 자신을 껴안자 소이보는 당황할 수밖에 없었다.

하지만 당황은 문기서의 계속된 말에 경악으로 바뀌어야만 했다.

"그 빌어먹을 벙어리 노인네 말이야. 적어도 한 수는 할 줄 알았는데……."

벙어리 노인네. 어찌 보면 흔한 명칭일 수 있지만, 소이보에게만은 남다른 의미였다.

"무슨 뜻이지?"

소이보의 목소리가 떨렸다. 온몸이 부들부들 떨리기 시작했다.

역천파사공 때문이 아니었다. 불안한 예감 때문이었다.

"적어도 시간을 더 벌어줄 거라 생각했어. 이럴 순 없어."

"무슨 뜻이냐니까!"

문기서가 아예 등 뒤에 얼굴을 파묻고는 고개를 부볐다.

"적어도 세상엔 세 명의 고수가 있는 걸 알지. 무치 예영당주, 그리고 빌어먹을 벙어리 노인네……."

"……!"

"그중 하나가 네 할아버지야. 별림에 꽁꽁 싸매둔……. 적어도 한 수는 할 줄 알았다고. 잘하면 예영당주를 이길 수도 있을지 모르겠지만, 그렇게는 힘들겠지. 하지만 시간은 벌어줄 거라 생각했어. 하지만 아니군."

"그럼……?"

"네 할아버지가 죽었다는 거야. 그래서 동무군이 여기 온 거구. 이 괴물들과 손을 합친 채로……. 너 혼자라도 도망가라. 그래야만 해!"

"너!"

소이보는 몸을 돌려 문기서의 목을 움켜쥐었다. 아니, 움켜쥐려고 했다.

움켜쥔 채 무슨 개소리를 하는 거냐고, 네가 어떻게 별림의 할아버지를 아는 거냐고 묻고 싶었지만, 손바닥 안은 텅 비어 있었다. 그리고 문기서는 어느새 몇 걸음 물러선 채 웃고 있었다.

어떻게 보면 고통을 참은 채 억지로 지은 웃음이었다.

소이보는 천천히 고개를 숙였다.

황금색의 기다란 꼬챙이.

소이보는 그것의 이름까지 알았다.

잔혼비찬(殘魂匕鑽).

마도칠가의 협공을 헤쳐 나오는 과정 중에 문기서가 그걸 들고 길길이 날뛰었던 것을 보았기 때문이다.

황금색으로 빛나는, 팔꿈치에서 손가락 끝까지 길이의 기다란 꼬챙이였다.

뒤로 돌려 잡아 휘두르면 판관필(判官筆)이 되어 천들혈(天突穴)을 찍었고, 횡으로 부드럽게 내려그으면 예리한 비수가 되었다. 날려 던지면 비도로, 손가락 사이에 끼우고 올려 뻗으면 지반주슬침(指斑綢瑟鍼)이 되어 상대의 눈알을 도려내었다.

"이 물건이 내 비장의 한 수야. 차가운 내 피를 닮은 듯해서 이걸 골랐어. 그렇게 웃지 마, 언젠간 네 등을 찌를 물건이니까!"

문기서는 그렇게 웃으며 말했었다. 그게 불과 한 시진도 채 되지 않는 시간 전에, 어깨와 어깨를 맞닿은 채 적들과 겨룰 때의 이야기였다.

그때 소이보는 웃었었다.

하지만 지금은 웃을 수도 없었다.

그 누구도 자신의 가슴을 꿰뚫고 있는 잔혼비찬을 보면서 웃을 수는 없을 것이다.

팔뚝 길이만한 얇은 잔혼비찬은 소이보 가슴 앞에서 손바닥만큼 삐져 나와 있었다.

날카로운 다른 쪽 끝은 아마도 등 뒤로 삐죽하게 튀어나와 있을 게 보지 않아도 분명했다.

천천히 고개를 든 소이보 눈에 살짝 인상을 찡그린 채 탈골된 오른 주먹을 왼손으로 어루만지며, 사람 좋아 보이는 독특한 웃음을 짓고 있는 문기서의 얼굴이 들어왔다.

아마도 소이보의 가슴을 찌를 때 역천파사공의 반탄력 때문에 오른손을 다친 게 분명했지만, 문기서의 얼굴엔 고통보다는 희열의 빛이 떠올라 있었다.

모든 것이 그림 속의 광경처럼 멎어 있었다.

너무도 의외였고, 예상하지 못한 일이었다.

둔탁한 목소리 하나가 영원히 멎어 있을 것 같은 주위 모든 것을 깨뜨렸다.

"과연 내 동생답군."

동무군이었다.

문기서가 동무군을 향해 고개를 숙였다.

"형님도 과연 형님답습니다."

동무군의 얼굴에 만족스러운 미소가 어렸다.

"그래, 이제 널 정식으로 우리 가문의 사람으로 삼으마. 이제 더러운 창녀였던 네 어미의 성을 버리는 걸 허락한다. 이제 넌……."

동무군의 말에 문기서가 무릎을 꿇고 고개를 숙였다.

"오랫동안 기다렸습니다. 예영당주의 동생으로서… 저 동기서가 형님께 인사드립니다."

"그래, 고생이 많았다. 너만의 세상을 만들겠노라 말하고 요선보에 잠입할 때만 해도 널 믿지 않았거늘."

동무군이 고개를 끄덕이고는 흘낏 서 있는 소이보를 쳐다보며 의외라는 눈빛을 발했다.

예상치 못한 일이었다, 심장을 날카로운 비수로 꿰뚫리고도 멀쩡하게 서 있다는 것은.

하지만 아주 괴상한 일이란 생각은 들지 않았다.

역천파사공이란 사술도 처음 보는 것이었다.

생각지 못한 역천파사공의 작용일지도 모를 일이라 생각할 때 문기서가 소이보 쪽을 흘끔거리며 대답했다.

"잔혼비찬 때문입니다. 차가운 기운을 담고 있는 물건이라, 일시적으로 심장의 발작과 출혈을 막고 있을 뿐입니다. 만약 시간이 조금 더 흐르거나 잔혼비찬이 뽑힌다면 서 있지도 못할……."

하지만 소이보는 움직이고 있었다.

충격에 몸이 끊임없이 떨리고 있었지만, 천천히 손을 들어올려 가슴을 꿰뚫은 잔혼비찬의 끝을 손바닥으로 감싸 쥐고 있었다.

"안 된다!"

강요맹이 한 걸음 앞으로 나서며 외쳤다.

소이보가 씨익 웃었다.

강요맹의 뜻이 무엇인지 알았기 때문이다.

문기서의 말은 틀리지 않았다.

만약 잔혼비찬이 매우 얇은 물건이 아니었다면, 또 차갑고 음습한 한 기운을 담고 있지 않았다면 소이보는 서 있을 수도 없었을 것이다.

그걸 만약 뽑아낸다면 역천파사공을 운기하는 지금 모든 피가 구멍에서 뿜어져 나올 것이 분명했고, 그렇게 된다면 되돌릴 방법은 전혀 없었다.

하지만 소이보에겐 그런 건 중요한 게 아니었다.

단지 역천파사공의 기운 때문에 더 이상 숨이, 기운이, 내공이 이어지지 않는 게 더 큰 문제였다.

'한 수면… 단 한 번만 칼을 놀릴 힘이 남아 있다면…….'

소이보에겐 그게 중요했고, 움켜쥔 잔혼비찬을 힘껏 뽑아내었다.

푸욱~!

뽑히는 그 순간 피는 힘차게 솟구쳐 올랐다.

뿜어져 나온 붉은 피는 문기서의 얼굴을 빨갛게 물들였다.

문기서는 최대한 신형을 뒤로 뽑으며 크게 외쳤다.

"제길, 이렇게 미련한 놈일 줄은! 바로 지금입니다!"

마치 신호라도 된 듯 문기서의 외침이 끝나는 순간, 동시에 모든 것이 움직이기 시작했다.

소이보는 뽑아 든 잔혼비찬을 동무군에게 던졌다.

구태여 맞으리라곤 생각하지 않았다. 피하더라도 좋았다.

단지 동무군이 피하는 그 짧은 틈이 필요했다.

아무리 작은 찰나의 순간이라도 베어낼 수 있었다.

하지만 동무군은 피하지도, 맞지도 않았다.

그저 앞으로 쏘아져 나오며 손가락으로 튕겨냈을 뿐이다.

잔혼비찬은 던져진 속도보다 더 빠른 속도로 튕겨져 소이보의 미간 사이를 향해 쏘아져 왔고, 유령처럼 움직인 강요맹이 늦지도, 빠르지도 않게 중간에서 간신히 낚아챌 수 있었다.

그 순간 선우경의 쇄혼산이 활짝 펴진 채 허공을 날아왔다.

쇄혼산의 살이 맹렬한 회전을 일으키는 그 한가운데를 한걸음에 거리를 좁힌 범우가 굳센 두 주먹으로 두들겼다.

퍽!

쇄혼산은 기세를 잃고 허공을 맴돌았지만, 범우의 신형은 뒤로 주르륵 밀려났다.

아무리 강맹한 범우의 주먹이라 해도 마도칠가의 한자리를 맡고 있는 선우경의 내공을 견뎌내지는 못했기 때문이다.

하지만 범우의 주먹과 쇄혼산이 부딪쳤던 그 빈 공간을 비집고 두 개의 쇠구슬이 날카롭게 찢을 듯 쏘아져 오고 있었다.

곽예주의 활과 지반월의 비도를 수월히 깨뜨렸던 표안의 쇠구슬을 맞아간 건 보드랍고 자그마한 두 개의 주먹이었다.

으득!

부홍의 두 손의 뼈가 으그러지는 소리와 함께 뼛조각과 살점이 허공에 튀었다.

재빠른 몸놀림으로 간신히 막아서긴 했지만, 그 안에 든 경력까지는 채 해소하진 못했기 때문이다.

결국 흑수문주의 쇠구슬이 혈면수라의 유명한 손톱을 뭉개 버린 것이다.

부홍은 그 충격을 이겨내지 못한 듯, 허공에서 자벌레처럼 둥글게 몸을 말고는 땅에 떨어져 내렸다.

하지만 강요맹은 범우나 부홍을 미처 돌볼 여력이 없었다.

대신 강요맹은 허공에서 낚아챈 잔혼비찬을 되돌려 막 허공에 뻗어 나오는 동무군의 팔뚝에 박아 넣어야 했기 때문이다.

강요맹 스스로도 실제 지금 손에 든 기다란 황금색 꼬챙이를 동무군의 팔뚝에 박아 넣을 수 있다고는 믿지 않았다.

단지, 소이보에게 자그마한 시간을 벌어주고자 했을 뿐이었다.

하지만 잔혼비찬은 너무도 수월하게 동무군의 굵은 팔뚝에 틀어박혔다.

강요맹의 실력이 동무군의 예상보다 높아서가 아니었다.

지금 동무군의 눈과 혼을 붙잡는 무언가 다른 것이 있었기 때문이다.

소이보의 괴상한 자세와 칼의 움직임.

그것은 뇌성벽력과도 같은 것이었다.

동무군의 눈이 부릅떠지고, 아래위 입술이 멍하니 벌어졌다.

믿을 수 없는 일이었다.

지금 눈앞에서 움직이고 있는 것은 소이보의 장검뿐이었다.

─너는 무엇을 보느냐?

갑자기 뇌리 속에 무언가 부웅 하고 울리는 목소리가 있었다.

'아버지……'

동무군의 눈앞에 앙상하게 마른, 온몸의 관절은 모두 제각각 뒤틀려 비틀어진 노인 하나가 숨을 헐떡이며 자신을 노려보고 있었다.

아니, 볼 수 없었다. 아버지의 두 눈은 이미 짓무른 지 오래였고, 두 눈을 그렇게 만든 것은 바로 아버지 자신이었다.

석상(石像).

그 빌어먹을 석상 때문이었다.

—깨달았느냐?

다시 아버지의 환영이 말을 걸었다.

'미처… 아직은……'

힘없이 벌어진 입술 사이로 말이 되지 않는, 그래서 여운만 남은 토막 난 말들이 흘러나왔다.

—다시 묻겠다. 세상에 변하지 않는 것이 있다. 그것이 어디에 있느냐!

아버지는 준엄하게 물었다. 이미 십여 년도 전에 뼛가루로 변한 아버지가 눈앞에서 앙상한 피육만 남은 상태로 질타하듯 묻고 있었다.

'이젠 난 안다! 알아! 아버지, 전 이젠 압니다!'

동무군은 비명을 지르고 싶었다.

이미 알고 있는 일이었다.

세상에서 유일하게 변하지 않는 그것은… 세상 모든 것이 변하는 한가운데라고.

변화와 변화 사이, 그 매듭처럼 이어진 그곳이라고.

하지만 자신이 없었다.

아버지가 성녀와 함께 찾아가 보고야 말았던 석상은 모두 셋이었다.

아버지를 미치게 하고, 두 눈을 찔러 환영에서 벗어나고자 했던 그 빌어먹을 석상은 자그마치 세 개였다.

하나하나에 온 우주의 조화와 이치를 담은 석상이었다.

몇 달에 걸쳐 미친 아버지가 잠시 온전한 정신으로 돌아왔을 때, 그림으로 남겨진 석상이었다.

아니, 아버지가 완전히 미쳐야만, 그래서 석상과 하나가 되었을 때만 그려낼 수 있었던 석상이다.

아버지를 미쳐 죽게 만들었던 그 석상의 그림, 환영처럼 어깨에 내려앉아 숨통을 조여왔던 그 석상의 그림자로부터 벗어난 지 그리 오래되지 않았다.

그때 동무군은 마치 수천 년을 이어내려 온 듯한 등짐을 내려놓은 듯한 후련함을 느꼈었다.

그런데 그 석상과도 너무도 비슷한 또 하나의 석상이 눈앞에 펼쳐지고 있는 것이었다.

너무도 생생하게, 살아 움직이는 듯이 그 누구도 아닌 요안의 손에서 펼쳐지고 있는 것이었다.

동무군이 아버지가 남긴 세 개의 석상에 자신만의 이름을 붙였다.

그것은 변화와 무거움, 그리고 뜨거움이었다.

궁극의 변화, 무거움과 가벼움, 그리고 뜨거움과 차가움은 그냥 글자 그대로의 의미가 아니었다.

목숨을 걸어야 비밀을 풀 수 있고, 영혼을 깨뜨려야 손에 익는 그런 것이었다.

그런데 지금 눈앞의 요안이 펼쳐 보인 한 수엔 분명 또 다른 궁극의 세계가 들어 있었고, 이미 세 장의 그림을 본 동무군은 그것이 시간에 대해서 묻고 있음을 알 수 있었다.

수천 년, 아니, 수만 년 이상 켜켜이 쌓여진 시간의 깊이가 동무군을 감싸고 돌았다.

동무군은 비명을 질렀다. 아무도 못 들을 피맺힌 절규였다.

눈앞의 모든 것이 잘게 잘리고 있었다.

마치 땅바닥에 떨어져 산산이 쪼개진 거울 조각처럼 세상 만물이 잘게 나뉘어져 사방으로 비산하고 있었다.

그 각각의 조각마다 동무군이 있었다.

요안이 있었다.

온몸이 앙상하게 뒤틀려 미쳐 버린 아버지가 있었다.

그리고 석상이 있었다.

더 이상 저 빌어먹을 석상에 억눌려 살 수는 없었다.

아버지를 죽이고 자신을 죽일 뻔한 그 석상 때문에 성녀를 겁박했고, 마도칠가의 무거운 짐을 어깨 위에 올려놓고 살았었다.

더 이상 그럴 수는 없었다.

기운을 끌어 모으고, 진심으로 세 개의 그림 속 석상을 불러 올렸다.

영혼 저 깊이 파묻었던 석상의 기억을 끌어올리는 순간, 소이보의 장검이 눈에 들어왔다.

그 순간 강요맹이 던져진 돌멩이처럼 뒤로 튕기듯 물러섰고, 동무군 팔뚝에 꽂혔던 잔혼비찬이 튕겨 올랐다.

동무군이 잔혼비찬의 손잡이를 잡고 소이보의 장검을 맞아갔다.

짧디짧은 순간이었다.

생각도 이어지지 않을 정도로 짧은 순간, 지금 이곳에 있는 모든 사람들은 묘한 느낌에 진저리를 쳐야만 했다.

　온몸을 불태울 듯한 뜨거움과 만년한빙(萬年寒氷)에 갇힌 듯한 차가움, 그리고 태산이 억누르는 듯한 무거움과 한 오라기 새털만큼이나 가벼움. 이 상반되고 이질적인 두 감각이 묘하게 뒤섞이다 수천 개의, 아니, 수만 개의 조각으로 나뉘어진 듯한 기이한 느낌이었다.

　쿠―아―앙―!

　세상을 뒤집을 것 같은 굉음과 함께 동무군과 소이보가 뒤로 주르륵 밀려 나왔다.

　하지만 두 사람의 상태는 달랐다.

　동무군은 허리를 뒤로 젖힌 채였지만, 소이보는 마치 새우처럼 등이 굽어 있었다. 더욱이 정신을 잃은 채 가슴에선 선홍빛 피분수가 쏟아져 나오고 있었다.

　그때 붉은 인영이 허공을 박차 올랐다.

　허공에서 잠시 움찔하던 붉은 그림자는 곧 자신의 몸집보다 더 큰 소이보를 제 품에 안아 들고는 다시 허공 중에서 도약하듯 키를 높혔다.

　부홍이었다. 충격으로 일그러진 부홍의 얼굴은 온통 붉은색이었다.

　비록 강렬한 충격은 지나갔지만, 아직 허공엔 동무군과 소이보가 쏟아낸 기운이 가닥가닥 얽혀 있었다.

　종횡으로 얽힌 두 사람의 기운 사이를 뚫고 지나가기엔 부홍의 내력이 감내하기 어려웠고, 부홍은 곧 얼굴이 두 쪽으로 갈라지는 듯한 강렬한 충격을 느꼈다.

　붉은 부홍의 그림자를 따라 밟듯 곧 검은 범우의 그림자가 뒤를 좇았다.

부홍에게 접근하는 것은 그 무엇이든 박살 내주겠다는 듯 두 주먹을 불끈 쥔 범우와 일그러진 피투성이 얼굴의 부홍은 서로 어깨를 맞대고 앞서거니 뒤서거니 하면서 앞으로 뛰어나갔다.

하지만 다른 사람들은 아무도 앞을 가로막을 생각을 하지 못했다.

두 절정고수의 격돌이 가져다준 강렬한 충격에 사람들은 몸을 움직일 생각도 하지 못했기 때문이다.

정작 부홍과 범우를 쫓아야 할 동무군 역시 자신의 떨리는 두 손바닥만을 고개 숙여 내려다보며 온몸을 가늘게 떨고 있을 뿐이었다.

열락의 떨림이었다. 희열이었다.

믿지 못하겠다는 듯, 동무군은 떨리는 음성으로 중얼거리고만 있었다.

"나는 진짜를 보았다. 오늘에서야 나는 진짜를……."

문기서가 조심스럽게 다가가 말을 건넸다.

"뒤를 쫓을까요? 멀리는 못 갈 겁니다. 앞이 절벽일뿐더러, 심장까지 꿰뚫린 상태로는……."

하지만 동무군은 넋 나간 사람처럼 같은 말만 중얼거리며 제 손바닥만 쳐다볼 뿐 문기서의 말엔 아무런 대꾸도 하지 않았다.

부홍은 정신이 아득해졌다.

품에 안은 것이 무엇인지 기억도 나지 않았다.

두 손이 일그러져서인지 품에 안은 그것이 자꾸 축 늘어져 품을 빠져 나가려 하고 있었다.

그래서 부홍은 팔에 힘을 주어 끌어당겨 어깨에 메었다.

눈앞이 보이지 않았다. 얼굴 반쪽이 날아간 듯 발이 엇갈려 뜀박질

할 때마다 극심한 두통에 시달렸다.

"정신 차려라!"

뒤에서 익숙한 목소리가 들렸다. 단단하고 딱딱한 목소리, 범우의 목소리였다.

그제야 품에 안은 것이 누군지 알 것 같았다.

요안 소이보.

아니, 더 이상 요안이 아니었다. 자신이 책임져야 하는 작디작고 여린 목숨이었다.

누군가 자신을 지키려다 죽은 것처럼, 자신은 품에 안은 이 사람을 지켜야 했다.

시야를 가리고 있는 얼굴의 피를 고개를 돌려 어깨에 문질러 닦았다. 쓰리고 아팠지만 단 한순간도 발을 멈추지 않았다.

간신히 눈을 떴지만, 그저 뿌옇게 번져 색만 간신히 구별할 정도였다.

"오른쪽!"

뒤에서 다시 범우의 말이 들려왔다.

부홍은 곧 몸을 오른쪽으로 돌리고는 최대한 빨리 발을 놀렸다.

신형을 바꾸는 과정에서 슬쩍 스쳐 보았던 소이보의 얼굴은 그저 창백한 하얀색이었다.

그리고 그 색은 부홍에게 있어 너무나 익숙한 색깔이었다.

바로 눈앞에서 두 쪽으로 갈라졌던 어머니의 가슴 색이었다.

더 이상 그런 일은 없어야 한다고 생각하며 부홍이 발에 더욱 힘을 낼 때였다.

"멈춰!"

범우의 목소리에 발을 멈추었다. 사실 더 뛸 힘도 없었다.

부홍 또한 온전한 몸이 아니었다. 두 손은 이지러지고, 얼굴엔 깊은 상처가 나 있는 상태였다.

"헉, 헉, 헉……."

가슴은 터질 것 같았고 다리는 후들거렸다.

어지러운 머리는 마치 여러 조각으로 쪼개어지는 것 같았다.

어깨에 둘러멘 소이보의 옆구리에 얼굴을 여러 번 비비자 그제야 주위 경물이 눈에 들어왔다.

왜 범우가 멈추라고 했는지 알 것 같았다.

눈앞엔 더 이상 아무것도 없었다. 몇 걸음 앞엔 괴력신(怪力神)이 칼로 썽둥 잘라낸 것 같은 절벽이 있었고, 그 아래엔 출렁이는 태천강(兌舛江)의 강물이 아가리를 벌린 채 기다리고 있었다.

"역시… 안 오시려는 건가?"

범우의 낮고도 딱딱한 목소리가 들렸다.

"헉, 헉, 헉……."

이어지지 않는 짧은 호흡을 억지로 이어가며 되돌아봤을 때, 범우가 무엇을 두고 말하는 것인지 알 것 같았다.

저 멀리 흐릿한 그 무엇인가가 움직이고 있었다.

명확히 보이지는 않았지만, 곧 사람들이 진영을 갖추어 자신들을 뒤쫓아오고 있다는 것쯤은 알아볼 수 있었다.

아득한 눈길로 보고 있던 범우가 곧 무릎을 꿇고 양손으로 땅을 짚은 채 머리를 땅에 대었다.

정중한 그 마지막 인사가 누구를 향한 것인지 부홍은 알 수 있었다.

카랑카랑한 목소리의 매부리코 노인.

자신들에게 작은 시간을 벌어주기 위해 마지막까지 뒤에 남은 강요맹을 향한 인사였다.

또한 미처 구해오지 못한 둔비와 죽은 지반월, 그리고 사검정과 곽예주를 향한 마지막 인사였다.

곧 몸을 일으킨 범우가 부홍의 어깨를 치고는 젖은 눈빛과 떨리는 목소리로 말했다.

"가자!"

범우가 한 발을 먼저 떼었고, 범우가 이끄는 손길대로 크게 한 걸음을 걷자 부홍은 어느덧 허공에 떠 있는 자신을 보았다.

풍덩!

강렬한 고통이었다. 숨이 막혔다. 정신이 아득했다.

입에서 게워져 나온 피 거품이 눈앞에서 위로, 위로만 솟고 있었다.

떨어진 높이만큼이나 몸은 물속 깊은 곳까지 잠겨갔다.

영원히 떠오르지 못할 거라는 공포가 엄습할 때 물 깊은 곳에서 부홍의 발목을 잡아끄는 무언가가 있었다.

아무리 발버둥 쳐도 강철 같은 손목을 벗어날 수는 없었다.

부홍은 정신을 잃어버렸다.

죽음과도 같은 어둠이 부홍을 덮쳐 왔다.

◆第八章◆
그리고 오 년......

그리고 오 년……

까만 밤, 깊은 어둠.

마치 먹빛 속에 든 먹구름처럼 방 안은 혼탁한 어둠이었다.

대로에서 멀리 떨어진, 그래서 길 한쪽에서 치우친 채 한쪽 구석에 은밀하게 자리잡은 낡은 사합원의 방 한 켠엔 깊은 어둠 한 자락을 덮은 채 모든 것이 멈추어져 있었다.

스윽—

어둠의 한쪽 구석을 뚫고 창에 얼비친 달빛이 흔들릴 때, 사람 하나가 어둠 속에서 솟았다.

어둠보다 더 짙은 흑색 야행복을 걸친 사내는 어둠에 동화된 듯 아무런 움직임도 없었다.

피를 식힐 시간이 필요했다.

항상 살인을 앞두곤 피가 끓기 마련이었다.

피가 끓어오르면 흥분하게 되고, 그렇게 되면 항상 실수가 뒤따르곤 했다.

그래서 온유성(溫柔星)은 숨소리는커녕 마치 그림처럼 어둠에 박혀 있어야만 했다.

차가운 피가 심장을 얼릴 듯 조여올 때야 온유성은 천천히 실눈을 떴다.

흰자위는 생각 외로 어둠 속에서 잘 반짝이는 물건이었기 때문이다.

천천히 주위 사물이 눈과 몸에 익자 온유성은 숨을 끊고 천천히 한 발을 내딛다 곧 눈살을 찌푸렸다.

악취가 코를 찔렀기 때문이다.

내려앉은 공기가 온유성의 발걸음에 출렁이자, 그런대로 참을 만했던 악취가 콧속을 채우다 못해 머리 속까지 가득 채웠던 것이다.

'이자인가?'

온유성은 천천히 고개를 숙여 자신이 죽여야 할 침상 위의 사내를 내려다보았다.

어둠 속이었지만, 온유성은 알아볼 수 있었다.

봉두난발의 머리, 까칠한 수염, 광대뼈는 튀어나오고 감은 눈꺼풀 위로는 피로가 잔뜩 내려앉아 있었다.

옷은 언제 갈아입었는지 색을 구분할 수 없을 정도로 낡은 데다가, 채 여미지도 않아 누렇게 들뜬 피부가 들여다보였다.

마치 오래된 병자처럼 보였는데, 그 이유는 사내 주위에 나뒹구는 술병과 땟국물 묻은 술잔 때문이었다.

그것을 보자 온유성은 사내가 이 자리에 누워 지낸 기간이 몇 해가 넘었다는 걸 알 수 있었다.

술병과 술잔은 사내가 누운 자세 그대로 손만 뻗으면 닿을 거리에 나뒹굴고 있었고, 침상 아래 삐죽이 나와 있는 요강은 사내가 몸만 뒤척이면 일을 해결할 수 있는 장소에 놓여 있었기 때문이다.

그렇게 악취 나고 더러운 한가운데 사내는 피폐한 얼굴로 편안하게 자리잡고 있었다. 마치 십 년 동안 한 번도 손길이 닿지 않은 조각상처럼.

'이자가? 정말?

온유성은 가늘게 뜬 실눈 사이로 사내의 정체를 확인하그는 고개를 갸웃거렸다.

이미 온유성 어깨에 얹혀져 있던 긴장은 상당히 누그러져 있었다.

침상 위에 몇 해가 지나도록 누워 있었던 무인은 전혀 무서운 존재가 되질 못했다.

마도칠가 중 한 자리를 차지하고 있는 흑수문은 자객들이 모여 만든 단체였고, 그중에서도 온유성은 스물두 번째라는 꽤 높은 자리를 차지하고 있었다.

강호에 출도한 지 삼 년밖에 지나지 않았지만, 스물한 번의 청부에서 실패한 적이 한 번도 없었기 때문이다.

그래서 지금 눈앞에 누워 있는 사내가 급히 몸을 일으켜 칼을 집어 들더라도 충분히 빠르고 깨끗하게 죽여줄 수 있을 거라 온유성은 믿었다.

온유성은 의아한 듯 고개를 외로 꼬았다.

왜 자신에게 이런 청부가 주어졌는지 이해할 수 없었기 때문이다.

흑수문은 다른 마도칠가와는 달리 터를 잡은 곳이 뚜렷하게 없었다.

사람 사는 곳이라면 항상 다툼이 있기 마련이었고, 다툼은 결국 증오를 낳았다. 그렇게 살인 청부는 시작되고, 흑수문 자객들의 손에 마무리 지어졌다.

그래서 사람 사는 곳이라면, 또한 다툼이 있는 곳이라면 바로 그곳이 흑수문이 존재하는 곳이었다.

단지 다른 마도칠가들 영역에서 청부가 이루어질 때면 흑수문의 주인이 다른 마도칠가 가주들에게 통보해야 하는 번거로운 절차가 있었지만, 그리 까탈스러운 일은 아니었다.

청부가 주로 들어오는 곳이 마도칠가였기 때문이다.

하지만 흑수문의 본거지가 없다는 것은 사실이 아니었다.

바로 여기, 겉으로 보기엔 작은 도시 정도밖에 되지 않는 곳이 바로 흑수문이 둥지를 틀고 있는 곳 중에 하나였기 때문이다.

이미 알 사람은 다 아는 사실이었고, 그저 모른 척할 뿐이었다.

언젠가부터 발밑에서 쥐새끼들이 돌아다니고 있었다.

처음엔 자신들의 은밀함을 위해 알고도 모른 척하는 사이, 쥐는 점점 커져 고양이가 되더니 곧 여우가 되었고, 이젠 승냥이가 되어 이빨을 드러내고 있었다.

일전방(一錢幇).

그렇게 웃기는 이름을 달고 몇 해 전부터 얼굴을 들이밀고는 다른 여타의 흑도방파처럼 몇 명의 조무래기들이 모여 투닥대더니 곧 무시 못할 덩치로 커져 버렸다.

방파의 주인은 아무것도 드러난 것이 없었다.

어쩌면 흑수문의 일 처리보다 더 은밀하고, 기현소축처럼 냉철하며, 요선보처럼 흉포하고, 태활장처럼 음흉할뿐더러, 예영당보다 더 저력 있을지 모른다고 자신을 보낸 사람이 말했다.

너무나 과장되고 부풀려진 이야기라 생각했지만, 자신이 아는 한 청부에 있어 틀린 지시는 없었다.

그래서 온유성은 더 긴장했는지도 모른다.

단지 알려진 건 일전방의 방주는 야제(夜帝)라 불리며, 그 누구도 실제 본 사람은 없다는 것뿐.

하지만 군소방파가 하룻밤에 몰살당하고 나면 항상 뒤로 흉흉한 소문이 어김없이 나돌았다.

바로 일전방주 야제의 솜씨라는 믿을 수 없는 흉흉한 이야기였다.

하지만 온유성은 그 이야기를 믿을 수 없었다.

바로 두 달 전 몰락한 붕천보(崩天堡) 때문이었다.

흑수문 역시 신경을 써야 할 정도로 거대한 방파가 단 하룻밤이 지나자 살아 있는 존재는 하나도 없었다.

괴사 중의 괴사였고, 흉사 중의 흉사였다.

붕천보의 인원은 안과 밖을 합쳐 삼백 하고도 오십이 넘었다.

그중에서 떨거지와 부리는 종속들의 수를 제한다 해도, 틀림없이 칠십오 명은 고수라 불릴 만한 솜씨를 지녔다.

하지만 그 많은 사람들이 단 하룻밤에 모두 죽어버린 것이다.

그리고 붕천보의 재산과 영토는 모두 일전방의 차지가 되었다.

사람들은 그것이 일전방의 방주, 야제 단 한 사람이 이루어낸 일이라 믿었다.

야제는 그렇게 신비하고 공포스러우며, 소름 끼치게 하는 존재가 되었다.

흑수문에서 자신을 내보내 살인을 명령할 만큼이나……

그리고 지금 온유성은 일전방의 방주라는 야제를 직접 눈앞에 보고 있는 것이다.

지난 몇 해 동안 작은 열두 문파를 깨뜨리고, 일곱 개의 제법 큰 문파를 무너뜨리고, 두 달 전 봉천보라는 거대 문파를 집어삼킨 바로 그 야제라는 인물을…….

봉두난발 머리 아래 창백해 보이는 하얀 피부, 검이라곤 잡아본 적도 없어 보이는 희고 가느다란 손가락.

가슴은 한 치도 못 되는 높이 사이에서 오르락내리락하며 날숨과 들숨을 가늘게 번갈아 내뱉고 들이킬 뿐이었다.

흔히 흑도문파가 그렇듯 유치한 방파 이름에 거창한 외호로 몸을 감싸곤 하지만, 야제(夜帝)란 명호는 이런 초라한 몸뚱이 위로 얹히기에는 너무도 거창하기 짝이 없다는 생각이 들었다.

더욱이 일전방이란 방파 이름은 이 얼마나 유치하단 말인가.

온유성은 이 청부를 내려준 흑수문이 처음 실수를 한 것이라고 생각했다.

하지만 어찌 되었든 청부는 청부, 곧 마무리를 지을 것이다.

그리고 흑수문의 처음 실수는 마지막 실수로 끝맺음될 거라 생각하며 온유성이 품 안에서 얇고 예리한 예도를 꺼내 들었을 때였다.

"……!"

온유성은 급히 숨을 끊었다.

움직임을 멈추었다.

눈을 감았다.

피를 식혔다.

싸늘하게 식은 피가 온몸을 빠르게 휘돌자 솜털이 곤두섰다.

누군가 있었다.

분명히 누군가 있었다.

감히 흑수문의 이십삼랑(二十三郎) 온유성의 기척을 숨기고 가까이에 다가온 사람이 있었다.

'고수……?'

그럴 리 없었다.

흑수문에서 흑수제일랑(黑手第一郎)으로 불리는 문주 표안으로부터 스물두 번째 자리를 차지한 자신이었다.

그래서 이십삼랑이란 별호를 가지게 된 자신의 이목을 숨기고 이토록 가깝게 올 사람이란 존재하지 않았다.

흑수문의 정보망은 틀림없었고, 만약 자신이 기척을 알아차리지 못할 정도의 고수라면 적어도 흑수십일랑(黑手十一郎), 즉 열 손가락 안에 들어가는 사람들을 보냈을 게 틀림없었다.

'그럼…….'

온유성은 몸을 돌리며 생각했다.

'이쪽이 진정한 야제겠군!'

눈빛을 반짝이며 잔뜩 긴장해 있는 온유성 앞에 한 사람이 천천히 걸어 다가오고 있었다.

'……?'

온유성은 자신도 모르게 뒤로 한 걸음 걸었다.

눈앞의 사람은 예상과는 달리 여자였다.

그것도 어둠을 가르듯 하얀 옷으로 전신을 감싼 여자는 기품있는 걸음걸이로 천천히 다가오다 곧 멈추었다.

폐인처럼 누워 있는 사내 앞이었다.

한눈에 보기에도 비싸 보이는 능라삼으로 얼굴을 가린 여자는 천천히 허리를 굽혀 사내를 내려다보았다.

슬픈 눈빛이었다.

면사에 가려 얼굴은 보이지 않지만, 온유성은 그렇게 믿었다.

얼굴을 가린 면사를 걷으면 사슴같이 동그란 두 눈에 한가득 슬픔을 담은 채 사내를 내려보고 있을 거라 믿었다.

어쩌면 창백한 두 뺨에 한줄기 눈물이 흘러내리고 있을지도 모를 일이었다.

온유성은 그래서 온몸이 굳었다.

마치 환영 같았다.

어둠을 가르고 하얀 면사의 여인이 기품있는 걸음으로 걸었다.

허리를 굽혀 사내의 안색을 살피며 고개를 갸우뚱거리는 그 모든 것이 한 폭의 아름다운 그림 같았다.

드디어 선녀처럼 아름다운 여자가 입술을 열었다.

비록 면사에 가려 보이진 않았지만 온유성은 볼 수 있었다, 그녀의 새빨갛고 도톰한 입술을.

안타까움에 약간은 벌어져 모호한 한숨을 내뱉은 하얀 치아까지 손에 잡힐 듯 선명하게 볼 수 있었다. 상상 속의 모습이었지만, 온유성은 그렇게 믿었다. 아니, 눈앞에 생생하게 떠오르고 있었다.

아찔한 상상에 온유성은 입술이 마르고 목구멍은 갈증으로 불타올랐다.

머리 속에는 화려한 폭죽이 불꽃과 함께 터져 올랐다.

온유성은 이것이 사랑이라 믿었다.

우스운 일이었지만, 면사로 가려 얼굴 한 번 못 본 여인을 사랑하게 된 것이다.

심장이 뜨겁게 불타오르고 머리가 곧 어지러워지며 무릎은 나무토막처럼 딱딱하게 굳었다.

그때 면사여인의 목소리가 튀어나왔다.

"많이 말랐군."

걸쭉하고 탁한 목소리였다.

털북숭이 호한이 연달아 서너 단지의 탁주를 거칠게 비워낸 다음 굵은 트림과 함께 내뱉는 듯한 탁한 목소리였다.

기품있고 현숙한, 고귀한 소녀가 낼 수 있는 목소리가 아니었다.

그 묘한 불규형에 온유성은 두 눈을 감고 숨을 내뱉었다.

어지러웠다. 정말 어지러웠다.

들뜨고 달콤한 묘한 열기가 콧속을 어지럽혔다.

다시 눈을 떴을 때 여인은 분명 눈앞에 있었다.

여인은 어디서 꺼내 들었는지 모를 백자 자기를 손에 들고 술잔에 한 잔 따랐다.

쪼로록.

향긋한 내음이 방 안을 향기롭게 채웠다.

여인을 닮은 잘록한 하얀 술병이었다. 하지만 잔은 조금 전까지만 해도 사내 옆에서 굴러다니던 더러운 잔이었다.

여인을 닮은 듯한 술병에서 더러운 술잔 위로 맑고 깨끗한 술이 쏟아졌다.

단지 술일 뿐인데도, 온유성은 마치 소녀의 정절이 더럽혀진 것 같아 분노에 가까운 질투심을 느껴야만 했다.

하지만 여인은 지금 이 자리에 아무도 없다는 듯 태연한 태도로 천천히 손가락을 들었다. 하지만 누워 있는 사내의 머리카락 사이로 파고들려던 손은 허공에서 멎었다.

그 모습에 온유성은 온몸을 부르르 떨었다.

그것은 진한 애무였다. 비록 피부와 피부가 맞닿지는 않았지만, 밤공기를 끈적끈적하게 만드는 데는 충분할 만큼 진하고 격렬한 애무였다.

"오랜만이군. 정말 오랜만이야."

여인이 말했다, 역시나 걸쭉하고 탁한 목소리로.

그러자 사내의 입술이 열렸다.

"그렇군."

이때까지 자는 듯 누워 있던 사내의 입술 사이로 토해진 목소리는 여인의 것보다 더욱 탁하고 껄끄러웠다.

마치 칼로 바위 위를 긁듯 신경을 곤두세우게 하는 탁한 목소리였다.

잠시 시간이 흐른 후, 누워 있는 사내가 다시 입을 열었다.

"여기까지 와줘서 고맙네."

사내의 물음에 여인이 어깨를 가늘게 떨었다.

비록 면사에 가려져 있지만, 온유성은 여인의 해맑은 웃음을 볼 수 있었다.

하지만 여인의 키득거리는 웃음소리는 마치 사내처럼 굵고 낮았다.

그것도 세상을 다 살아버린 듯한, 아니, 삶의 의욕이란 말라죽은 매미의 메마른 날개 껍질만큼도 남지 않은 허탈한 웃음소리였다. 여인은 괴상한 웃음을 멈추고는 진지한 목소리로 돌아가 대답했다.

"친구니까."

여인의 대답에 눈을 감고 누워 있던 더러운 사내가 처음으로 웃었다.

마르고 갈라진 얇고 새빨간 입술 끝이 양쪽 뺨 위를 타고 올랐다.

그 미소 사이로 하얀 이가 잠시 몸을 내비치더니, 곧 다시 피곤한 듯 미간을 찡그렸다.

온유성이 천천히 한 걸음 걸어 앞으로 나온 것이 신경에 거슬렸던 모양이다.

온유성은 떨리는 무릎만큼이나 잔경련을 일으키는 턱을 움찔거리며 말했다.

"사… 사랑하오."

하지만 온유성의 말에도 면사여인은 고개도 돌리지 않았다.

"사… 사랑하오."

온유성이 다시 정성을 다해 말해 봤지만, 면사여인의 시선은 줄곧 더러운 사내의 얼굴에서 떨어질 줄을 몰랐다.

면사여인은 온유성의 고백보다 사내의 찡그린 얼굴이 더 마음에 걸린다는 듯 더욱더 고개를 숙여 사내의 귓전에 대고 속삭였다.

"환락분이야. 구극환락대혼분(九極歡樂戴混粉), 그게 정확한 이름이지."

하지만 친절한 면사여인의 설명에도 사내의 찡그린 얼굴은 펴지지가 않았다. 그래선지 면사여인이 다시 말했다.

"죽지는 않아. 그저 환상에 사로잡힐 뿐이지. 저자의 경우 좀 괴상한 효력을 보이긴 하네만……."

"아직도 장난은 여전하군. 그냥 죽이는 게 나을 텐데."

"그게 편할 수도 있겠지. 하지만 그건 자네 몫인 것 같아서."

면사여인의 대답에 잠시 생각하는 듯 아무 말 없던 사내가 천천히 한숨처럼 내뱉었다.

"그럴 수도 있겠군."

사내는 천천히 몸을 뒤집었다. 오른팔로 팔베개를 하고는 한숨처럼 나지막하게, 하지만 여전히 거친 목소리로 말했다.

"고개를 돌리고 있는 게 나을 거야."

"알았네."

면사여인은 고개를 끄덕였지만, 결코 고개를 돌리지 않았다.

하지만 사내는 그럴 줄 알았다는 듯, 면사여인 쪽으론 더 이상 쳐다보지 않은 채 천천히 두 눈을 떴다.

온유성의 시선은 면사여인에게서 떨어질 줄을 몰랐다.

하지만 사내가 몸을 일으키고는 피곤에 전 듯한 퀭한 눈꺼풀을 들어올렸을 때, 사내의 눈을 보지 않을 수 없었다.

그러자 달이 떠올랐다.

두 개의 달이.

새파랗게 파란 달과 짙은 회색의 달.

그 두 개의 달이 떠오르자 온유성의 온몸이 굳었다.

폐가 굳자 곧 목구멍이 닫혔다.

심장이 박동을 멈추고 온몸의 신경이 끊어진 듯 나락으로 굴러 떨어지는 느낌이 들었다.

온유성의 몸은 자신의 의지와는 달리 천천히 옆으로 쓰러져 강하게 바닥에 부딪쳤다.

하지만 어떠한 고통도 느껴지지 않았다.

비록 목이 조여들어 숨은 내뱉어지지 않았지만, 그것 또한 고통스럽지 않았다.

눈앞에 모든 사물이 직각으로 꺾여 세로로 서 있었다.

그것 역시 자신의 몸이 옆으로 쓰러졌기 때문에 그렇게 보인 것이었지만, 그것 역시 의식하지 못했다.

'요안(妖眼)?'

가물거리는 머리 속에서 처음으로 떠오른 단어였다.

그리고 그 낯선 단어가 묘하게도 매우 익숙한 느낌으로 머리 속을 채울 때 눈앞의 면사여인이 천천히 옆으로 걸어 창문을 여는 게 보였다.

"악취가 심해. 도대체 몇 해나 여기에 머문 것인가?"

여인은 걸쭉한 목소리로 책망하며 창문을 열었다.

창문 너머에 갇혀 있던 바람이 불었다.

창문이 열리길 기다렸다는 듯 쏜살같이 내달린 바람은 면사여인의 면사를 흔들다 못해 벗겨내었다.

면사는 바람을 타고 날아오르다 온유성의 눈앞을 잠시 가로막고는 곧 가녀린 떨림과 함께 바닥에 몸을 뉘었다.

그제야 온유성은 여인의 얼굴을 볼 수 있었다.

사슴같이 깊은 눈, 오뚝한 콧날, 도톰한 붉은 입술, 분홍빛으로 물든 뺨.

자신이 상상했던 것은 없었다.

그저 넓고 평평한 얼굴이었다.

눈은커녕 콧날도 없었다.

누군가 나무 한가운데를 썽둥 자르고 나면 드러나는 나뭇등걸을 보는 것 같았다. 아니, 나뭇등걸이었다.

그저 나이테만이 어지럽게 얼굴 한가운데를 가로지르는…….

그것이 온유성이 세상 마지막으로 마주쳤던 얼굴이었다.

2

"생각 외로 약한걸? 충격에 죽다니. 하긴 환락분이 심장 혈관을 수축시켰을 테니……."

면사여인, 아니, 여인처럼 꾸민 나무 인형은 천천히 걸어 허리를 굽히곤 면사를 집어 들었다.

면사를 이마에 걸쳐 내려 다시 얼굴을 가린 여인은 고개를 갸웃거리며 시신을 바라보고는 중얼거렸다.

"몸을 갈라보고 싶군. 환락분의 반응이 사랑의 열병처럼 오는 놈은 처음 봤거든. 흑수문의 특별한 과정을 거친 자객들은 다 이런가? 정말 갈라보고 싶은 독특한 몸이야."

침상 위에서 상체를 일으킨 사내가 고개를 돌렸다.

면사여인 쪽이 아닌 방문이 열려 있는 방향이었다.

"필기삼괴(必忌三怪) 당소유(唐素留)……. 정말 오랜만이군."

그제야 여인은 고개를 돌려 사내를 보았다.

마치 추억할 것이 너무도 많아 몇 번을 곱씹는 것 같았다.

방문에서는 새로운 한 사내가 걸어 들어오고 있었다.

태연히, 마치 이 방이 자신의 것처럼 걸어 들어온 사내는 면사여인 어깨 위에 손을 얹었다.

좋은 옷과 괜찮게 생긴 얼굴이었지만, 왠지 어두운 기색이 얼굴 가득 뒤덮은 사내는 필기삼괴 중 한 사람이자 사천당문의 소가주인 당소유였다.

마치 내가 있으니 안심하라는 듯 당소유의 손이 어깨를 어루만지자 면사여인은 천천히 옆으로 누웠다.

당소유는 여인의 얼굴을 덮은 면사를 천천히 내려 덮어주며 말했다.

"난 자네가 죽은 줄 알았네."

탁하고 거친 목소리였다.

마치 당소유의 얼굴을 닮은 듯한 어둡고 음울한 기운이 가득 담긴 목소리였다.

그리고 그 목소린 온유성이 여인의 목소리라 여겼던 바로 그 목소리가 분명했다.

당소유가 천천히 고개를 들어 침상 위에 앉아 있는 사내를 보며 싱긋 웃었다.

"내 유일한 친구인 요안(妖眼) 소이보(蘇夷甫)가 그리 쉽게 죽었다고 믿진 않았지만 말이야."

당소유의 목소리엔 반가운 기색이 가득했다.

하지만 요안 소이보라 불린 사내는 다시 퀭한 눈을 닫고는 뒤로 몸을 눕혔다.

당소유가 코끝을 찡긋거리다 물었다.

"안 반가운가? 난 무지 반가운데……. 이젠 쳐다보지도 않는군."

당소유는 실망이라는 듯 고개를 돌려 방금 전 죽은 흑수문의 자객, 온유성의 시체를 보며 중얼거렸다.

"요안, 요안 그러더니 정말 요안이 되었군. 어찌 보면 정말 저자를 눈빛으로 죽인 셈이 아닌가! 물론 내 환락분의 효과가 겹쳤기도 했지만."

그때 당소유의 말소리를 끊으며 둔탁한 음성이 튀어나왔다.

"정말 눈빛으로 사람을 죽이니까요."

목소리가 들려온 것은 당소유가 들어온 방문 밖이었다.

'미친 소리! 눈빛이 사람을 죽이다니! 물론 저 빌어먹을 요안이 사람의 영혼을 죽이는 눈빛이라면 믿어줄 수 있지만.'

그렇게 생각하며 당소유가 흘깃 뒤를 돌아보자, 조금 오동통하고 키가 작은 사내가 들어오고 있었다.

사내의 얼굴은 귀엽게 보이는 동안이었다.

하지만 사내의 얼굴을 사선으로 가로지른 굵은 검상(劍傷)은 사내를 더 이상 어리게 보이게 만들지 않았다.

당소유는 사내를 보자 곧 눈을 동그랗게 뜨고는 믿지 못하겠다는 듯 말을 더듬었다.

"자, 자네는… 내 눈이 틀리지 않았다면 부홍(符弘)! 부홍이 맞지? 그 혈면수라(血面修羅) 부홍 말이야. 아니, 홍안자(紅顔子)가 나한텐 더 익숙하지만."

당소유 입에서 홍안자란 말이 튀어나오자 부홍이라 불린 사내의 눈빛이 번쩍였다.

그 눈빛을 보자 곧 당소유의 고개가 자라목처럼 움츠러들었다.

홍안자란 말은 곧 부끄럼쟁이를 뜻했다.

그리고 자신이 아는 한 부홍은 분명 부끄럼쟁이가 분명했다.

얼굴을 바로 앞에 두고 홍안자라 놀려도 화를 내기는커녕 얼굴을 붉게 물들이고 손톱을 질겅질겅 물어뜯으며 쪼르륵 도망가기 일쑤였던 사람이 분명 부홍이었다.

그런데 지금 눈앞에 있는 부홍은 분명 자신이 알고 있던 부홍이 아니었다.

홍안자란 말에 살기 어린 눈빛을 번쩍이며 노려볼 만큼 전혀 다른 사람이었다.

얼굴 한가운데를 가로지른 검상 때문인지 눈빛은 미쳐 날뛰었던 때와는 또 달랐다.

하지만 뒷목을 서늘하게 하는 기세만큼은 달라진 게 없었다. 아니,

더욱 강해졌다.

군림가 무인들 사이를 헤집어놓으며 잔혹한 살인을 할 때의 부흥을 잊은 적이 없던 당소유였다.

자연 자리목을 한 당소유가 조금 낮춰진 목소리로 조심스럽게 물었다.

"그 기운이 자네의 것이었군. 왠지 칼날이 목을 감싸는 것 같아 감히 방 안에 들어오질 못했거늘. 그런데 왜 나한테 그런……?"

사실이었다. 숨만 잘못 골라 쉬어도 목이 뎅겅할 것 같은 지독한 살기 때문에 자신보다 먼저 자신이 만든 연(燕)이를 들여보낸 것이었다.

하지만 그래도 살기는 누그러지지 않았고, 연이의 손가락이 소이보의 머리카락을 쓰다듬으려 할 때 살기는 폭발하듯 당소유를 덮쳤었다.

그래서 끝내 연이의 손가락은 그저 허공에 멈추어졌던 것이다.

하지만 부흥은 그 이유를 모르느냐는 듯 비웃으며 아무 말 없이 문간에 등을 기댄 채 팔짱을 끼었다.

그 행동은 만약 뒤에서 지켜보다 당신이 수작을 피운다면 언제든 손을 봐주겠다는 것을 몸으로 나타내고 있었다.

그때 이때까지 눈을 감고 뒤로 몸을 눕히고 있던 소이보가 말했다.

"무슨 일인가?"

탁하고 껄끄러운 목소리에 부흥이 곧 몸을 정돈해 세우고는 정중하게 고개를 숙이며 말했다.

"어제 말씀드렸던 일 때문입니다."

소이보가 잠시 생각하든 듯하다가 고개를 끄덕였다.

"알았다. 나중에 보자."

"예."

부흥은 힘껏 대답하고는 고개를 세웠다.

그리고는 목을 돌려 당소유를 보며 물었다.

"저자는……?"

눈은 당소유를 바라보고 있었지만, 묻는 상대는 소이보였다.

만약 소이보 입에서 처치하란 말이 나온다면, 언제든 날카로운 손톱으로 목을 갈라 버리겠다는 듯 부홍의 눈빛은 번질거리고 있었다.

당소유는 목 뒤에 소름이 끼치는 걸 느꼈다.

만약 부홍과 겨룬다면 결코 지지는 않을 것이다.

다른 사람도 아닌 사천당가의 소가주 정도 되는 실력이라면, 손을 놀려 겨룰 필요도 없이 간단하게 독을 풀어내면 끝날 일이었다.

하지만 당소유의 뇌리 속에는 홍안자 부홍이 아닌, 혈면수라 부홍의 모습이 뚜렷하게 각인되어 있었다.

더욱이 지금 부홍의 눈빛은 바로 그 혈면수라 부홍의 눈빛이었다.

피에 굶주린, 하지만 정신은 온전한 혈면수라의…….

소이보가 천천히 입술을 떼었다.

"내 친구다."

소이보의 말에 당소유는 자신도 모르게 안도의 한숨을 내쉬었다.

친구.

그 두 글자가 이렇게 크게 다가온 적은 없었다.

"친구라… 너무 믿지 마십시오. 이미 배신을 당한 우리니까요."

부홍이 묘한 눈빛을 남기고는 천천히 어둠 속으로 사라졌다.

3

"난 그 이야기가 궁금해."

"……."

당소유는 정말 궁금한지 더러운 침상 옆에 성큼 앉으며 물었다.

하지만 소이보는 아무런 말도 없었다.

하지만 당소유는 개의치 않는다는 듯 손바닥을 비비며 눈빛을 반짝였다.

"벌써 오 년인가? 아니, 육 년쯤 되었겠군. 그 요안혈로(妖眼血路)라 불리던 대장정이."

소이보는 눈을 질끈 감았다.

흥분한 듯 손바닥을 비비며 열정 어린 목소리로 말하는 당소유가 그 누군가를 생각나게 했기 때문이다.

하지만 당소유는 그만둘 생각이 없는 듯했다.

"정말 대단했어. 자네 말이야. 자네의 요안혈로를 아직도 사람들은 잊지 못한다네. 오죽하면 사람들은 만약 자네가 살아 있었다면, 다음 마도본가의 가주가 분명 요선보가 될 거라고 지금도 수군거리겠나. 바로 자네 때문이지. 자네가 다음번 마도본가를 되찾아왔을 테니까. 아, 그리고 보니 얼마 안 남았군. 마도칠가의 가주 선출을 위한 비무대회 말이야. 물론 이젠 물 건너간 이야기겠지만, 요선보가 마도칠가에서 지워지다시피 했으니……. 쯧쯧, 안타까워. 그렇게 융성했던 요선보가 하루아침에 멸망하리라고 누가 믿었겠나."

당소유의 마주 대고 비비는 손바닥이 경쾌한 소리를 만들어내고 있었다.

그 소리를 들으며 소이보는 생각했다.

'강요맹…….'

그랬다. 너무도 비슷했다.

귀기 어린 눈빛을 번쩍이며 흥분할 때마다 손바닥을 맹렬하게 비비던 하얀 머리에 매부리코를 가졌던 노인.

꼬장꼬장한 자존심 하나로 세상을 주사위처럼 굴리며 종횡했던 그 사람은 싸늘한 시체가 된 지 오래였다.

바로 소이보 자신 때문에…….

"너무 많이 죽었어."

눈을 감은 채 소이보가 말했다.

그러자 당소유의 손바닥이 멎었다.

검고 탁한 목소리가 소이보 입에서 떨어지자 그 무게에 짓눌린 것처럼 세상이 더욱 캄캄하게 느껴질 정도였다.

"그래… 그랬다더군. 나도 며칠 전까지만 해도 자네가 죽은 줄 알았으니. 그런데 왜 나한테……."

"저것 때문에."

소이보가 한쪽 편에 조신하게 앉아 있는 나무 인형을 가리켰다.

당소유가 눈을 동그랗게 뜨고는 더듬거렸다.

"우리 연아를? 왜?"

"죽은 나무토막도 움직이게 만들 수 있다면, 산 사람도 움직일 수 있게 할 수 있을 것 같아서."

"사람? 사람이야 다른 문제지. 그런데 누가……?"

당소유가 되물었을 때였다.

"저예요."

소이보의 껄끄러운 목소리가 아니었다. 마치 작은 새가 울 듯 뾰족한 목소리가 당소유 뒤에서 튀어나왔다.

흠칫 놀란 당소유가 돌아보자 거기엔 날개 꺾인 새마냥 작은 들 것에 대똑 올라앉은 작은 여자가 있었다.

"당, 당신은?"

당소유의 눈이 동그랗게 변했다.

잊을 수 없는 얼굴이었다. 하지만 기억 속의 얼굴과는 많이 달랐다.

작은 각궁을 손에 들고 세상 무서울 것 없이 치달려 가던 예쁘고 표독한 여인. 당소유 기억 속의 곽예주는 그랬다.

하지만 지금 곽예주는 낯선 모습을 하고 있었다.

작고 어린 새가 폭풍우에 휘말려 땅에 떨어진 초라한 모습이었다.

통통했던 분홍빛 뺨은 홀쭉하니 들어가 크고 퀭한 눈만 얼굴을 가득 채우고 있었다.

앙상한 어깨 아래로는 왼팔만 남아 덜렁거렸고, 왼발과 오른발은 기이한 각도로 꺾여 의자에 간신히 몸을 기대는 것도 힘들어 보일 정도였다.

"곽 소저가 아니오? 어찌 이런 일이……."

당소유는 귀신이라도 보는 듯한 느낌이었다.

자신이 들은 삼팔구는 모두 죽었다. 살아 있는 사람이 없었다.

마도칠가를 피로 젖게 만든 요안혈로의 신화만큼, 그 주인공들의 처참한 죽음 역시 오랫동안 이야깃거리가 되었기 때문이다.

그 이야기 속에 곽예주 역시 그랬다. 예쁘장한 겉모습만큼이나 표독하고 강렬한 인상을 심어준 활 솜씨, 그리고 처참한 죽음…….

아마도 흑수문 표안의 손에 죽었다던가? 두 개의 쇠구슬 아래에서 가슴이 짓이겨진 채 죽었다고 들었다.

하지만 멀쩡히 눈앞에 살아 있어 놀랐고, 살아 있는 것만 못한 지금의 모습 때문에 더 놀라야 했다.

곽예주는 당소유의 경악 어린 표정을 보자 입을 삐죽이며 고개를 돌리며 중얼거렸다.

"이럴 필요 없다고 해도……."

하지만 쌜쭉한 표정에서도 예전과 같은 싱싱함은 더 이상 없었다.

작은 방 안. 아마도 곽예주가 생활하던 곳인 듯 방 안에서 곽예주와 당소유는 나란히 있었다.

"험험."

당소유는 민망한 표정과 함께 헛기침을 했다.

방 안에 여자와 단둘이 있어 본 것은 연아가 죽은 이후로 처음이었다.

곽예주 역시 마찬가지인지 삐친 듯 침상 위에서 돌아앉아 고개를 숙이고 있었다.

오랜 시간의 정적을 당소유가 먼저 깨었다.

"사실 사람의 몸이란 우주와 같소. 하나를 움직이면 천 개의 기운이 따라서 변하고 움직이지. 그래서 피부에 침 하나 놓는 것도 이치에 맞지 않으면 큰 병이 되기 쉽소. 신경을 죽이고 혈관을 뽑아 가지런히 정돈한 다음, 뼈에 이어 붙인다는 게 그리 쉬운 게 아니오. 또 이게 가장 어려운 일인데… 옷도 벗어야 한다오……."

마지막 말은 거의 기어들어 가는 수준이었다.

사실 병자를 치료하는 수준을 넘어 손과 발을 따로 마련하고 움직이게 하는 일은 불가능에 가까웠다.

하지만 당소유에겐 벗은 여자의 몸과 피부를 맞대고, 또 봐야 한다는 게 더 불가능한 일이었다.

"벗는 게 뭐가 어렵다고……."

곽예주는 피식 웃고는 돌아앉았다.

힘없는 왼손을 겨우 쳐들어 옆에 묶은 끈을 풀자 상의가 힘없이 흘러내렸다.

"어어… 이게 아닌데……."

당소유는 질끈 눈을 감았다.

"이미 죽은 몸이야. 숨만 붙어 있을 뿐……."

곽예주가 씁쓸하게 웃으며 자신의 가슴을 보았다.

당소유가 두근대는 가슴을 진정시키며 실눈을 떴고, 드디어 볼 수 있었다.

앙상하고 볼품없는 가슴을…….

봉긋하게 솟아 있어야 할 가슴보다 가슴 위로 도드라져 나온 앙상한 갈비뼈가 눈에 먼저 들어왔다.

그리고 가슴과 가슴 사이에는 무언가 뜨거운 걸로 지진 듯해 보이는 흉한 상처가 가득 메우고 있었다.

아마도 오래전에 활이나 다른 뾰족한 물건에 깊이 찔린 게 틀림없었다.

뼈가 드러나 보이는 앙상한 가슴엔 푸른 정맥만이 어지럽게 뿌리를 이어 내려가고 있었다.

입을 헤 하고 벌린 채 얼빠진 표정으로 지켜보던 당소유가 저도 모르게 툭 하고 내뱉었다.

"아… 아름답소"

"……?"

곽예주가 노려보자 당소유는 곧 실태를 깨닫고는 고개를 푹 숙였다.

눈썹이 치켜 올라간 채 곽예주가 뾰족한 목소리로 말했다.

"너가 죽고 싶어서… 이런 염병을… 이… 이런……."

미안한 듯 고개를 숙이고 있던 당소유가 얼른 두 눈을 떴다.

상대는 모르긴 몰라도 활로 유명했던, 아니, 활보다는 그 드센 성질
머리로 유명했던 여자였다.

잠시 잠깐 사이에 미간 사이가 뻥 뚫려 죽을지도 모른다는 위기감에
얼른 눈을 뜨고 경계를 했지만, 그 어디에도 화가 나 길길이 뛰는 곽예
주는 없었다.

단지 흐느끼듯 거친 숨소리로 쌔근거리며 두 눈가가 촉촉하게 젖은
가녀린 병든 소녀만이 있을 뿐이었다.

당소유는 꿀꺽 마른침을 넘기고는 조심스럽게 말했다.

"아, 아니오. 정말 아름답소. 아름다운 걸 아름답다고 한 게 뭐가 잘
못이란 말이오. 나 당소유는 죽을지언정 거짓말은 안 하고 살았다오.
어쩌면 연아의 가슴보다 더 아름답다고 진정 느꼈다오."

진실이 통한 것인지, 곽예주의 뺨에 홍조가 어렸다.

한낱 나무토막으로 만들어 다닐 정도로 당소유의 연아라는 여자에
대한 사랑은 깊고 깊었다.

그런 여자의 이름을 말하며 더 아름다웠노라고 말한다면, 필시 거짓
은 아닐 게 분명했다.

"하긴 그럴지도……."

곽예주는 조그맣게 말하며 침상 한쪽 끝을 걷고 고개를 숙여 내려다
보았다.

"이 사람이 이렇게 있는 게 나도 예뻐 보이니까. 한 번도 예뻐 보였던 적이 없는 사람이었거든."

당소유가 당황했는지 어라? 하는 표정과 함께 몸을 일으켜 곽예주가 앉아 있는 침상의 끝을 보았다.

거기엔 텁석부리 장정이 누워 있었고, 곽예주의 손길이 그 장정의 뺨을 어루만지고 있었다.

"설마… 저 사람은?"

당소유가 기절할 듯 놀라며 중얼거렸다.

굳이 묻는 게 아니란 걸 알면서도 곽예주는 고개를 끄덕였다.

"맞아, 둔비. 그 곰 같던 사내가 지금은……."

"이런!"

당소유는 손으로 이마를 짚었다.

곰 같은 사내 둔비, 화등잔만한 눈알로 세상을 굽어보며 쇠 종소리로 껄껄대던 사내.

하지만 지금 누워 있는 사내는 둔비가 아니었다.

둔비라면, 저렇게 사슴의 다리보다 더 앙상한 몸으로 죽은 듯 누워 있진 않았을 테니까.

처음 봤을 때는 죽은 줄 알았다. 아니, 죽었다고 들었었다.

하지만 죽은 것과 다름이 없었다.

당소유가 처음 놀란 것도, 이 방 안에 살아 있는 사람의 기척이 느껴진 건 당소유와 곽예주 단둘뿐이었으니까.

그만큼 둔비의 숨소리는 낮았고, 파삭파삭하게 말라붙은 앙상한 살에는 굵은 혈관만이 도드라져 나와 있었다.

당소유가 얼른 침상 위로 올랐다.

검지와 중지로 둔비의 목 한쪽을 짚어 맥을 헤아렸다.

눈을 까뒤집어 보고 손바닥으로 배를 몇 번 눌러보더니 곧 고개를 돌려 물었다.

"얼마 동안이나 이렇게?"

"몰라."

곽예주는 고개를 젓다가 곧 씁쓸하게 웃었다.

"죽은 것처럼 살았으니까. 아니, 죽은 것보다 못하게 살았으니까."

당소유는 다시 고개를 돌려 둔비를 보았다.

눈앞에 앙상한 곽예주의 가슴을 다시 보자 심장이 급격하게 뛰었기 때문이다.

"오륙 년쯤 되었으려냐? 어느 놈인지는 몰라도 돌팔이가 손본 솜씨는 아니군."

"명의라고 하더군. 하지만 죽지는 않아도 다시는 깨어나지 못할 거라고……."

곽예주가 체념한 목소리로 말했을 때 당소유가 신중하게 둔비의 몸을 어루만지며 말했다.

"명의라면 그렇겠지. 나 또한 명의는 아니고. 하지만 사의(死醫)라면?"

"……?"

"잊었나 본데, 내가 이래 봬도 사람 몸에 대해 좀 안다오. 죽음과 연결짓는 공부라 좀 그렇지만, 우리 집안이 그런 데 밝지 않소? 곧잘 죽음으로 몰아넣기도 하지만, 죽음에서 건져 올리는 솜씨도 제법이라오."

"……!"

곽예주의 눈이 다시 동그랗게 떠졌다.

이제야 당소유가 독과 암기로 유명한 사천당문(四川唐門)의 소가주란 걸 깨달았기 때문이다.

쌀알만한 독으로 몇십 명을 죽이는 가문이라면, 또한 살려내는 것 역시 가능할지도 몰랐다.

"살려! 아니, 살려내! 그래야만 해!"

곽예주의 목소리가 한 뼘쯤 높아졌다.

그제야 예전 곽예주의 꾀꼬리 소리 같다는 생각을 하며 당소유가 웃었다.

"좋소! 내 살리리다. 예전 같진 않겠지만 적어도 말은 하고 눈으로 볼 수는 있을 거요. 잘린 귀 역시 이상만 없다면 들을 수도 있을 거요. 내 곽 소저의 사랑하는 사람을 그냥 둘 수는 없으니······."

"사랑? 쿄호호호. 무슨 얼어죽을 사랑! 그냥 친구야, 아니, 가족이지. 어쩔 때는 저놈이 오빠가 되고, 어떨 때는 내가 누나가 되는······."

곽예주의 목소리에 생기가 돌았다.

앙상한 가슴에서 내뱉은 말이라고 믿어지지 않을 만큼 윤기 나는 뾰족한 목소리였다.

"좋소! 좋아! 아주 좋아!"

당소유는 저도 모르게 흥분했다.

같은 삼팔구에서 오래 생활했고, 또 비록 시체처럼 누워 있는 사람이었지만 같은 침상에서 생활해 온 것 같아 혹시 두 사람이 정분이 난 게 아닌가 했지만, 곽예주의 깔깔대는 목소리 하나로 모든 것을 알 수 있었다.

그저 둔비의 입을 열어 미음을 먹이고, 대소변을 받아내기 위해 곁에 둔 것이었다.

마치 친오라비나 남동생의 병 수발을 들 듯이.

그 사실에 자신도 모르게 흥분한 당소유는 앙상한 광대뼈 아래로 털만 수북이 자라 있는 둔비의 얼굴이 이뻐 보일 정도였다.

그리고 그 턱수염 위로 희고 앙상한 가슴이 떠올랐다.

그게 사랑하는 연아의 가슴인지, 아니면 곽예주의 앙상한 가슴인지 자신도 구분할 수 없어 두 눈을 질끈 감은 당소유가 말했다.

"그나저나, 다 죽었다고 들은 삼팔구 사람들이 모두 살아 있는 듯하구려. 어디에 있소? 다 만나보고 싶소만."

"……."

하지만 등 뒤로는 아무 대답도 들리지 않았다.

죽었다던 소이보와 부홍, 그리고 곽예주에 둔비까지 살아 있으니 다른 사람들도 분명 살았다고 생각했다.

그러나 갑작스런 정적에 등 뒤로 돌아본 당소유 눈에는 앙상한 손으로 옷을 끌어 올려 더 앙상한 가슴을 가린 채 두 눈에 눈물을 가득 담은 곽예주만을 볼 수 있었다.

"다 죽었어."

"……!"

"지반월도… 사검정도… 강 대주도… 다 죽었어. 모두 다……."

곽예주의 슬픈 눈에 세상이 꺼질 것 같은 느낌을 받은 당소유가 두 눈을 다시 질끈 감았다.

아무리 떠올리려 노력해도 더 이상 떠올려지지 않던, 그래서 목각 인형 얼굴을 그저 텅 비게 만들어야 했던 연아의 얼굴이 그 순간 곽예주 얼굴 위에 겹쳐 보이고 있었기 때문이다.

◆ 第九章 ◆
무당산 해검지

무당산 해검지 1

둔비의 여윈 몸 위엔 침이 빼곡이 박혀 있었다.

치료는 밖에서 하는 게 아니었다. 환자의 몸이 스스로 고치는 것이었다.

하지만 둔비의 몸은 그럴 힘조차 없었다.

그래서 당소유가 제일 먼저 한 것은 몸 안의 기운을 한데 모아 북돋아주는 것이었고, 그래서 침을 선택한 것이었다.

"아하… 그랬던 것이었구려."

당소유는 한숨을 내쉬었다.

요안혈로에 대한 이야기를, 마도칠가의 도산검림을 헤쳐온 전설이 되어버린 이야기를 그 당사자에게 들으니, 마치 자신이 거기에 있었던 것과 같은 착각이 들 정도였다.

곽예주는 힘없는 시선으로 둔비 몸 위에 꽂힌 침들을 내려다보며 말했다.

"그런 거야. 그렇게 된 거지."

"그런데 왜 둔비, 아니, 둔 협사가 여기에 와 있는 거요? 거기서 죽었다고 들었고, 또 일이 그렇게 되었다면 분명 죽어야 했거늘."

곽예주가 다시 한숨을 나지막이 내쉬고는 말했다.

"나는 굉요가 구했지만, 둔비는……."

"……?"

"문기서가 구했지. 범 대장도, 부홍도, 요안도……. 다 문기서가 구했어."

"……!"

약간 충격을 받았는지 당소유가 어버버거릴 뿐 말을 잇지 못했다.

문기서에 대해선 이미 들을 만큼 들었다.

최악의 배신자이자 동무군의 배다른 동생. 그리고 이젠 마도칠가를 실질적으로 움직이는 위치에 선 자.

요안이 죽은 날, 아니, 죽었다고 알려진 날 이후로 동무군은 폐관수련에 들었다.

그게 요안에게 얻은 상처 때문이란 소문이 돌았고, 그래서 요안이란 이름은 중천의 태양보다 더 찬란하게 떠올랐지만 이미 요안은 죽은 후였다.

그래서 예영당은 철저하게 동기서, 아니, 문기서란 이름으로 더 익숙한 사람의 손아귀에 들어간 지 오래였다.

그런 문기서가 요안을 살렸다니?

어안이 벙벙해진 당소유를 보며 곽예주가 말했다.

힘없는 목소리로.

"그때, 그러니까 수상방의 방주인 삼안조용과 소이보가 한 수 겨루러 갔을 때 문기서가 우리에게 물었어. 진짜 죽을 각오가 되어 있냐고. 진짜 요안을 위해 죽을 거냐고. 그래서 우리는 죽을 수 있다고 했지. 그때 문기서는 우리 한 사람 한 사람에게 비밀리에 해야 할 일을 지정해 주었지. 그래서 이렇게 된 거야. 결국 문기서의 의도대로 일은 진행되었지. 난 그때 일을 후회해. 죽을 수 있냐고 해서 죽을 수 있다고 했을 뿐이야. 내가 살아남을 거라곤 생각하지 않았어. 살아서 이런 아픈 헤어짐을 또 한 번 얻어야 한다는 걸 알았더라면……."

"그러니까 그 문, 문기서가, 그러니까……."

당소유는 이해되지 않아 말을 더듬었다.

"그래, 요안만 몰랐지. 우리는 알았어. 우리가 죽을 거라는걸. 하지만 몇몇은 죽고 몇몇은 살았지. 죽은 자는 편안하겠지만, 산 자는 결코 그렇지 못해."

"문, 문기서가… 이런……."

이해되지 않는 듯 당소유는 그 말만을 연거푸 뱉어내고 있었다.

곽예주가 말했다.

"복잡한 것은 묻지 마. 오늘이 그날이니까 너도 곧 알게 될 거야."

"무슨?"

"지켜봐. 재미있을 거야."

당소유가 이해가 안 된다는 듯 고개를 외로 꼬다가 문득 궁금해 미치겠다는 얼굴로 물었다.

"그런데 왜 자꾸 반말을 하는 거요? 나이는 내가 더 많아 보이는데."

"싫으면 너도 해."

곽예주의 대답은 짧고도 간결했다.

그래서 더 당황한 당소유는 고개를 끄덕이며 말했다.

"아, 알았어……."

소이보는 깊은 방 안에 눈을 감고 있었다.

모든 것이 귀찮고 권태롭고 짜증났다.

'오늘이야……'

소이보는 속으로 그렇게 생각했다.

그 빌어먹을 낯짝을 구겨주는 것이 바로 오늘이었다.

지긋지긋한 몇 년의 세월이었다.

그리고 죽음보다 더한 시간이었다.

동무군과 부딪치고 정신을 잃은 후, 처음 다시 정신이 든 것은 거의 삼 년이 흐른 후였다.

그리고 그 시간 동안 소이보는 악몽을 꾸어야만 했다.

비중이 남겼다는 석상들은 이제 하나가 아니었다.

악몽 속에서 석상들은 모두 넷이었다.

처음 영겁의 시간으로 자신의 무릎을 꿇게 했던 석상과 비슷한 기운과 형태를 가진 석상은 넷으로 불어나 있었다.

아지랑이처럼 형태도 채 갖추어지지 않은 석상은 온갖 삼라만상의 변화를 그려내었고, 또 다른 석상은 한 손엔 지옥의 불길처럼 타오르는 검을, 다른 한 손에는 얼음처럼 차가운 칼을 들고 번갈아 내밀고 있었다.

다른 하나는 태산과도 같았다.

솜털처럼 가볍게 허공으로 떠올라 한 점에 멎었던 검은 곧 태산과도 같이 소이보를 내리눌렀다.

그 가운데서 질식할 것 같은 위압감과 죽음의 공포 속에서 발버둥을
쳐야만 했다.

석상들은 익숙하면서도 낯설었다.

석상들이 어디서 왔는지는 알 것 같았다.

팽유로부터 전해 들었던, 비중이 남겼다는 일곱 개의 석상 중에 넷
이 분명했다.

하지만 소이보는 그런 얘기들은 머리에 떠오르지도 않았다.

그 석상들은 분명 한 사람으로부터 튀어나왔기 때문이다.

예영당주 동무군, 바로 그 사람이었다.

처음으로 부딪친 순간, 동무군의 칼끝에서 보았던 익숙한 기운들이
었다.

자신이 예전 꿈에서 마주쳤던 석상의 기운과 빼어 닮듯 닮았으면서
도 무언가 다른 그 어떤 것이 담겨 있는 석상들은 분명 동무군의 칼끝
에서 튀어나온 것이었다.

자신처럼 동무군 역시 석상의 무공을 알고 있는 게 틀림없었다.

단지 자신이 생생하게 꿈속에서 마주쳤던 기운과는 달리, 무언가 생
생하게 살아 있는 기운이 모자라다는 것뿐 전혀 다를 것이 없었다.

소이보는 왜 그런 것인지 알 수 있었다.

오래전 언젠가 비중의 유물을 얻기 위해 전대 성녀가 가주 몇을 데
리고 비중이 남긴 석상을 얻기 위해 갔었다고 들었다.

하지만 인간의 몸으론 석상의 기운을 이겨낼 수 없어 가주들은 미치
거나 죽었다고도 했다.

그러나 미치지 않은 사람, 아니, 미친 사람들 중 한 사람만은 그 석
상의 기운을 기억하고 무언가 그림이나 글로 남긴 게 틀림없었다.

'아마도 예전 예영당주겠지.'

소이보는 그렇게 생각했다. 틀림없었다.

그렇지 않았다면 동무군의 칼끝에서 석상의 기운이 뻗어나올 리가 없었다.

만약 그렇지 않았다면, 지금까지 소이보를 괴롭히는 악몽 또한 없었을 것이다.

네 개의 석상은 마치 소이보의 온몸을 난도질하고 으깨어 버리겠다는 듯 사납게 달려들었고, 그 사이에서 소이보는 발버둥을 쳐야만 했다.

자그마치 삼 년 동안이나……!

그리고 힘겹게 눈을 떴을 때, 소이보 눈에 제일 먼저 낯선 얼굴이 들어왔다.

범우, 하지만 범우는 더 이상 민둥머리가 아니었다.

마치 산발한 듯이 길고 긴 머리를 양쪽 어깨까지 내려뜨린 모습이었다.

예전엔 없었던 눈가의 가느다란 잔주름까지 보였다.

"시간이?"

"삼 년이다."

소이보가 물었고, 걱정 가득한 눈길로 범우가 대답했다.

그리고 이어지는 이야기는 막 석상의 악몽에서 깨어난 소이보로서도 이겨내기 힘든 이야기들이었다.

지반월이 죽었다. 사검정이 죽었다. 강요맹이 죽었다. 둔비는 숨만 붙어 있는 시체가 되었고, 곽예주는 병신이 되었다.

요선보는 망했다. 수상방 역시 망해가기 일보 직전이었다.

모든 게 자신 때문이었다.

요안, 그 한 사람만을 위해 모든 사람이 죽고 다쳤다.

하지만 참을 수 없는 것은 그 모든 일을 만들어낸 문기서를 용서해야만 한다는 것이었다.

"그 아이는 해야만 하는 일을 했던 것뿐이다."

범우는 딱딱한 목소리로 그렇게 말했다.

"네 실력으론 동무군을 이길 수 없다고 했다. 하지만 몇 년 후에는 이길 수 있다고, 분명히 이길 거라고도 했다. 그리고 마도본가의 가주가 된다고 했다. 그래서 목숨 몇 개가 필요하다고 했고 우리는 동의했다, 믿었기 때문에."

그 모든 게 요안을 위해서라고 범우는 말하고 있었다.

"거짓말, 그자는 배신자일 뿐입니다!"

부홍은 그때 그렇게 외쳤다.

"난 내가 죽는 줄 알았어요. 내가 죽는다고 믿었어요. 그때 그 자식은 웃으며 그렇게 될 거라 했어요. 친구들을 위해, 동료를 위해 넌 죽을 것이다. 그놈은 내 믿음을 배신했어요. 그놈은 내 손에 죽어요."

부홍은 벌게진 눈으로 그렇게 말했다.

'배신자?'

소이보는 그때 하마터면 웃을 뻔했다.

부홍이 의미하는 배신자란 말이 무엇을 뜻하는 것인지 알 것 같았기 때문이다.

결국 죽을 줄 알았더니 살아남았기에 배신자라고 말하는 것이었다.

소이보를 위해서, 요안을 위해서 죽지 못했기에, 그래서 동료들을 따라가지 못했기에 배신자라고 하는 것이었다.

채 완치되지 않은 몸을 억지로 일으켜 검을 잡아가는 소이보에게 범우는 물었다.

"어디로 가느냐?"

"죽이러요."

심드렁하게 대답하는 소이보의 어깨에 범우가 두 손을 올려놓고는 말했다.

"문기서의 책임이 아니다. 강 대주의 뜻이었다. 내 뜻이었다. 사검정, 지반월의 뜻이었다. 네 어깨엔 그 사람들의 목숨이 올려져 있다. 가볍게 움직이지 마라."

소이보는 그때 범우의 눈에서 눈을 떼지 못했다.

그때 처음 범우의 젖은 눈을 보았기 때문이다.

같은 부모를 잃고, 동생의 어깨를 붙잡은 채 울음을 목 가득 구겨 넣으며 열심히 살아야 한다고 다짐하는 형의 눈빛이 거기 있었다.

그리고 마지막 한마디.

"몇 년만 참아라. 그때도 지금과 같다면 내가 참지 않는다."

범우의 젖은 눈이 불타고 있었다.

그래서 소이보는 몇 년을 죽은 듯 살았다.

때때로 닥쳐오는 악몽에 시달리며…….

그리고 오늘 드디어 문기서를 만나는 날이었다.

문기서가 다짐한 날이 바로 오늘이었기 때문이다.

둔중한 두통이었다.

마치 바위로 머리를 짓이기는 듯한 고통이었다.

눈알까지 앞으로 튀어나올 듯한 고통에 힘겹게 두 눈꺼풀을 들어올리자 방 안엔 아무것도 없었다.

세상이 뿌옇게 보였다. 목 안이 칼칼했다. 굳이 얼굴을 비춰보지 않아도 벌겋게 충혈되어 있을 게 분명했다.

항상 그랬다, 그 악몽의 날 이후로 몇 년간을…….

나른한 느낌과 함께 잠에 빠져든 소이보는 여지없이 악몽을 꾸었다.

그때마다 소이보 몸에서 뻗어 나오는 엄청난 기세를 감당할 수 있는 사람은 없었다.

아마도 또 한 번 잠에 빠져들었고, 또다시 악몽을 꾼 것일 게다.

이미 소이보가 악몽을 꿀 때면 어떻다는 것을 알고 있는 사람들은 아예 방 안에 들어올 생각도 하지 않았다.

"빌어먹을……."

나직한 욕설이 소이보 입에서 튀어나왔다.

가벼운 발자국 소리가 점점 가까이 다가오고 있었고, 그 발자국의 주인이 누군지 알 것 같았기 때문이다.

아니, 지난 세월 동안 단 한 번도 잊어본 적이 없는 사람이었다.

그리고 어두운 방 안이 왠지 환해진다는 느낌과 함께 그 사람이 들어서고 있었다.

사람 좋아 보이는 웃음을 항상 떠올리고 있는 사내, 바로 문기서였다.

2

"생각보다 좋아 보이는군."

문기서가 싱글싱글 웃으며 말했다.

"살아야 했으니까."

소이보의 껄끄러운 목소리에 문기서가 다시 웃었다.

"살아야 할 이유가 있다는 건 좋은 일이지."

소이보의 요안이 문기서를 향했다.

어둠 속에서도 요안은 제 빛깔을 잃지 않았다.

하지만 문기서는 태연히 웃고 있었다.

소이보의 살아야 할 이유, 그것이 자신의 목숨을 노리기 위해서라는 것쯤은 문기서도 알고 있었다.

그런데도 문기서는 웃었다. 더욱이 어깨까지 으쓱거리면서 말했다.

"그런 눈으로 보지 말게, 뒷골이 다 땡기는 것 같으니."

문기서는 뒤를 쓰윽 스쳐보듯 돌아보고는 다시 웃었다.

뒷골이 섬뜩한 이유는 부홍 때문이었다.

문밖에선 부홍이 일그러져 조막손이 되어버린 두 손을 버릇처럼 이 사이에 넣고 깨물고 있었다.

언제든 수틀리면 문기서 뒷목을 갈라 봐야겠다는 듯 두 눈빛을 반짝이는 부홍을 보며 소이보가 생각했다.

'당소유에게 부탁을 하나 더 해야되겠군.'

아마도 당소유라면 부홍의 일그러진 조막손 대신 제법 괜찮은 의수를 달아줄 수도 있을 거란 생각이 들었다.

곽예주는 물론, 시체처럼 누워 있기만 한 둔비도 어쩌면 고칠 수도 있을지 모르겠다는 얘기를 들었기 때문이다.

사실 정신이 든 후 곽예주의 일그러진 몸을 보고 제일 충격을 받은 것은 소이보였다.

그리고는 그 즉시 당소유를 떠올렸다.

어쩌면 당소유라면……. 하지만 그 즉시 범우의 반대에 부딪쳤다.

그 빌어먹을 몇 년의 세월이 지난 후에야 가능하다는 것이었다.

숨죽인 채 지내야 하는 몇 년이었다.

왜 기다려야 하는지, 아니, 기다리는 게 도대체 무엇인지도 모른 채 지내야 하는 시간이었다.

몇 년, 천형과도 같은 시간이 지난 후 당소유를 부를 수 있었다.

문기서가 말했던 바로 그때가 된 것이었다.

그렇게 드디어 나타난 문기서는 웃고 있었다.

"아무튼 시간이 없어. 비밀리에 이리 오느라 얼마나 힘들었는지 자네는 모를 거야."

문기서는 마치 난 자네에게 책망받을 일은 하나도 안 했다는 듯 해실해실 웃었다.

하지만 눈빛을 거두지 않는 소이보를 보며 문기서가 깊은 한숨을 내쉬었지만, 누가 봐도 진짜 낙담해서 내뱉는 한숨이 아니란 것쯤은 알 수 있었다.

"도대체 어떻게 해야 한단 말인가. 내가 뒷등을 찌를 기회를 달라고 했고, 뒷등을 찔렀어. 그러니 이젠 배신 같은 건 하지 않아. 너의 충실한 종이니까."

"또한 동무군의 종이기도 하고. 아니, 동생이라던가?"

"동생? 푸하! 동무군은 동무군이야. 절대 동생 따윈 있을 수 없지. 나 역시 그자를 형이라고 생각한 적은 한 번도 없어."

"하지만 그자의 개가 되어 꼬리를 흔들고 다닌다 들었다. 마도칠가가 너의 손아귀에 들어온 거나 다름없다는 얘기도 들었고."

"그래, 거의 내 손에 들어왔지. 하지만 네 말대로 난 개야. 동무군의 개. 동무군이 폐관수련에서 나온다면 제일 먼저 목을 매달 개지. 그러나 개의 주인은 따로 있어. 요안, 바로 너만을 위한 개다. 나 문기서는……."

문기서는 얼굴에서 웃음을 지우고는 소이보의 시선에 눈빛을 맞추었다.

절대 소이보의 요안에 지지 않는 강렬한 눈빛이었다.

"그럼 지금 목을 베어도 아무 소리 안 하겠군."

한참 동안 말이 없던 소이보가 히죽 웃으며 말했다.

그러자 문기서는 곧 의자에서 엉덩이를 떼고는 땅바닥에 무릎을 꿇었다.

"언제든, 원한다면! 하지만 피 값을 자꾸 올려놓지 마라. 내가 갚을 피가 점점 늘어나니까."

"피 값?"

"피는 피로 갚는다. 생명은 생명으로 갚는다."

"누구의 생명으로 누구의 생명을 갚지?"

말하는 소이보의 목소리는 조금 떨렸다.

무릎 꿇은 문기서 얼굴 위로 숨겨 간 지반월이 행복한 꿈이라도 꾸는지 미소를 짓고 있었다.

사검정이 근엄한 표정을 짓고 있었다.

강요맹이 얄팍한 입술을 움직이며 웃고 있었다.

이 사람들, 나를 위해 스러져 간 사람들의 목숨을 과연 누구의 목숨으로 갚을 수 있단 말인가.

그때 문기서가 말했다.

"내 생명으로, 또한 네 할아버지의 생명으로."

문기서의 말이 끝나기 무섭게 소이보의 몸이 튀어 올랐다.

그리고 문기서의 목을 잡아갔다.

"컥!"

문기서의 울대 사이로 격한 신음성이 토해졌다.

하지만 이미 이렇게 될 줄 알았다는 듯 문기서의 눈빛만은 흔들리지 않고 충혈된 소이보의 눈을 보고 있었다.

"함부로 입 놀리지 마라."

소이보가 으르렁거렸다. 마치 지옥 저끝에서부터 울려 나오는 듯한 울림이었다.

"장… 컥… 장난이 아니다."

문기서는 토해지지 않는 숨을 억지로 몰아쉬듯 더듬으며 말했다.

소이보는 말없이 문기서를 보았다.

벙어리 할아버지, 그 얘기만은 꺼내지 말았어야 했다.

자신을 위해 죽어간 모든 목숨이 소중했지만, 할아버지만큼은 특별했다.

또한 할아버지를 거론하지 않았다면, 너무도 허술했던 문기서의 암습 따위에 당하지 않았을 것이다.

만약 심장이 다른 사람과 달리 오른편에 붙어 있지 않았다면, 이미 싸늘한 시체가 되어 백골만 남아 흙 속에 파묻혀 있을 것이었다.

그런데 그 입으로 할아버지란 말을 꺼내놓다니.

"할아버지는 사… 살아 계… 계신다."

"……!"

소이보의 손아귀엔 더 이상 힘이 들어가지 않았다.

문기서는 소이보의 손에서 천천히 몸을 빼내고는 한참을 쿨럭대고는 천천히 말을 이었다.

"나는 그렇게 생각했지. 무당파를 움직일 수는 없을까? 요선보와 앙숙인 무당파를 움직인다면, 예영당의 뒤통수를 멋지게 칠 수 있을 텐데라고. 무당파에 태극혜검을 돌려준다면, 그것도 살아 있는 태극혜검을 돌려준다면 움직일 수 있지 않을까? 하는 생각이 떠올랐지. 멋진 계획이었어. 태극혜검에 통달한 무인이라면, 어쩌면 동무군과 평수를 이룰지도 모른다고 생각했어. 더욱이 무당파라면 마도칠가 손에서 벗어날 동안 우리를 보호해 줄 거라 생각했지. 하지만 무당파는 나와의 약속을 배신했지. 도리어 동무군과 뒤로 또 다른 추악한 거래를 한 거야. 향후 오 년 동안 서로 침범하지 않는 불침범 계약을 맺은 거지. 멍청한 놈들. 오 년이라면 네 할아버지로부터 태극혜검의 진수를 얻을 거라고 생각한 거야. 네 어수룩한 할아버지는 네놈이 무사하다는 무당파 장로들의 말만 믿고 멍청하게 제 발로 무당산에 올랐고, 끝내 갇혔지. 일은 그렇게 된 거야. 그래서 사검정이 죽고, 강 대주가 죽고, 지반월이……."

"할아버지와 무당파는 무슨 관계지?"

소이보가 물었다.

맨 처음엔 무당파를 배신한 채 요선보 손에 보호받는 사람으로만 알고 있었다. 하지만 태극혜검이란 고상한 검법은 절대 배신자의 추악한 사람이 익힐 수 있는 것이 아니었다.

할아버지와 무당파, 무슨 관련이 있는 것은 분명했지만 신경 쓰질 않았다. 아니, 쓰고 싶지가 않았다.

그저 지켜주리라, 영원히 함께하리라 믿었다.

하지만 결과는 반대였다.

할아버지는 자신을 지키러 동무군과 겨루었고, 끝내 죽었을 거라 믿었다.

그건 죽음보다 더, 지옥보다 더한 고통이었다.

그런데 지금 문기서는 할아버지가 살아 계시다고 말하고 있지 않은가!

"만나보고 싶나?"

"어디 계시지? 아! 무당산이로군!"

마음이 급해졌다. 머리가 혼란스러워졌다.

허둥대며 검을 찾다가 곧 옷부터 갈아입어야겠다는 생각이 들어 발을 되돌렸다.

그런 소이보의 모습을 보며 문기서가 웃으며 말했다.

"그전에 한 사람을 만나야 해. 그래야 할아버지를 구할 수 있으니. 아니, 우리 모두를 구할 수 있으니까. 또한 그래야 피 값을 되갚을 수 있을 테니까."

문기서의 웃음이 어둠 속에서 더욱더 짙어졌다.

3

무당산의 위용은 멀리서도 충분히 보였다.

고고한 듯 세 개의 봉우리는 마치 세상 만물을 내려다보듯 안개를 허리 아래로 두른 채 그렇게 우뚝 솟아 있었다.

해검지(解劍池).

비석은 그리 크지 않아 소이보 허리춤의 반밖에 되지 않았다.

하지만 이끼를 등에 올리고 오랜 세월 비바람에도 무너지지 않은 채 우뚝 서 있는 기세는, 과연 강호에 왜 무당파의 이름이 떨쳐 울리는지 알려주는 것 같았다.

해검지가 유명한 것은 그 크기가 크거나 위용이 대단해서가 아니었다.

무당산에 오르려는 무인은 해검지에서 검을 풀어 괘검수(掛劍樹)에 걸어야 했기 때문이다.

그게 무당에 대한 예의였고, 또 다르게는 무당의 이름을 과시하는 증표가 되었다.

소이보는 감상에 젖은 눈으로 괘검수를 바라보았다.

무당의 연륜만큼이나 오래되어 보이는 나무였다.

무림 역사상 이름을 떨친 사람치고 이 나무에 검을 걸지 않은 사람은 없었다.

하지만 소이보의 감상은 그 사람들을 향한 게 아니었다.

'아마도 할아버지 역시…….'

아마도 그랬을 것이다. 아니, 어쩌면 무당의 도사였을 수도 있으니 그냥 검을 차고 올랐을지도 몰랐다.

하지만 언젠가 할아버지의 눈빛이 저 나무에 닿았을 것이다.

어쩌면 이 해검지가 써져 있는 오래된 비석 역시 할아버지의 손길이 스쳐 갔던 때도 있었을 것이다.

그렇게 생각하며 소이보는 해검지란 비석을 손끝으로 어루만졌다.

그때 해검지 넘어 저쪽에서 인영 몇이 이쪽으로 빠른 속도로 다가오는 게 느껴지자, 소이보는 머리에 쓴 죽립의 끝을 내려 얼굴을 가렸다.

"무량수불, 시주께서는 어디서 오시는 길이신지."

깡마른 도사였다. 나이는 이제 오십 줄을 넘긴 듯한 초로의 노인이었는데, 안 그래도 긴 얼굴을 위로 묶어 올렸기에 영락없이 말처럼 보였다.

노인 뒤로는 젊은 도인 여섯이 마치 노인의 꼬리마냥 붙어 경계 어린 눈으로 소이보를 쳐다보고 있었다.

갑작스레 몸에는 흑의를 걸치고, 머리엔 큰 죽립을 쓴 범상치 않아 보이는 사내가 홀연히 나타났으니 경계하는 것은 당연한 일일지도 몰랐다.

소이보는 머리 속으로 생각을 정리했다.

천주봉(天柱峰) 오른쪽 아래로 납촉봉(臘燭峰)이 있다.

그 아래 현악문(玄岳門) 뒤쪽 건너편으로 이어지는 작은 길을 걷다 보면 호구교(蒿口橋)가 나오는데, 그 뒤쪽이 소이보가 가야 할 곳이었다.

길은 이미 잘 알고 있어 되뇌일 필요가 없었다.

단지 무당파 도사들과 만나게 된 지금, 끓어오르는 분노를 식히기 위해 다시 가야 할 길을 되짚어보는 것이었다.

"제발 할아버지는 잊어버려. 거기부터 가야 해. 왜 가야 하는지는 네가 가 보면 알 거야!"

문기서는 목에 핏발을 세우다시피 하며 열 번도 더 넘게 강조했다.

너 혼자 가야 한다고, 다른 사람을 동행해서는 안 되고 너 혼자 가야 한다고. 왜 혼자 가야 하느냐는 물음엔 가보면 안다는 말밖에 하질 않았다.

그때 다른 사람들은 의심의 눈초리로 문기서를 보았다.

사람은 변하는 법이다. 이미 권력의 맛을 본 문기서가 만약 함정을 파고 요안을 끌어들이려는 것일지도 모른다.

사람들의 눈초리가 그랬다.

부홍과 이활, 그리고 곽예주는 당연히 반대였고, 범우마저 선뜻 가라는 말을 하지 못했다.

특히 문기서의 계획대로 태천강 아래에서 기다리고 있다 부홍과 범우를 건져 올렸던, 그래서 문기서의 계획이 얼마나 치밀한지 이미 알고 있는 이활의 반대가 가장 심했다.

"가겠다."

하지만 소이보는 짧은 말을 남기고는 자리를 박차고 일어섰다.

그제야 활짝 웃는 얼굴로 돌아간 문기서는 조금 꺼림칙하다는 듯 코끝을 찡긋거리며 말했다.

절대, 가야 할 곳에 가서 만나야 할 사람을 만나기 전에는 무당파와 충돌하지 말라고…….

하지만 해검지 앞에서 무당파 도사들과 이렇게 만나게 되었다.

어쩔 수 없었다.

납촉봉을 지나 현악문과 호구교로 가려면 해검지를 지나야 했다.

구태여 부딪치지 않고 돌아갈 수도 있었지만, 검을 차고 무당산을 빙 돌아 은밀히 숨어든다면 무당파의 경계심만 드높이는 일이 되기 쉬웠다.

"무량수불, 명호를 알려주신다면…….."

아무 말 없이 서 있는 소이보를 향해 말 대가리처럼 길쭉한 면상의 노도인은 거듭 신분을 밝히라 재촉하고 있었다.

이젠 노도인 뒤에 서 있는 여섯 명의 젊은 도사 역시 검집에 손을 가져가며 잔뜩 경계하는 태도였다.

소이보는 불쑥 등 뒤로 손을 돌려 검집을 풀러 손에 쥐었다.

"무량수불."

그제야 안도의 한숨을 내쉰 청허자(淸虛子)는 검을 건네받기 위해 앙상한 손을 내밀었다.

처음 봤을 때부터 무언가 찜찜한 느낌을 가지게 하는 무인이었다.

어쩌다 무당파의 위명만을 듣고 산을 오르는 얼치기 무인들도 많았지만, 이자는 분명 그런 허수룩한 무인이 아니었다.

향불을 사르러 오는 신도도 분명 아니었다.

머리엔 죽립을 쓰고, 검은 장포를 입은 사내는 알 수 없는 기세로 고요히 머물러 있을 뿐이었다.

'대단한 기세다!'

처음 봤을 때 청허자의 머리 속에 떠오른 생각이었다.

적어도 사람을 잘못 헤아려 보진 않는 청허자였고, 그래서 해검지 앞에서 접빈객을 맡는 일을 수년째 해오고 있는 청허자였다.

하지만 이런 기세를 가지고 있는 사람은 몇 년째 보지 못했다.

아니, 살아생전 이 정도 기세를 가진 사람을 본 적이나 있을까 싶을 정도였다.

적어도 장문인이나 아니면 사백인 영허자(寧盧子), 혹은 사형인 청운자(靑雲子)가 와야 맞대응할 수 있지 않을까 하는 생각이 들게 하는 사내였다.

그래서 잔뜩 긴장한 채 신분을 거푸 묻자 사내는 검을 풀어 손에 들었다.

다행이었다. 강렬한 기세를 보여준 탓에 최대한 내공을 끌어올려 대비했는데, 검을 순순히 내어주려고 하지 않는가.

"……?"

하지만 검은 사내의 손에서 청허자의 손으로 건네어지지 않았다.

검으로 향했던 청허자의 시선이 소이보를 향했다.

넓은 죽립은 얼굴을 반 이상 가려 죽립의 끝 아래로 보이는 것은 그저 얇은 코끝과 붉은 입술뿐이었다.

그 붉은 입술이 얇게 양옆으로 가늘게 이어지고, 그 사이로 하얀 치아가 보였다.

분명 청허자가 잘못 본 게 아니라면 상대는 웃고 있었다.

어찌 보면 아무 뜻 없이 히죽 웃는 웃음처럼 보일 정도였다.

'아는 도우(道友)였나?'

청허자는 그렇게 생각했다.

당금 무당파의 위세는 상당해서 중원 각지에 무당파에 피를 이은 도관이 많이 세워졌다.

어쩔 수 없는 일이었다. 세력을 넓혀 마도칠가에 대항하려면 속가제자뿐 아니라 무당파의 직계 도인들 역시 중원 각지로 나가야만 했다.

그래서 지금에 와서는 같은 항렬의 도반이면서도 서로가 서로를 못 알아보는, 우습지도 않은 일도 곧잘 생기곤 하는 것이다.

청허자가 눈만 끔뻑이며 죽립인을 쳐다보자, 곧 죽립인의 손에서 검이 움직이기 시작했다.

검을 뽑은 것은 아니었다.

하지만 검집은 기묘한 호선을 그리며, 마치 구경이라도 하라는 듯 청허자 얼굴 앞에서 빙글 돌기 시작했다.

맨 처음엔 장난기 많은 도사 하나가 변복을 하고 자신을 놀리는 것으로 알았다.

그럴 수밖에 없었다.

소이보 손에 들린 검집의 시작은 분명 유운검(柔雲劍)의 기수식이 틀림없었다.

그 뒤를 이어 조양검(朝陽劍) 부드러운 곡선이 이어지더니, 곧 대라검(大羅劍)의 변초가 화려하게 꽃피우기 시작하는 게 아닌가.

그제야 청허자는 신분도 잊은 채 연신 박수를 치며 껄껄걸 웃었다.

분명히 무당의 검법이었다.

그것도 보통 무당의 검법이 아니었다.

삼재검(三才劍) 안에 오행검(五行劍)의 묘리가 들어 있었고, 곧 변초로 칠성검(七星劍)의 방위와 구궁검(九宮劍)의 이치를 섞기 시작했을 때는 저도 모르게 '묘하다!' 라고 흥겹게 외치기까지 했으니까.

아마도 다른 도관에 나가 있던 도인이 분명했다.

그것도 무당검법이라면 정수리부터 발뒤꿈치까지 속속들이 알고 있는 사람이 아니라면 도저히 흉내조차 낼 수 없는 그런 차원 높은 무공의 소유자가 틀림없었다.

이미 초식의 형을 깨고 새롭고 자유로운 초식을 운용하려면 무당산에서도 장로급은 되어야 가능한 경지였다.

아니, 지금 무당산에 올라앉아 있는 높은 신분의 도사들 중에 저 정도 경지에 오른 사람이 없을지도 몰랐다.

새로우면서도, 분명 무당의 검법을 사용하는 사람에게 더 이상 경계심을 가질 필요는 없었다.

저 정도 무공을 닦아왔다면 분명 장로 항렬에 드는 사람임이 틀림없었고, 나이 또한 많을 게 분명했다.

그래서 청허자는 도복을 정제하고는 무당파만의 독특한 수결을 손으로 맺고 깊이 고개를 숙였다.

"빈도가 실례가 많아 미처 알아뵙지 못했습니다. 무량수불. 미리 연락을 주셨더라면……."

하지만 죽립인은 아무런 변화가 없었다.

검집은 내밀어진 상태로 허공에 멈추어져 있었고, 죽립 아래의 웃는 붉은 입술 또한 마찬가지였다.

"……?"

청허자는 조금 벙찐 표정으로 한 손을 내민 채 멍하니 있었다.

지금 눈앞의 사람은 분명 무당파의 고수였다. 다른 것은 속여도 검 안에 든 무당의 기운을 몰라볼 청허자는 아니었기 때문이다.

'엥? 이게 무슨 뜻인가? 가져가라는 것인가 아니면… 장난기가 많은 도반인가?'

거기까지 생각한 청허자의 눈에 붉고 얇은 입술이 열리는 게 보였다.

"가져가 봐."

듣기 매우 껄끄러운 목소리였다.

오랫동안 말을 하지 않아 채 목소리가 트이지 않은 상태에서나 나올

만한 거칠고 탁한 목소리는 왠지 청허자의 머리 안을 긁어대는 것 같은 느낌이었다.

"……?"

청하자가 보기에 상대는 분명 자신보다 젊었다.

하지만 여기는 무당파였고, 연배보다는 항렬이 먼저인 문파였다.

그래서 불쑥 반말이 튀어나오는 것까진 이해하겠지만, 그 뒤로 이어진 죽립인의 말은 청허자의 비위를 긁고야 말았다.

"가져가 봐, 실력이 있다면……."

청허자의 눈 안엔 그저 히죽 웃고 있는 붉고 얇은 입술만이 가득 채우고 있었다.

바로 그때, 환상처럼 죽립인의 검집이 허공을 수놓기 시작했다.

◆第十章◆
요안, 그리고 요안

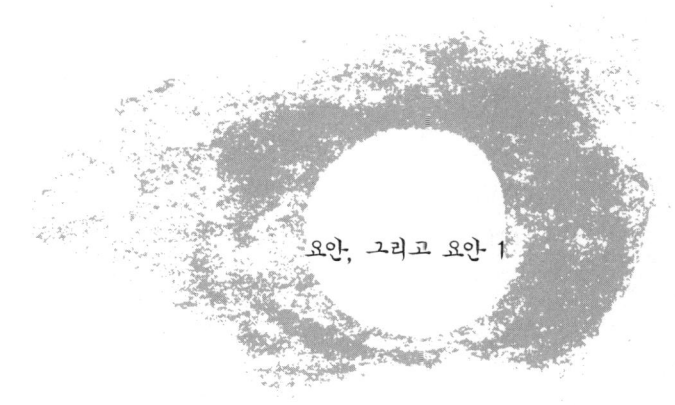

"**편**경(編磬)을 칠깝쇼?"

청허자 뒤편에서 조심스럽게 따라오고 있던 유운이 태청자에게 목소리를 잔뜩 낮춘 채 말했다.

편경이란 도관 한쪽 켠에 마련해 둔 구름 무늬가 그려진 쇳조각을 뜻했다.

정해진 때가 되면 편경을 쳐서 주위에 알리곤 했는데, 지금 유운이 말한 편경은 그런 뜻이 아닌 적이 나타났음을 윗사람들에게 고하지는 은어였다.

하지만 태청자가 할 수 있는 일은 그저 눈을 찢어져라 흘겨 떠 쏘아 봐 주는 것뿐이었다.

그 눈빛에 유운뿐 아니라 유현과 유주까지 몸을 움찔하는 게 보였다.

'제기랄 놈들, 니들은 입이라도 놀려 말이라도 하지!'

그러나 태청자는 코웃음만 쳤을 뿐, 아무런 말도 하지 않은 채 입을 헤벌리고는 죽립인의 뒤만 털레털레 따라가고 있었다.

아니, 말을 할 수가 없었다.

죽립인의 단 한 수에 턱이 빠지고 어깨 관절이 뒤틀렸기 때문이다.

그건 환상이었다.

처음 죽립인의 발이 움직였을 때 제운종의 신법임을 금방 알 수 있었다.

하지만 빨랐다. 빨라도 너무도 빨랐고, 그것은 제운종에 있어선 금기시되는 일이었다.

만약 무당의 제자들 중 누군가가 제운종을 빠르게 발을 놀려 펼치는 자가 있다면, 미친 도사거나 무당 도사의 옷을 걸친 가짜 도사가 분명했다.

빠른 신법이 필요하다면 등평도수(登萍渡水)가, 변화를 위해서라면 칠성둔형(七星遁形)이 무당엔 있었다.

마음을 구름 삼아 발아래 두어 그 위를 스치듯 차고 오르라는 부드러운 제운종의 신법은, 그러나 죽립인의 빠른 발 아래서 너무도 위력적으로 펼쳐지고 있었다.

아니, 부드러운 것이 빠르기까지 하니 제운종의 가려졌던 또 다른 면을 보는 듯했다.

이미 극의(極意)를 깨달은 사람은 제운종이 등평도수보다 더 빠른 신법이 되기도 하고, 칠성둔형보다 더 많은 변화를 그려낼 수도 있을 거라 생각하며 청허자는 고개를 주억주억 끄덕일 뿐이었다.

무당 무공의 극의, 그게 무엇인지 몰라도 칠십이초요지유검(七十二

招繞指柔劍)의 형태에 신문십삼검(神門十三劍)을 섞고, 거기다 태청검법(太淸劍法)의 오묘함까지 깃들이게 할 수 있는 사람이라면 무당의 극의를 얻었다 할 수 있을 것이다.

그리고 분명 저 죽립인의 검집의 움직임이 그랬다.

분명 검집의 움직임과 그 안에 든 무공은 청허자에게 익숙한 것이었지만, 부드러운 검집에 턱관절을 얻어맞고 어깨를 두들겨 맞는 고통은 결코 익숙한 것이 아니었다.

죽립인은 그저 한 발을 내딛고 허공에 올라 가로지르듯 휘둘렀을 뿐이다.

그 간단한 동작 안에 이때까지 청허자가 무당산에서 보았던 모든 무공이 들어 있었다.

그 결과, 청허자와 여섯 제자는 턱 관절이 어긋나고, 어깨 관절이 뒤틀린 채 뒤로 물러서야만 했다.

죽립인의 단 한 수였다. 두 수도 필요하지 않았다.

그리고 그 가운데, 청허자는 처음 보는 그 무엇을 볼 수 있었다.

태극혜검(太極慧劍)!

전설처럼 내려오는, 그래서 들을 때마다 아득함을 느끼게 만드는 검법이 분명 죽립인의 손에서 은은하게 비쳐 보이고 있었다.

사실 청허자는 태극혜검이 어떻게 생긴 것인지 알지 못했다.

그저 전해 내려오는 이야기를 들었을 뿐이다.

하지만 죽립인이 내려그은 검집의 궤적 안에 태극혜검이 분명 있었다.

세상 조화를 모두 담은 채 고요히 멎어 있는 그것이 태극혜검의 움직임이란 것에 청허자는 자신의 목을 걸 수도 있었다.

바로 그렇기 때문에 느닷없이 얻어터지고도 청허자가 별달리 볼멘소리를 하지 못했다.

은밀히 무당산 안에 떠도는 소문 때문이었다.

몇 해 전, 수뇌부들의 움직임이 바빠진 일이 있었다.

마도칠가가 요안이란 괴상한 사람 때문에 벌집을 건드린 것처럼 시끄러웠고, 그 후유증 역시 심각할 때였다.

요안은 마도칠가의 새로운 구세주처럼 나타났다가 놀라운 신위를 보여주고는 마치 연기처럼 꺼져 버렸다.

마도칠가와 정파무림 간에 팽팽한 균형을 이루고 있던 때라 젊은 무인들은 새로운 강자의 출현에 열망할 수밖에 없었고, 청허자 역시 요안이란 말에 가슴이 뛰었던 적이 있었다.

요안이 삼팔구란 또 다른 신진고수와 마도칠가를 이끄는 동무군을 거의 무너뜨릴 뻔한 그때, 청허자 역시 요안과 가까이 있었던 적이 있었다.

비록 수뇌부와 동무군이 어떠한 타협을 했는지는 몰라도, 마도칠가는 향후 무당산을 밟지 않겠노라는 약속을 했다고 전해 들었지만, 청허자에겐 그리 중요하지 않았다.

그때 영손산(榮孫山)에서 그리 멀지 않은 곳에 있었던 요안, 바로 그 사람과 함께 같은 공기를 마셨을지도 모른다는 사실이 중요했다.

단 한 사람의 힘으로, 또 괴물 같은 동료들을 거느린 채 홀홀단신 동무군, 아니, 마도칠가란 거대한 세력과 부딪쳐 갔다는 소식은 이미 중년의 나이를 벗어난 청허자의 피까지도 끓게 만들었기 때문이다.

하지만 그 후 청허자의 피를 끓게 했던 요안과 동료들이 일제히 죽었다는 이야기와 함께, 무당산에선 누구의 입에서 시작되었는지 모를 은밀한 이야기가 돌았다.

무당이 드디어 태극혜검을 얻었다는 믿지 못할 이야기는 조그마한 불씨처럼 조금씩 키를 키워 높이다 결국 청허자의 귀에까지 흘러들었다.

앙상한 노인, 눈엔 정기를 잃어버리고 모든 희노애락에서 떠나간 듯한 추레한 노인.

믿지 못할 얘기였지만, 분명 청허자는 그렇게 들었다.

그 추레하기 짝이 없는 노인이 태극혜검을 가지고 무당산에 올랐다고.

전부 쉬쉬하느라 항렬이 낮은 제자들 귀에까진 들어가지 않았지만, 그들도 무당파가 심상치 않다는 건 눈치채고 있었다.

지난 몇 년 동안 무당파의 경계가 서너 배는 강화되었기 때문이다.

보통 때는 얼굴 보기도 힘든 늙은 노도사들까지 밤에 경계를 돌았고, 이미 우화등선했다고 알려진 전대 도사들까지 본산에 속속 모여든 것을 본 제자들이 하나둘이 아니었다.

무언지 몰라도 무당산 안에서 무언가가 부글부글 끓어오르고 있었다.

그것을 느낀 젊은 제자들은 무언지는 몰라도 잔뜩 기대를 하는 모양이었다.

무당산의 장로들이 모여 무언가 꾸미는 일이 드디어 화려하게 꽃피우는 날, 눈엣가시 같던 마도칠가는 더 이상 이 세상에 존재하지 않을 거라 믿고 있었다.

소문처럼 한 토막 얻어들었지만, 무당이 태극혜검을 손에 넣었다는 그 사실을 청허자는 믿고 있었다.

느닷없이 나타난 죽립인 때문이었다.

분명 죽립인이 태극혜검을 검집으로 그려내었다.

'제자였나?'

청허자는 그렇게 해석했다.

죽립인은 자신이 생각하기에도 너무나 젊었기 때문이다.

그렇다면 태극혜검을 가지고 무당산에 올랐다는 그 추레한 노인은 분명 아니었고, 그렇다면 노인의 제자가 틀림없다고 속으로 생각하고 있었다.

분명 누군가 예전 고인들 중에 세상을 주유하다 우연한 기회에 태극혜검에 통달한 선배가 있었고, 이미 태극혜검이란 큰 도를 깨달은 도사는 자신에게 남은 시간이 얼마 남지 않았음을 알았을 것이다.

우화등선(羽化登仙). 모든 도인들의 꿈의 단계에 오른 선배는 곧 근골이 좋은 제자를 급히 구했고, 태극혜검의 요결을 전해주었을 것이다.

새로 제자가 된 도인은 미처 새로이 무당의 제자가 된 자는 본산에 보고해야 한다는 절차를 알지 못했을 것이고, 홀로 깊은 산중에서 자신이 노인이 될 때까지 태극혜검의 오묘한 이치를 구현하기 위해 노력했을 것이다.

아무도 알아주지 않는 산에서 홀로 별빛과 바람을 벗삼아 어린 도동(道童)은 한평생에 걸쳐 고검을 휘둘렀을 모습에 청허자는 코끝이 찡해지는 묘한 감동을 느껴야만 했다.

흡사 그 사람이 자신이 된 것 같은 묘한 착각까지 하면서.

태극혜검을 끝내 깨달은 제자는 이제 자신의 나이가 많았음을 알고는 무당산에 오른 것이다.

스승의 유언을 지키기 위해서…….

하지만 도인은 마치 스승이 그러했던 것처럼 무당산에 오를 차비를 하던 중에 또다시 근골과 성정이 매우 훌륭한 청년을 만나게 되었고, 자신의 모든 진전을 아낌없이 나누어주었다.

그리고 그 후 몇 년이 지나, 드디어 태극혜검의 이대 전수자인 젊은 고수는 무당산에 오르게 된 것이다.

죽립을 눌러쓰고 말로만 듣던 해검지를 바라보며 그렇게 묘한 감상에 젖은 채 묵묵히 서 있던 것이다.

그리고 무당파에서 가장 도량이 넓고, 실력 또한 만만치 않다고 알려진 청허자 자신이 손수 영접한 것이다.

하기사 무당산에서 청허자를 빼놓는다면 누가 감히 태극혜검의 이대 전수자를 맞을 수 있단 말인가.

감회에 싸인 죽립인의 시선이 청허자 자신에게로 향하는 순간, 청허자는 감격 어린 목소리로 물었다.

누구신데 무당산에 올랐냐고.

'그리곤 순식간에 얻어맞았지.'

청허자는 얼얼한 턱뼈를 감싸 쥐며 앞서 가는 죽립인의 뒷등을 노려보았다.

'태극혜검의 전수자가 싸가지없는 놈을 골라 제자로 삼았군.'

청허자는 갑작스레 기분이 나빠졌다.

나중에 제자 놈들을 불러 모으고 전해줄 멋들어진 이야기 한 편 치고는 좀 볼품없고 민망한 끝이었기 때문이다.

'아니지, 죽립인은 말로만 들었던 무당파의 실력을 알고 싶었던 게야. 그래서 정중히 검을 뽑지도 않은 채 검집을 내밀어 공경스런 태도로 비무를 청했던 거야. 무당산의 청허자의 실력이 아니라면 감히 누

가 태극혜검과 겨룰 수 있단 말인······.'

하지만 청허자의 상상은 거기까지였다.

대대로 이어질 신화, 태극혜검과 멋지게 맞부딪치는 자신의 모습을 머리 속에서 그리던 청허자는 우뚝 발걸음을 멈추어야 했다.

죽립인의 발걸음이 우뚝 멎었기 때문이다.

'······?'

영문을 몰라 고개를 든 청허자의 눈에 청수한 수염을 가슴 어림까지 내린 세 사람의 도인이 들어왔다.

2

"무량수불."

죽림자(竹林子)의 도호 소리는 깊은 내공 때문인지 낮으면서도 힘이 있었다.

청허자가 얼른 앞으로 나가 손을 가슴께로 들어올리며 고개를 숙였다.

"무랴수부."

하지만 턱관절이 빠져서인지, 청허자의 발음은 불분명했다.

죽림자는 마뜩하지 않다는 듯한 시선으로 청허자를 보다가 곧 손을 뻗어 청허자의 어깨와 턱을 몇 번 누르자 곧 딱 하는 소리와 함께 관절이 맞추어지는 소리가 들렸다.

청허자는 민망한 듯 얼굴이 붉어졌지만, 뭐라 할 말도 없었다.

상대는 죽 자 돌림의 사람들이었고, 그 말은 청허자의 사부뻘이 되는 사람이란 뜻도 되었다.

죽림자, 죽현자(竹玄子), 죽우자(竹雨子).

죽 자 항렬이니 장로급이 되는 선배들이었고, 더구나 진무관(眞武觀)에 속해 있는 도사들이었다.

그 말은 곧 청허자쯤은 새끼손가락 하나만으로도 저 멀리 튕겨낼 실력이란 말 또한 되었다.

더욱이 청허자는 청(淸) 자 항렬 중에서도 실력이 제일 뒤처지는 편이었으니, 자연 사백들을 대하는 청허자의 태도는 공손하기 짝이 없었다.

청허자가 곧 죽림자 귀에 대고 조심스럽게 죽립인의 진정한 신분(?)에 대해 얘기를 건네자 죽림자의 눈썹이 크게 휘청이듯 위아래로 움직였다.

죽림자가 곧 죽현자와 죽우자를 향해 돌아보며 전음으로 무언가를 전하자, 죽현자와 죽우자 역시 충격을 받은 듯 낯색이 크게 변했다.

"무량수불."

힘찬 도호를 뱉으며 죽현자와 죽우자가 곧 몇 걸음을 더 걸어 죽립인, 즉 소이보의 양 어깨에서 일 장여 떨어진 곳에 걸어가 서자 죽림자가 소이보 정면으로 다가오며 입을 열었다.

"사질로부터 전해 들은 게 사실이외까?"

매우 조심스러우면서도 공격적인 태도였다.

소이보는 그저 히죽 웃었다.

그 짧은 순간 세 사람의 늙은 도사는 소이보를 품(品) 자처럼 에워싸고 있었다.

만약 자신들의 마음에 들지 않으면 언제든 출수하겠다는 듯한 태도
가 틀림없었다.

'항상 이런 식이었군.'

소이보는 그렇게 생각했다.

문기서에게 전해 듣기론, 할아버지는 분명 동무군을 만나지 않았다.

아니, 만날 수가 없었다.

무당파에서 할아버지를 감금해 버렸기 때문이다.

아니, 자신들 딴에는 태극혜검을 되찾는 일이라 생각했겠지만.

원래 약속하기로는 할아버지가 동무군을 막으면 무당파는 그 뒤에
서 힘껏 돕는 것이었다.

만약 그 일이 계획대로 되었다면, 두 번째로 마련한, 그래서 최악의
상황 이전에는 쓰지 않으려 결심했던 일을 벌이지 않았을 것이다.

'그랬다면 죽지 않아도 될 목숨들까지 살릴 수 있었겠지.'

그렇게 생각하며 소이보는 다시 히죽 웃었다.

"시주께선 사질이 말한 바로 그분이 맞소이까?"

한층 더 어두워진 안색으로 죽림자가 낮은 목소리로 물었다.

소이보의 고개가 왼쪽으로 돌아가 청허자를 바라보며 말했다.

"난 저 사람이 뭐라고 말했는지 모르겠는걸?"

소이보의 말에 죽림자의 눈썹이 꿈틀거렸다.

껄끄러운 목소리로 변죽을 울리듯 반말부터 튀어나오니 당연한 일
이었다.

또 무당산의 죽 자 항렬의 고수라면 무림 어딜 가든 대접을 받을 수
있었다.

그런 자신이 아직 손자뻘도 안 되는 사람에게 첫 대면부터 반말지거

리이니, 자연 심기가 불편하기 짝이 없었다.

하지만 만약 청허자의 말대로 태극혜검과 조금이라도 연관이 있는 사람이라면 그런 것쯤은 사소한 일로 넘길 수 있었다.

죽림자가 곧 헛기침 몇 번으로 화를 누르고는 물었다.

"귀하가 그… 그… 그 사람의 전인이라는……."

소이보의 눈빛이 반짝였다.

죽림인이 말한 그 사람은 분명 자신의 할아버지가 틀림없었기 때문이다.

하지만 요사스럽게 반짝이는 소이보의 눈빛은 넓은 죽립에 가려져 죽림자가 볼 수는 없었다.

"그 사람이 누구지?"

"그야……. 무량수불, 무량수불."

소이보의 물음에 죽림자는 순간 자신이 실수했다는 것을 알고 나직한 불호를 거푸 외울 뿐이었다.

"귀하는 무당과 인연이 있소?"

그 순간 오른쪽에 서 있던 죽현자가 카랑카랑한 목소리로 물었다.

아직 영문을 모르는 어린 제자들 앞에서 무당의 최대 비밀이 되어버린 그 사람에 대해 말할 수는 없었기 때문이다.

그래서 돌려 물은 것인데, 상대는 물음에 죽립 아래로 보이는 붉은 입술이 양쪽으로 길게 벌어져 히죽 웃고 있었다.

"인연? 많지, 그것도 아주 많이."

이번엔 죽현자가 말이 없었다.

무언가 이상한 일이었다.

상대는 분명 적대적인 태도를 보이고 있었다.

하지만 청허자의 말대로라면 상대는 무림의 무공에 능통하다고, 아니, 태극혜검도 그 가운데서 얼핏 본 것 같다고 말하지 않았는가.

무당과 인연이 닿아 무공을 익힌 자가 자신에게 이렇게 불량스런 태도를 보일 리는 없었다.

'혹시, 강호 사승 관계에 대해서 모를지도.'

죽현자는 그렇게 생각했다. 어쩌면 청허자의 말이 맞을지도 몰랐다.

재능이 뒤떨어지는 청허자가 감히 태극혜검에 대해 안다고 말하는 것부터가 웃기는 일이었다.

하지만 무당의 무공이 어떤 건지 모를 청허자도 아니었다.

'그렇다면 골치 아파지겠군. 영허자(寧虛子) 사백님의 피를 이은 모양인데…….'

그렇게 생각하던 죽현자는 죽림자, 죽우자와 시선이 맞닿았다.

죽현자뿐만 아니라 죽림자와 죽우자 역시 마찬가지 생각을 한 게 틀림없었다.

영허자, 무당의 골칫덩어리로 유명했던 사람이다.

어쩌면 마도칠가가 요안이란 존재 때문에 골머리를 앓은 것 이상으로 무당파를 피곤하게 만들었던 존재였기 때문이다.

단순한 사고를 쳤다면 괜찮았다.

또 그 실력이 별 볼일 없었다면 예전에 파문해 버렸을 것이다.

하지만 영허자의 실력은 무당파에서도 두 번 다시 찾아보기 어려울 정도라는 게 문제였다.

만약 영허자가 조용히 무공만을 닦았다면 무당파는 예전 수십 년 전에 태극혜검을 얻었을지도 모른다고 어른들께서 입을 맞춘 듯 말을 할 정도였다.

무당파는 영허자의 검끝에 놀아나야만 했다.

그의 검이 그려내는 무당의 새로운 세계에 일희일비해야만 했을 정도로 실력이 뛰어났지만, 불행히도 영허자는 타고난 말썽쟁이여서 도인과는 체질적으로 맞지가 않았다.

소림이 소림무치란 자랑스런 존재를 가졌다면, 적어도 무당 역시 영허자란 대단한 보물을 가지고 있었지만 무당의 품 안에 안지는 못했다.

지금은 허물어지다시피 이름값도 못하는 존재가 됐지만, 요선보와 알력이 심했을 때 웬일인지 매일 술에 취해 널브러져 있기 일쑤였던 영허자가 요선보에 가보겠다고 털레털레 길을 나섰다.

그때 사문이 영허자에게 거는 기대는 정말 대단한 것이었다.

드디어 영허자가 정신을 차렸다고, 그래서 요선보를 싹 쓸어버리고 의기양양하게 돌아올 것이라고, 그렇게 믿었다.

하지만 정작 영허자의 검끝에 요절이 났어야 할 요선보는 잠잠했다.

그리고 보름 하고도 사흘이 더 지난 후에 코끝이 새빨갛게 변한 채 비틀거리며 돌아온 영허자는 믿지 못할 얘기를 술주정처럼 중얼거렸다.

"거, 가보니 요선보주란 영감은 이미 죽기 일보 직전이더라구. 그래도 술은 잘 처먹던데? 그래서 술 한잔했지. 꺼억~ 검이 어디 갔냐니? 무슨 검? 아항, 내가 가져갔던 검 말이지. 그거야 강요맹인가 뭔가 하는 아이랑 내기하다가 홀라당 말아먹었어. 잉? 진무검(眞武劍)이었다구? 그래서 뭐가 어쨌는데? 내가 보니까, 엄청 오래되어서 잘못 휘두르다 보면 부러질 염려도 있던데 뭘. 요즘 시중에 괜찮은 검들 많어. 그걸로 하나 사. 그나저나 정말 술맛 죽여줬어. 특히 이화림이던가? 그 예쁜 계집애가 옆에 앉아서 애교를 떨면서 살살 웃을 때는 죽는 줄 알았다고. 수염? 응, 좀 짧아졌지? 술 열세 단지를 한꺼번에 비우니까 날보고 취했다고 하잖아. 그래서 안 취했다는 걸 보여줘야 했지. 뭐, 어쩔 수 있나? 혈랑대에 삼팔군가 뭔가 있다는데, 그 아이들 하고 좀 놀았지. 재미는 있었는데, 그중에 곽씨 꼬맹이 계집애가 장난감 활 같은 걸 갖고 쏘아대는 게 재미있어서 구경하다가, 어떤 애늙은이 같은 놈 비도에 싹뚝 잘려 버렸어. 그놈들 꽤 쓸 만하던데? 딸꾹~"

영허자는 거기까지 말하곤 토악질을 시원하게 몇 번하고는 제자리에 풀썩 쓰러졌다.

감히 무당파의 보물인 진무검을 내기 돈으로 날려 버렸다는 소식에 장문인은 아예 혼절해 버렸고, 장로들은 당장 영허자를 토막 내어버려야 한다고 입에 거품을 물던 꼴을 죽립자를 비롯한 세 명은 똑똑히 기억하고 있었다.

다행히 영허자가 입에 거품을 물고 예쁘다고 칭찬했던 이화림이 빨간 채찍에 꽁꽁 감은 진무검을 들고 무당산에 오르지 않았다면, 진짜 요선보와 무당파 사이엔 피 흘리는 전쟁이 터졌을지도 모를 일이었다.

하지만 진무검을 제법 예의를 갖추어 되돌려 받는 대신에 무당파가 요선보에 지불한 대가가 제법 적지 않은 듯 장문인은 벌게진 얼굴로 영허자에게 출문을 요구했고, 잘됐다는 듯 영허자는 냅따 무당산을 떠나 버렸다.

파문은 아니어서 아직 제명당하진 않았지만, 분명 어느 산 깊숙이 파묻혀 술독에 빠져 있을 게 분명했다.

'만약 영허자 어른이 계셨다면, 태극혜검의 비밀을 금방 풀 수 있었을 텐데⋯⋯.'

죽림자는 생각할수록 안타까웠다.

태극혜검이 무당으로 되돌아온 지 벌써 오 년이 지나가고 있었다.

하지만 안타깝게도 태극혜검을 온전히 되돌려 받은 사람은 무당산에 아무도 없었다.

무당파의 오의가 모두 집약된, 아니, 세상 만물의 조화를 모두 모은 그 무공이 쉽게 전해질 수 있는 건 아니었지만, 불행하게도 지금 무당의 인재들 중에는 감히 그중 일 할도 채 온전히 전해받을 사람은 아무도 없었다.

하지만 영허자의 탁월한 재능이라면, 이미 태극혜검은 온전히 무당의 품으로 완전히 돌아온 지 오래였을 것이다.

'그나저나 요놈은……'

죽림자는 못마땅하다는 시선으로 소이보를 바라보고 있었다.

청허자는 소이보를 분명 태극혜검의 전수자로 믿고 있었지만, 죽림자를 비롯한 세 명은 소이보를 영허자의 전인으로 철석같이 믿고 있었다.

소이보의 모든 것이 영허자의 전인일 수밖에 없었다.

'그렇게 불렀건만!'

생각할수록 죽림자는 부아가 끓어올랐다.

태극혜검을 알고 있는 노인이 무당산에 오고 나자 가장 먼저 한 일은 영허자를 찾는 일이었다.

그러나 강호 이백서른일곱 개의 도관을 이 잡듯 뒤져도 영허자의 흔적은 찾을 수가 없었다.

그렇게 지낸 지 오 년이었다. 자그마치 오 년 동안 그렇게 모든 도인을 풀어 영허자를 찾았건만, 영허자는 코빼기도 보이지 않고, 어디서

막되어먹은 제자 놈 하나만을 무당산에 불쑥 들이민 것이었다.

'빌어먹을 노인네! 무공뿐 아니라 제 성질머리까지 모두 다 전수한 게 틀림없군!'

죽림자는 화가 끓어오르다 못해 벌겋게 변해 버렸다.

눈앞에 청년이 영허자의 전인이 맞다면, 어린 나이이긴 해도 자신과 같은 죽 자 항렬이 분명했다.

하기야 그렇기 때문에 사질뻘이 되는 청 자 배의 청허자를 보자마자 개 패듯 패버렸을 것이다.

그놈의 못된 버릇은 제 사부를 꼭 닮아, 항렬로 봐도 분명 대사형뻘인 자신들을 보고도 인사는커녕 대가리를 꼿꼿이 세운 채 반말로 지껄이고 있는 걸 봐도 알 수 있었다.

하긴 누굴 탓하겠는가.

놈의 사부인 영허자만 봐도 머리 위에 올린 사람이 아무도 없다는 듯 아무한테나 반말지거리에, 마음에 안 들면 먼저 주먹부터 나가던 종자였거늘…….

"무량수불. 네 사부는 어디에 있느냐?"

죽림자보다 더 열받은 게 틀림없는 죽우자가 나무라듯 말을 꺼냈다.

하지만 얼른 고개 숙여 처음 보는, 그것도 노인이 되어버린 사형들을 향해 고개를 납죽 숙여야 하는 죽립인은 도리어 머리를 갸웃거리며 말하고 있었다.

"사부? 그런 물건 따윈 없는데?"

당연한 말이었다.

적어도 소이보가 사부라고 부를 만한 사람은 없었다.

할아버지는 사부 이전에 할아버지였고, 범우는 형과도 같았다.

강요맹은 머리 위에 얹고 다녀야 하는 상관이었고, 다른 사람들은 동료 아니면 적이었기 때문이다.

하지만 그 말을 들은 죽 자 항렬의 도인들은 도리어 멍해질 수밖에 없었다.

"그럼?"

죽림자가 말하자 죽현자가 대답했다.

"확인해 볼 수밖에."

침중한 안색으로 죽우자가 한 발 나서며 말했다.

만약 상대가 정말 영허자의 전인이 아니라면, 문제는 심각했다.

강호뿐 아니라 무당산 제자들에게도 절대 말해선 안 되는 비밀이 지금 무당산에 있었다.

바로 태극혜검, 아니, 정확히는 태극혜검을 알고 있는 노인이었다.

그런 엄중한 때에 전혀 정체를 알 수 없는 청년이 무당산에 올랐다는 것은 대단한 위험이었다.

아무리 영허자의 제자라 해도 분명히 해두어야만 했기 때문이다.

청허자는 무당파의 무공을 알고 있는 자가 분명하다고 했지만, 그 말만을 믿을 수는 없었다.

그래서 죽우자는 한 손을 뻗어 천천히 소이보의 맥문을 잡아갔다.

소이보는 히죽 웃었다.

아니, 배를 잡고 땅을 구르며 깔깔 웃고 싶었다.

오른발은 비스듬히 사선으로 내딛고, 손은 부드럽게 펴서 나긋나긋하게 날아올 때부터 소이보는 알 수 있었다.

태극권(太極拳).

유능제강(柔能制剛)의 극의를 보여주는 위대한 권법.

하지만 죽우자는 엉터리였다.

비록 형은 비슷해도, 태극권의 냄새도 못 맡은 게 분명했다.

소이보는 천천히 한 발을 뒤로 빼고는 손가락 하나만을 들어올렸다.

죽우자의 눈썹이 순간 꿈틀거렸다.

태극권이었다. 분명 태극권이었지만 죽우자로서는 처음 보는 자세였다. 그리고 거만하기 짝이 없었다.

억지로 끼워 맞춘다면 야마분종과 비슷했지만, 왼손에 태연히 검집을 쥔 채 느리고 부드러운 것이 아닌, 한껏 귀찮고 권태롭다는 듯 오른손을 들어올려 손가락 하나만 펴는 것은 절대 태극권의 야마분종이 아니었다.

부드러운 궤적은 백학량시(白鶴亮翅)에서 루슬요보(樓膝拗步)로 흐를 때의 기운과 같았지만, 맹세코 죽우자는 저따위 허술한 태극권을 본 적도, 배워본 적도 없었다.

'좋아, 잡아 꺾어주면 되겠지!'

죽우자는 손에 더욱 힘을 줘 소이보의 손가락을 잡아 꺾으려고 했다.

하지만 손이 죽립인의 손가락에 닿는 순간, 죽우자는 똑똑히 볼 수 있었다.

그것은 커다란 호수였다.

안개가 한 꺼풀 덮인 신비한 기운을 만들어내는 호수에 작은 돌멩이 하나가 던져졌다.

풍당, 돌이 호수에 파문을 만들어내고는 사라졌다.

하지만 호수는 더 이상 예전의 호수가 아니었다.

동그란 파문이 하나둘 생겨 끊임없이 퍼져 나갔고, 작은 파문이 겹쳐지는 그 위력에 호수는 출렁이다 못해 조각조각 깨져 나갔기 때문이다.

소이보의 손가락 끝 한 점이 바로 돌멩이였고, 죽립인은 깨어지듯 출렁이며 밀려나는 호수가 되었다.

"으읍!"

죽우자는 점점 거대하게 퍼져 나가는 파문을 이겨내지 못하고 뒤로 주르륵 밀려 나갔다.

죽립자가 곧 죽우자의 어깨에 손을 대어 받아냈지만, 소이보의 손가락 하나가 만들어낸 파문은 죽립자까지도 삼켜 버렸다.

"합!"

지켜보던 죽현자가 뱃심 가득 기합성을 토해내고는 두 손바닥으로 한 덩이가 되다시피 밀려 나오는 죽립자의 등을 받치고서야 파문은 가라앉았다. 끊임없는 잔물결을 만들어내면서…….

"대단하군!"

죽현자가 저도 모르게 고개를 끄덕이며 외쳤다.

죽립인이 만들어낸 작은 파문 하나에 세 명의 죽 자 항렬의 고수가 손을 합치고서야 간신히 막아낼 수 있었다.

아니, 정녕 막아낸 것인지도 의심스러웠다.

숨을 몇 번이고 골라 쉬어 탁한 기운을 뱉어냈지만, 아직도 자신의 손바닥은 쩌엉 울리고 있었다.

만약 죽립인이 진짜 살기를 품고 손을 썼다면, 그 위력이 어땠을지 감히 상상이 가지 않았다.

죽 자 항렬의 노도인들이 시선을 맞춘 채 고개를 끄덕였다.

틀림없었다.

영허자의 전인이 틀림없었다.

소이보의 손가락 하나, 그 끝에 맺혀 있는 것은 태극권에 통달해야만 얻을 수 있는 그 무엇이었다.

아니, 태극권의 모든 이치가 그 안에 있었다.

그리고 무공뿐만 아니라 인사성까지도 영허자를 꼭 빼닮아 있었다.

원래 술에 취해 돌아온 영허자가 반갑게 건네는 인사라는 게 제일 먼저 마주친 사람을 무조건 패는 것이었기 때문이다.

하지만 아무리 무당의 도인들이라 해도 소이보가 별림의 할아버지와 달밤을 새워 태극권의 추수를 연습했음은 절대 알지 못할 것이 분명했다.

죽림자가 한결 부드러워진 얼굴로 소이보에게 물었다.

"영허자 어르신, 아니, 네 사부는 어디에 있느냐?"

이미 소이보가 영허자의 전인이 틀림없다고 생각한 이상, 무당의 예법 따위는 포기한 지 오래였다.

아니, 솔직히 반가웠다.

태극혜검을 손에 넣고도 그 안의 엄청난 비밀을 얻고 있지 못하는 이상, 영허자 같은 절대무인이 꼭 필요했다.

만약 태극혜검을 무당의 손에 쥐어줄 수 있다면, 영허자가 아니라 어디 돌아다니는 개망나니라도 기꺼이 받아줄 수 있는 무당이었다.

"사부? 글쎄, 그런 물건 따위 키운 적이 없는데?"

소이보가 죽립을 더욱 눌러쓰며 히죽 웃으며 대답했다.

"무공을 전수해 준 사람이 없단 말인가?"

옆에 있던 죽현자가 답답하다는 듯 다시 묻자 소이보가 그제야 알겠다는 듯 고개를 끄덕이며 말했다.

"아, 그거. 노인네 하나는 알고 있지. 그거 때문에 여기 온 거고."

그제야 죽 자 항렬의 노도사 세 명의 낯색이 밝아졌다.

"좋아, 그렇다면 장문인을 뵈러 가세나."

죽우자가 아직도 뻐근한지 팔을 주무르며 재촉했지만, 소이보는 고개를 좌우로 돌리며 말했다.

"아니, 다른 데 잠깐 들를 데가 있어서. 장문인한테는 기다리라고 전해, 곧 올라갈 테니까."

"……!"

세 명의 노도인은 곧 얼빠진 표정을 지었다가 고개를 절레절레 흔들었다.

세 명의 노도인은 굳이 입을 열진 않았지만 동시에 같은 생각을 하고 있음이 틀림없었다.

'제길, 영허자처럼 재능은 타고났군. 아니, 쏙 빼닮았어. 그 빌어먹을 성격까지!'

세 도인은 머리 속에 떠오른 생각을 지우려는 것처럼 머리를 가로젓고는 조심스럽게 물었다.

"어디를 가려는 것인가……?"

"현악문(玄岳門) 아래."

소이보의 짧은 대답이 이어지자 역시 자신들의 생각이 맞았구나 싶은지, 세 도인이 고개를 동시에 주억거렸다.

현악문은 무당산에서도 한쪽 편에 치우쳐 있었고, 자연 무당과 무인들의 발길이 잘 닿지 않는 곳이었다.

만약 무당산을 비밀리에 쳐들어온다 해도 걱정없었다.

별 볼 것 없는 현악문을 넘어 무당산에 들어올려면 납촉봉(臘燭峰)을 거쳐야 했고, 그래서 그쪽 경계를 한층 쌓아 올렸기 때문이다.

자연히 납촉봉 아래 현악문은 무당에서도 중요성에 비추어보자면 버려지다시피 한 곳이었다.

그래서 영허자의 보금자리가 되었다.

술 처먹고 난 다음날이면 어김없이 현악문 뒤쪽으로 돌아가 한구석에 자리잡고는 늘어지게 한숨 자던 곳이었기 때문이다.

자연 영허자의 전인이 제 스승이 많은 시간을 보낸 추억(?)이 쌓인 곳을 보고 싶어하는 것은 당연한 일이었다.

어쩌면 영허자가 몰래 담근 술이 한구석에서 잘 익었는지도 모를 일이었다.

"좋네. 그럼 언제 올 건가?"

죽우자가 포기했다는 듯 되묻자 소이보가 다시 히죽 웃으며 말했다.

"그리 오래 걸리진 않을걸?"

"알았네."

세 노도인은 곧 고개를 끄덕이고는 청허자와 여섯 명의 제자를 모두 이끌고 서둘러 산으로 올랐다.

뒤에 남은 소이보 쪽으론 쳐다보기도 싫은지 한 번도 되돌아보지 않고는 부지런히 발을 놀리고 있었다.

다른 사람도 아닌 영허자의 전인이었다.

그것도 무공뿐만이 아니라 성격까지도 고스란히 닮은.

다른 사람이었다면, 처음 만나는 도우의 손을 따스히 잡고 각기 사부들의 안부를 묻고는 어디 가겠다는 곳이 있으면 친절히 앞서 길 안내를 해주겠지만, 다른 사람도 아닌 영허자의 제자에게는 그러고 싶은 마음이 눈곱만큼도 생기지 않았다.

아니, 더욱 중요한 일은 어쩌면 태극혜검을 온전히 전수받을 만한 인재가 나타났다는 소식을 얼른 장문인에게 보고하는 것일지도 몰랐다.

서둘러 산을 오르는 도인들의 뒷등을 보며 소이보가 히죽 웃었다.

'오래 기다리게 하진 않으마. 각오하고 기다려라.'

죽립 안으로 감춰진 소이보의 요안이 그렇게 말하고 있다는 걸 도인들은 꿈에도 알지 못했다.

3

납촉봉 아래 현악문을 지나자 곧 소로에 이어진 호구교(蒿口橋) 앞에 한 죽립인이 서 있었다.

검은 옷에 깊숙이 눌러쓴 커다란 죽립, 바로 소이보였다.

'여긴가?'

소이보는 손끝으로 죽립을 살짝 들어올려 앞을 바라보았다.

작은 길은 작은 개울을 끼고 이어지고 있었다.

소이보는 잠시 길을 벗어나 숲 안으로 들었다.

곧 키가 삼 장이 너끈히 넘는 나무 하나를 발견하자 가볍게 땅을 박차고 올랐다.

발을 굴리는 소리는커녕 바람을 가르는 소리조차 나지 않았지만 소이보는 곧 나무의 제일 윗가지 위에 오를 수 있었다.

"하아~"

소이보는 자기도 모르게 작은 탄성을 질렀다.

과연 무당산은 대단했다.

사람들의 발길이 닿지 않아서 그런지, 나무 위에서 내려다보는 경치는 울분에 찼던 소이보의 가슴을 뻥 뚫어주는 것 같았다.

하지만 단순히 경치를 구경하기 위해 나무 위로 오른 것은 아니었다.

문기서는 호구교로 가보면 알 거라 말했지만 어디를 가야 하는지, 또 누구를 만나야 하는지, 해야 할 일이 무엇인지에 대해선 아무런 말도 없었다.

그래서 소이보는 나무 위로 올라 주위를 살핀 것이었다.

아무리 봐도 주위 오십여 장 안엔 그 어떤 사람의 흔적도 없었다.

사람이 깃들어 사는 것 같은 집도 없었고, 그저 나무꾼이나 약초꾼들이 가끔 지날까, 사람이 살 만한 곳도 못 되는 것 같았다.

좀 더 깊숙이 들어가야 알 수 있을까 하고 소이보가 생각할 때, 처음 그 소리가 들렸다.

탁! 탁! 탁!

작은 소리였다.

하지만 그 작은 소리에 소이보는 경악하듯 놀라야만 했다.

분명 자신이 느끼기엔 주위 십여 장 안엔 아무도 없었다.

하지만 저 멀리 작은 길 위엔 작고 기다란 나뭇가지로 땅을 톡톡톡 두들기며 다가오는 그림자가 있었다.

'내가 기척을 알아채지 못할 정도라면?'

소이보는 솜털을 곤두세웠다.

하지만 곧 소이보는 저도 모르게 피식 하고 웃어야만 했다.

'내가 너무 긴장한 탓이군.'

그렇게 생각했다.

만약 그렇지 않다면, 저 멀리서 아장아장 걸어오는 작은 꼬마 계집애의 발소리를 놓치지 않았을 게 틀림없었다.

이마 아래까지 털가죽 모자를 폭 눌러쓴 채 아장아장 작은 지팡이에 의지해 걷고 있는 아이는 이제 막 걸음마를 뗀 지 일이 년도 안 되는 꼬마 계집애였다.

한참이나 먼길을 걸어왔는지, 커다란 모자 아래로 반쯤 가려진 두 뺨은 발갛게 달아올라 있었고, 도톰하고 앙증맞은 입술로는 연신 가쁜 숨을 토해놓고 있었다.

'그러고 보니 이런 적이 한 번 있었던 것 같군.'

작은 꼬마애를 보다 보니 문득 떠오른 사람이 있었다.

소녀는 바로 눈앞에 있었지만, 사람의 기척이라곤 전혀 느껴지지 않는 사람이었다.

빌어먹을 계집, 바로 성녀였다.

'지금은 그년 생각을 할 때가 아니야. 할아버지 문제가 더 중요하지.'

눈을 질끈 감고 머리를 흔들어 성녀에 대한 생각을 털어낸 소이보가 다시 눈을 떴을 때, 조그마한 계집애는 아이쿠~ 하는 비명과 함께 땅에 엎어졌다.

소이보는 그 모습이 귀여워 저도 모르게 빙그레 웃었다.

아마도 어딘가 삐죽 나와 있을 돌부리에 걸려 넘어진 게 틀림없었다.

돌부리가 아니더라도 꼬마 계집애는 험한 산길을 걷기엔 너무 어렸다.

꼬마애는 곧 일어나 옷에 묻은 흙을 탈탈 털어내었다.

"에이, 예쁘게 보여야 하는데."

꼬마는 종알종알 혼잣소리처럼 중얼거리며 길가로 걸어 내려갔다.

그리곤 작은 개울물에 작디작은 손을 적셔 얼굴에 문대었다.

"예쁘게 보여야 한단 말이야, 처음 만나는 거니까."

이제 겨우 다섯 살 정도 나이 또래의 귀여운 목소리로 연신 투덜거리며, 물 위에 비친 자신의 모습을 이리저리 고개를 돌리며 살피는 모습이 여간 앙증맞지가 않아 소이보는 또다시 빙그레 웃었다.

꼬마는 마음에 들었는지 곧 몸을 일으켜 길 가운데로 걸어 나왔다.

그러고도 자신의 모습을 또 한 번 단장하듯 옷매무새를 단정히 매만지고는 크게 숨을 들이마셨다.

그러자 털가죽으로 해 입은 옷 가운데가 빵빵해졌다.

아마 병아리 부리처럼 오물거리며 빨아들인 한 줌의 공기 때문에 볼록 튀어나온 배가 더 빵빵해졌을 거라 생각하며 소이보가 웃음을 참을 때였다.

꼬마의 몸이 한쪽 방향을 향해 빙글 돌았다.

그리고 통통한 볼이 움직이더니, 앙증맞은 입술이 열리고 여린 새의 지저귐과 같은 목소리가 튀어나왔다.

"아빠!"

"……?"

소이보는 저도 모르게 뒤를 흠칫 돌아보다 말고 히죽 웃었다.

꼬마는 분명 자신을 보고 말하고 있었다.

소이보가 서 있는 높다란 나무 위를 바라보며 크게 아빠라 외친 것이었다.

하지만 주위엔 분명 아무도 없었다.

또 꼬마의 눈엔 소이보의 모습이 보일 리도 없었다.

그렇기엔 거리가 너무 멀었다.

소이보의 내공이 대단하지 않았다면, 꼬마의 외침 소리도 들리지 않았을 만큼 멀리 떨어진 거리였기 때문이다.

'꼬마의 아버지가 아마 사냥꾼인가 보군.'

소이보가 그렇게 생각하며 꼬마를 바라볼 때 꼬마는 심통이라도 난 듯 더욱 볼멘 목소리로 외쳤다.

"아빠아~"

이젠 아예 오른손을 들어올려 고사리 같은 손을 활짝 펴 흔들며 부르고 있었다.

"아빠아~"

꼬마는 다시 크게 외치며 왼손으로 코까지 내려쓴 모자를 뒤로 넘겼다.

그러자 꼬마의 귀여운 얼굴이 눈에 들어왔다.

꼬마는 귀여웠다.

오동통한 볼, 오뚝하고 앙증맞은 작은 콧대, 붉고 자그마한 입술.

하지만 그 순간 소이보는 아찔한 충격과 함께 하마터면 나무 위에서 떨어질 뻔했다.

간신히 중심을 되잡은 소이보 눈에 꼬마의 화사한 미소가 한가득 들어왔다.

꼬마 계집애는 똘망똘망한 눈으로 소이보를 바라보며 함빡 웃고 있었다.

하지만 꼬마의 크고 동그란 두 눈.

그게 문제였다.

오른쪽 눈은 가을 하늘을 닮은 듯한 새파란 색.

왼쪽 눈은 여름 먹구름을 물에 빤 듯한 짙은 회색.

또 하나의 요안(妖眼)이었다.

작은 계집애는 자그마한 요안을 반짝이며 소이보가 서 있는 나무 위를 보며 반갑다는 듯 활짝 웃고 있었다.

꼬마 계집애는 활짝 편 고사리 같은 손을 흔들며 환하게 웃고 있었다.

소이보는 아득한 어지러움에 두 눈을 질끈 감아버렸다.

그렇지만 까마득한 어둠 속에서도 요안은 반짝이고 있었다.

꼬마 계집애의 요안이었다.

『귀령마안』 5권에 계속…